RESEARCH ON CONRAD'S LITERARY CREATION

康拉德文学创作研究

朱洪祥 著

东南大学出版社
SOUTHEAST UNIVERSITY PRESS
·南京·

内容提要

作为跨越现实主义与现代主义的作家,康拉德的文学作品因其视角独特、叙事新颖、主题多元而一直备受研究者的关注。本书通过康拉德较有代表性的几部文学作品分析了康拉德文学创作中的异化、疏离等主题,女性形象、东方男性形象及家国情怀和"出世"的哲学思想。此外,本书还探讨了其作品中所表现的跨文化冲突。

图书在版编目(CIP)数据

康拉德文学创作研究 / 朱洪祥著. — 南京：东南大学出版社,2024.9
ISBN 978-7-5766-1033-8

Ⅰ.①康… Ⅱ.①朱… Ⅲ.①康拉德(Conrad, Joseph 1857-1924)-文学创作研究 Ⅳ.①I561.065

中国国家版本馆 CIP 数据核字(2023)第 247292 号

责任编辑：刘 坚(635353748@qq.com)　　　责任校对：张万莹
封面设计：王 玥　　　责任印制：周荣虎

康拉德文学创作研究

Kanglade Wenxue Chuangzuo Yanjiu

著　　者	朱洪祥
出版发行	东南大学出版社
出 版 人	白云飞
社　　址	南京市四牌楼 2 号(邮编：210096　电话：025-83793330)
经　　销	全国各地新华书店
印　　刷	广东虎彩云印刷有限公司
开　　本	787 mm×1092 mm　1/16
印　　张	11.5
字　　数	250 千
版　　次	2024 年 9 月第 1 版
印　　次	2024 年 9 月第 1 次印刷
书　　号	ISBN 978-7-5766-1033-8
定　　价	78.00 元

本社图书若有印装质量问题,请直接与营销部调换。电话(传真)：025-83791830

前言 PREFACE

我于2005年初次接触康拉德作品,当时我正在南京师范大学攻读硕士学位,同学给了我一本康拉德的《黑暗的心》,从此我便爱上了康拉德的作品并进行研究,至今已有19年。在此期间,我不断地去研读康拉德的作品、西方学者的康拉德研究专著、西方高校的康拉德研究学位论文、西方报刊上对康拉德及其作品的评论,并发表康拉德专题研究论文14篇。20世纪90年代起,中国学者开始掀起康拉德研究高潮,这与当时的时代背景有很大关系。开放的中国在走向世界,尤其需要以"他者"的眼光来理解西方世界。康拉德作品无疑是我们了解西方社会的最好文本之一,其中反映的国际、人际的复杂问题,正契合了我们的需求,这就使得康拉德研究不仅具有学术价值,而且具有社会价值。但是,康拉德首要的文化身份是作家,所以本书重点讨论的是其文学创作。

康拉德用英语进行文学创作,但是英语并不是他的母语,这就使得康拉德作品的语言特色常常引起学界的关注,其作品中语言能指与所指的分离非常值得关注。泰德·比利(Ted Billy)在1997年出版的学术专著《文字的荒野:康拉德短篇小说的封闭与开放》中,重点研究了语言在康拉德作品中的特殊地位。康拉德被西方学界视为现代主义文学的奠基人,异化、疏离、孤独成为他文学创作的重要主题。康拉德和现代主义的"可怕"意象的联系,最初来源于T. S. 艾略特。艾略特对彰显康拉德作品的影响力贡献很大,他把"库尔兹——他死了"作为其作品《空心人》的墓志铭。艾略特原本打算用"可怕啊! 可怕啊!"作为其作品《荒原》的引文,虽然被埃兹拉·庞德(Ezra Pound)劝阻了,但是艾略特的确推动了康拉德作品的理解与接受,尤其是康拉德作品的现代主义特征。

康拉德通过"他者"的眼光来观察欧洲世界,在客观上消解欧洲中心主义,因而康拉德的文学身份被爱德华·萨义德定义为东方作家,萨义德的"东方"指的是欧洲以外的其他地区,并非地理意义上的东方,而是泛指广大的亚非拉地区。康拉德本人或许并非有意为之,但其作品的确起到了这样的作用,这也成为康拉德作品在亚非拉地区被广泛接受的原因之一,并使其写作风格成为这些地区作家模仿的对象。研究作家,当然无法回避其作品中的人物形象。康拉德从事文学创作的时间跨度很大，其作品中的人物形象变化也很大。早期作品中的人物形象以及故事背景主要来源于其在东南亚航海时的亲身经历以及传闻。中期作品则是代表了其文学创作的巅峰，其中的叙事技巧运用娴熟，如《黑暗的心》中的库尔兹、《吉姆爷》中的吉姆、《胜利》中的海斯特，这些人物形象的塑造，无论在思想性还是艺术性方面，都堪称康拉德的代表作。康拉德在文学创作的晚期，过于介意评论界的看法，他会为迎合评论界的观点进行创作，结果反而适得其反，学术界对他这时期的文学创作评价不高。最典型的就是《金箭》，有学者认为无论其思想性还是艺术性都无法和《吉姆爷》等中期作品相比拟，于是有西方学者提出，康拉德晚年的创作能力在衰退，这种观点当然是值得商榷的。

  本书也关注康拉德的文艺思想。康拉德对文学艺术有自己的理解，他在《"水仙号"的黑水手》的序言中说："我通过文字要表达的就是要让你听到，让你感觉到——首要的是让你看到。"这句话充满了印象主义的意味。可以肯定的是，印象主义在康拉德文学创作中有着举足轻重的作用，但是康拉德的文艺思想包括了文学创作的各个方面。仅通过其作品以及作品的前言来分析其文艺思想是不够的，我们尤其需要关注其书信中和文学界同行就文学展开的讨论，以及他指导青年作家写作的书信，在这些书信中有其大量的关于文学艺术的论述。有些西方学者认为康拉德的文艺思想受到了福楼拜、莫泊桑、法朗士等法国作家的影响，尽管康拉德本人否认这一点，但是我认为这些学者的观点是可信的。事实上，作家之间相互影响/借鉴，是最正常不过的事。但是，康拉德非常反感别人说他模仿其他作家。在1899年11月9日给爱德华·加奈特的信中，康拉德说："有人说我借用了吉卜林的内容，模仿了蒙罗的写作手法，我非常气愤。"但是，在康拉德作品中的吉姆、海斯特、威廉姆斯等人物身上，我们的确可以看到斯蒂芬·克莱恩的《红色英勇勋章》中的亨利·弗莱明的影子。

  这并没有什么值得奇怪的，毕竟他们身处共同的文化圈。随着19世纪达尔文进化论、弗洛伊德心理学说的发展，作家开始关注人与自然、人与社会、人与自我的复杂关系。因而，本书探讨了康拉德的思想渊源，认为康拉德的悲观主义、"出世"哲学等是欧洲社会不同思潮共同作用的结果。要想正确理解康拉德的文学创作，必须回归到欧洲思想史、哲学史、文化史、文学史，否则，难免偏颇！

朱洪祥
2023.7

目 录 CONTENTS

绪 论
　第一节　国内康拉德研究综述 …………………… 002
　第二节　国外康拉德研究综述 …………………… 010

第一章　康拉德创作论研究
　第一节　康拉德文学创作材料来源 ……………… 024
　第二节　康拉德的语言困境研究 ………………… 027
　第三节　康拉德作品的叙事研究 ………………… 034
　第四节　康拉德作品的现代主义特征研究 ……… 042

第二章　异化:康拉德人文思想研究
　第一节　象牙的象征意义:异化的缘起 …………… 048
　第二节　丛林的象征意义:异化的过程 …………… 051
　第三节　死亡的象征意义:异化的结局 …………… 054

第三章　疏离:解读《黑暗的心》的孤独意识
　第一节　殖民者间的疏离 ………………………… 060
　第二节　性别间的疏离 …………………………… 062
　第三节　种族间的疏离 …………………………… 065
　第四节　黑人间的疏离 …………………………… 068

第四章　康拉德作品中的女性形象研究

第一节　传统与圣洁 …………………………………… 072
第二节　妖冶与堕落 …………………………………… 076
第三节　主体与他者 …………………………………… 080

第五章　康拉德作品中的东方男性形象研究

第一节　康拉德作品中的非洲人形象研究 ……………… 084
第二节　康拉德作品中的马来人形象研究 ……………… 088
第三节　康拉德作品中的中国人形象研究 ……………… 090
第四节　康拉德作品中的南美人形象研究 ……………… 092

第六章　跨文化语境中的《艾米·福斯特》研究

第一节　跨文化交际中的文化冲突 ……………………… 098
第二节　跨文化交际中他者文化的融入尝试 …………… 102
第三节　跨文化交际中的爱情悲剧 ……………………… 104

第七章　康拉德家国情怀研究

第一节　康拉德作品中政治"他者"形象研究 ………… 109
第二节　康拉德地缘政治思想研究 ……………………… 112
第三节　康拉德政治叙事研究 …………………………… 114

第八章　康拉德"出世"哲学思想研究

第一节　"出世"哲学 …………………………………… 119
第二节　怜悯的悲剧 ……………………………………… 122
第三节　情欲的悲剧 ……………………………………… 124

第九章 康拉德悲观主义思想渊源研究

第一节 "注定死于严寒":源自热动力学的世界末日论 ……… 131

第二节 "我是唯一的现实":源自科学经验主义的决定论 ……… 135

第三节 "人性无法改进":理想主义者的乌托邦 ………… 138

第十章 思想家还是作家:康拉德传记研究

第一节 康拉德的三生三世 ………… 144

第二节 作为海洋梦想家的康拉德 ………… 147

第三节 作为作家的康拉德 ………… 150

第四节 作为思想家的康拉德 ………… 153

第十一章 康拉德文艺思想研究

第一节 文学艺术比历史更真实 ………… 159

第二节 文学艺术书写历史真实的路径 ………… 161

第三节 文学艺术的真实性在于记载人类的瞬间体验 …… 164

结　语 ………… 169

附　录

约瑟夫·康拉德生平 ………… 171

绪 论

作为小说家的约瑟夫·康拉德（Joseph Conrad，1857—1924），1895年发表自己的第一部作品《奥迈耶的愚蠢》时，已经38岁了，因而，有些评论家认为他是大器晚成型作家。其实不然，在身为翻译家的父亲阿波罗·科泽尼奥夫斯基①的熏染下，康拉德在很小的时候就接触到了英、法等外国文学，可谓家学深厚。虽然康拉德38岁才发表《奥迈耶的愚蠢》，但此前在从事航海业时就已经开始利用工作间隙从事文学创作。康拉德一生共创作了13部长篇小说，28篇短篇小说，2卷回忆录②，另外还有2部戏剧③。作为作家的康拉德，有三个方面值得关注：其一，多重的文化身份。身为波兰人，最终定居英国，加入英国国籍，用英语进行创作，以及多年的航海生涯，使他具有地道的"离散作家"身份，并使他能够深刻地体验到社会发展过程中的问题，从而产生问题意识，并通过自己的写作对这些问题进行思考。尤其是在全球化日益深入的当下，康拉德作品中体现出的多重文化的交流与冲突，具有特别的思想价值。其二，特殊的时代背景。康拉德写作时，西方世界已经完成了工业革命，当时不仅东西方发展不平衡，西方世界内部也是矛盾重重。康拉德对后工业时代的书写，不是像狄更斯和巴尔扎克那样关注外在的社会结构，而是更多地关注人类的情感世界，将目光转向精神世界中隐含的本质，反映了这一时期的社会状况，尤其是人们内心的独特感受。时至今日，工业化仍然是发展中国家的追求。因而，康拉德写作时思考的问题，在当今世界仍然存在或以不同的方式重演。这也解释了为什么时至今日，人们仍然不辞劳苦地对其作品进行不断地阐释。尽管康拉德的文学创作始于百年以前，研究其作品仍然具有当下意义。其三，19世纪丰富的思想资源。经过文艺复兴、

---

① 他具有多重身份：革命者、诗人和翻译家。他曾把雨果、莎士比亚和狄更斯等的作品译成波兰文。
② 胡强：《康拉德政治三部曲研究》，中国社会科学出版社，2008，第2页。因为划分标准的不统一，不同学者在如何对康拉德作品进行分类这个问题上说法不同。
③ 这两部戏剧为 *Laughing Anne* 和 *One Day More*，国内外学者鲜有人关注。

宗教改革、启蒙运动以及浪漫主义运动等一系列新思潮的洗礼,在地理大发现、达尔文进化论以及弗洛伊德心理学的冲击下,到康拉德生活的19世纪下半叶,人们对这个世界、对"人"自身已经有了新的认识,这些新思想和新发现都浸润着康拉德的创作。康拉德的写作生涯,前后只有三十年左右的时间,却反映了他对这一历史"片刻"的思考,然而正如钱锺书在《读〈拉奥孔〉》中所言,这种片刻"包含以前种种,蕴蓄以后种种"[①]。

康拉德的批评在西方最早可以追溯到英国的报纸1895年5月11日的《每日记录》上对康拉德首部作品的评论。可以查到的最早研究康拉德的学位论文是格丽斯·里尔·克洛泽尔在1922年向美国内布拉斯加大学提交的硕士论文《康拉德小说的文学价值》[②]。从二十世纪四十年代起,康拉德研究在西方渐成显学,各种理论话语轮番上阵,对康拉德作品进行不同层面的解读,引发了一次次争论。不同时期人们对其作品关注的重点不同,本质上反映的是那个时期的社会思潮与社会热点问题。二十世纪四五十年代的研究主要以道德批评和心理分析批评为主;六七十年代以政治研究和女性主义批评为主;八十年代后康拉德研究再掀高潮,以叙事学研究、文化批评、后殖民主义批评和新历史主义批评为主。康拉德以其非凡的创作成就与艺术主张,在20世纪的文坛占据了极其重要的一席。进入21世纪以后,人们对康拉德作品的兴趣依然浓厚,特别是在中国,每年的学术期刊以及博士、硕士论文以康拉德研究作为选题,越发呈井喷状况。这是因为康拉德的作品具有极强的前瞻性和预言性,当代文学批评的各种声音似乎都在康拉德那里得以回应。在全球化语境中,康拉德作品的文化多元性为当代文学与文化批评提供了丰富的素材。

第一节　国内康拉德研究综述

在中国,五四运动之后的新文化运动以开放的心态广泛吸纳西方文化的精华,康拉德及其作品正是在这样的西学东渐的背景下走进中国学者的视野。我国学者自20世纪

[①] 钱锺书:《钱锺书文集》,内蒙古人民出版社,1996,第610页。
[②] Grace Leal Crozier, "*The Literary Values in the Novels of Joseph Conrad*" (MA diss., The University of Nebraska, 1922).

20年代就开始对康拉德的作品进行译介,其背景或动机至少有两点:首先,康拉德对殖民主义的理性反省与对人类本性的深层剖析正好迎合了当时身处半殖民地国家的中国读者的心理需求,引起了关注和共鸣;其次,在艺术形式方面,康拉德对小说形式的革新、对小说使命的探索,引起了中国学界的极大兴趣,与中国当时的知识分子意欲利用小说来唤醒民众的愿望产生了契合。

从现有资料来看,在中国最早提及康拉德的是鲁迅。鲁迅于1908年8月发表于《河南》月刊第7号,署名为"迅行"的文章《坟·文化偏至论》中,曾论及康拉德:"或被人天之楚毒,至于刻骨,乃咸希破坏,以复仇,如康拉德与卢希飞勒。"[①]鲁迅在此并没有评论康拉德,但是这一提也足以反映了他对康拉德的理解。这一时期中国学界的康拉德研究尚处于起步阶段,关于康拉德研究的文章不多,直到20世纪20年代有两篇文章值得关注。一篇是1924年10月樊仲云在《小说月报》第十五卷第十号刊载发表的《康拉德评传——纪念这个新死的英国伟大作家而作》,另一篇是诵虞1924年发表于《文学》第134期的《新近去世的海洋文学家——康拉德》。与诵虞的文章纯属悼念性不同,樊仲云在文章中还概括了康拉德的三个特征:其一,樊仲云强调康拉德的波兰民族身份以及追求自由的作家身份。其二,他根据康拉德在《"水仙号"上的黑水手》序言中提出的"让你听到,让你感觉到——首要的是让你看到"的文艺思想,认为康拉德是"浪漫的写实主义者"。其三,樊仲云分析康拉德作品的接受问题,他认为之所以康拉德的"有趣味的故事才畅销,那些最好的反掩末不彰",是因为这些作品中的"怀疑主义与现实的流行精神不和"[②]。樊仲云认识到,康拉德的作品是当时社会中的另一种声音,人们更关注的是作品中的异国情调。这与当时人们对海外的猎奇心理有关。但是,樊仲云认为康拉德作品的价值并不在于此,而是在于其精神内涵。樊仲云对康拉德及其作品的认识,在当时的中国具有代表性。因为当时在中国接触康拉德作品的知识分子都是社会的精英阶层,他们把目光转向西方的目的不是为了猎奇,而是为了寻找救国救民的良药。因而,他们就有可能从康拉德作品中读出与西方普通读者不一样的东西。

李祁在中国最早从事康拉德小说的译介。1929年《新月》第2卷第5期发表了李祁翻译的《浅湖》[③]。1931年7月上海北新书局出版了梁遇春译注的《青春》中,这样介绍康

---

① 鲁迅:《坟·文化偏至论》,载《鲁迅全集》(第1卷),人民文学出版社,1981,第50页。
② 樊仲云:《康拉德评传——纪念这个新死的英国伟大作家而作》,《小说月报》1924年第十五卷第十号。
③ 也可译为《潟湖》。

拉德:"他的著作都是以海洋做题材,但是他不像普通海洋作家那样只会肤浅地描写海上的风浪;他是能抓到海上的一种情调,写出满纸的波涛,使人们有一个整个的神秘感觉。他对于船仿佛看做是一个人,他书里的每只船都有特别的性格,简直跟别个小说家书里的英雄一样。然而,他自己最注重的却是船里面个个海员性格的刻划。他的人物不是代表哪一类人的,每人有他绝对显明的个性,你念过后永不会忘却,但是写得一点不勉强,一点不夸张,这真是像从作者的灵魂开出的朵朵鲜花。这几个妙处凑起来使他的小说愈读,回甘的意味愈永。"①1934年北新书局出版了梁遇春翻译的《吉姆爷》,1936年5月4日《国闻周报》发表了常风的《两本翻译的康拉德小说——〈黑水手〉、〈不安的故事〉》,1936年商务印书馆出版了关琪桐翻译的《不安的故事》,1936年商务印书馆出版了袁家骅翻译的《黑水手》,1937年商务印书馆出版了梁遇春和袁家骅合译的《吉姆爷》②,1937年商务印书馆出版了袁家骅翻译的《台风及其他》,1937年朔风书店出版鲁丁翻译的《激流》(《吉姆爷》),1943年古今出版社出版了柳无忌翻译的《阿尔迈耶的愚蠢》。

在中国,第一个称得上对真正康拉德有研究的文化人应当是老舍。老舍的评论文章是1935年11月10日发表于上海《文学时代》月刊创刊号的《一个近代最伟大的境界与人格的创造者——我最爱的作家——康拉得》③一文,对后学影响甚大。在这篇文章中,老舍介绍了康拉德的生平及其创作,提出了康拉德的一些写作特点及其对自己的影响。其一,对康拉德的总体认识上,老舍说:"我不敢说康拉得是个大思想家;他绝不是那种寓言家,先有了要宣传的哲理,而后去找与这哲理平行的故事。他是由故事,由他的记忆中的经验,找到一个结论。这结论也许是错误的,可是他的故事永远活跃的(地)立在我们面前。于此,我知道怎样培养我们自己的想象,怎样先去丰富我们自己的经验,而后以我们的作品来丰富别人的经验,精神的和物质的。"④其二,老舍认识到康拉德写作的意义在于,"他不只是个冷酷的观察者,他有自己的道德标准与人生哲理,在写实的背景后有个生命的解释与对于海上一切的认识"⑤。其三,在写作方法上,老舍认为康拉德"利用那些人为的不自然的手段""常常在人物争斗极紧张的时节利用电闪,象(像)电影中的,助成

---

① 原收入《青春》,梁遇春译注,上海北新书局1931年7月版。
② 梁遇春生前未能译完,由袁家骅续译。
③ 该文发表在1935年11月10日的上海《文学时代》月刊创刊号,后被收集在《老舍文集》第十五卷,第331—341页。
④ 老舍:《老舍文集》第十五卷,人民文学出版社,1990,第334页。
⑤ 同上书,第333页。

恐怖"①。当然老舍也承认:"自然,除去这小小的毛病,他无疑是近代最伟大的境界与人格的创造者。"②在回忆自己创作《二马》时,老舍承认借鉴了康拉德的写作手法,"康拉得使我明白了怎样先看到最后的一页,而后再动笔写最前的一页。在他自己的作品里,我们看到:每一个小小的细节都似乎是在事前准备好,所以他的叙述法虽然显着破碎,可是他不至(致)陷在自己所设的迷阵里"③。与此同时,老舍也认识到,"现在我已不再被康拉得的方法迷惑着。他的方法有一时的诱惑力,正如它使人有时候觉得迷乱。它的方法不过能帮助他给他的作品一些特别的味道,或者在描写心理时能增加一些恍忽迷离的现象,此外并没有多少好处,而且有时候是费力不讨好的。康拉得的伟大不寄在他那点方法上"④。相较于中国今天的学者而言,老舍对康拉德的评价是非常客观的。

  从20世纪40年代到70年代末,受国内动荡政局和"左倾"思潮等诸多因素的影响,中国对康拉德作品的译介和研究几乎中断。除杂志上登载的一些康拉德中短篇小说的零星介绍外,仅有两部译作出版,即1951年文化工作社出版的刘文贞翻译的《芙丽亚》、1958年人民文学出版社出版的梁遇春和袁家骅合译的《吉姆爷》⑤。后者其实为30年代商务书局旧译本的重版,从编者写于1958年10月的"后记",可以看出那个时代在外国文学译介与研究领域留下的鲜明印记。"后记"的内容非常丰富,对于我们理解20世纪50年代康拉德在中国的传播与接受很有价值。"后记"的内容主要有:其一,介绍了康拉德的成长经历,家境殷实,尤其强调他父亲是个有文学修养的知识分子,藏书颇丰,因有作为翻译家的父亲,康拉德有机会阅读各类文学作品。其二,康拉德的创作之所以带有现实主义色彩,是受了他所喜爱的屠格涅夫、福楼拜、莫泊桑等现实主义大师的影响。其三,认为康拉德用英文写作是因为他为英国商船服务,出入英国殖民地,他刻苦钻研英语,熟读英国文学作品,终成英语文学的文体家。这种解释当然是片面化了,康拉德用英语写作的原因是多方面的。其四,康拉德写作的时代背景是资本主义已经发展到了帝国主义,政治上动荡不安,经济上已经衰退,面临着周期性的经济危机,急需向外进行殖民扩张,表现在文学艺术上,便是非现实主义倾向的增加和现实主义的危机。"康拉德则把描写的重心转向人物心理上。他注意的不是冒险事件本身,而是事件在人们意识中的反

---

① 老舍:《老舍文集》第十五卷,人民文学出版社,1990,第341页。
② 同上。
③ 同上书,第335页。
④ 康拉德:《吉姆爷》,梁遇春、袁家骅译,人民文学出版社,1983,第335页。
⑤ 该书后由人民文学出版社在1983年再版,保留了1958年编者写的后记。

映,由于他十分喜爱现实主义文学,他的作品中,特别是他的优秀作品中,常常带有明显的现实主义色彩。"①其五,康拉德觉察到了时代的危机,但找不到解决的办法,于是"悲观孤独成了他创作思想的特点"②。但是康拉德并没有像现代主义颓废派那样,对生活完全失去信心。"他小说里的人物也并不陶醉在孤独里,而是同作者一道在寻求摆脱这种生活的出路。"③对康拉德的这个评价,其局限性是非常明显的,完全从阶级论出发,遮蔽了康拉德小说的思想和美学价值,相对于二十世纪二三十年代而言,是不小的退步。

20世纪80年代以来,随着国人思想的解放,以及与国外学术交流的加强,康拉德研究再次引起中国学者的浓厚兴趣,研究成果远远超过第一次。1982年第2期《外国文学季刊》发表了黄雨石翻译的《黑暗的内心深处》,标志着康拉德作品译介第二次高潮的开始。1984年,该小说经过译者自己全面的校改,以《黑暗深处》为书名由百花文艺出版社出版。这部中篇小说后来还有至少5个中译本,如智量等翻译的上海译文出版社1985年出版的《黑暗的心》和王金铃等翻译的山东文艺出版社1984年出版的《黑暗的心脏》等。值得注意的是,翻译康拉德的作品有相当的难度,他那带有异国情调的晦涩而优雅的语言与别具一格的叙述手法,使得在翻译过程中,传达原文的神韵要花费很多功夫。

我国的翻译家多是学者型的评论家,他们撰写的译序可以看作是对康拉德及其作品的初始研究。黄雨石在《〈黑暗深处〉译者前言》中对康拉德和该小说的评介在很大程度上影响了80年代中国读者对康拉德的理解和接受。在中国,较早对康拉德做出较为全面的介绍的学者是侯维瑞,他在1984年第9期的《外国文学》上发表的关于约瑟夫·康拉德小说创作的论文,介绍了康拉德其人其作,对中国读者认识康拉德及其作品起了引导性作用。尽管如此,"我国80年代的康拉德研究毕竟受到当时历史条件和研究视野的制约,相关研究论文较少,而且停留在对康拉德作品及其艺术主张的普泛介绍上,但还是为中国学界进一步认识康拉德起到了筚路蓝缕之功"④。

1985年由上海译文出版社出版的赵启光编选的《康拉德小说选》,包含了康拉德的中短篇小说9部:吴钧陶译的《进步前哨》,方平译的《青春》,裘小龙译的《秘密的分享者》,薛诗绮译的《罗曼亲王》,石枚译的《艾米·福斯特》,袁家骅译的《"水仙号"上的黑水手》,鹿金译的《走投无路》,智量译的《黑暗的心》,赵启光译的《阴影线》。小说集所选的这9部

---

① 康拉德:《吉姆爷》,梁遇春、袁家骅译,人民文学出版社,1983,第351页。
② 同上书,第352页。
③ 同上。
④ 王晓兰、王松林:《康拉德在中国:回顾与展望》,《外国文学研究》2004年第5期。

作品,能够反映康拉德在不同时期的写作特点。

2000年4月百花文艺出版社出版了倪庆饩翻译的《大海如镜》,2000年10月北岳文艺出版社出版了张梦井译的《金箭》。英文原版的《大海如镜》出版于1906年,是康拉德的两部回忆录之一①,主要记述了康拉德的航海生活。康拉德的《金箭》发表于1919年,是康拉德作品中为数不多的以女性为中心的作品,也是因为有人指责康拉德的前期作品中,女性人物形象薄弱,康拉德有意在晚期的作品中增加了描写女性的分量。故事情节复杂离奇,与康拉德先前的作品有很大的不同。令人遗憾的是,到目前为止,这两部译作在中国还没有引起足够的关注。2000年11月中国文学出版社出版了由金筑云等翻译的《文学与人生札记》。后来傅松雪重译了此书,命名为《生活笔记》,由江苏教育出版社于2006年出版。此书收录了康拉德的散文26篇,分为文学和人生两个专题。这些文章对于我们理解康拉德的思想很有助益。正如康拉德本人所言:"本集子(包括这些令人难堪的引言)差不多就是我在公众面前穿着随意的样子。如果它让人们看到仅是我背部的局部情景:沾点灰尘(经过整理后),有些驼背,而且正向世界告退,也许会有助于人们更好地理解我本人。"②

康拉德在1907年出版的《间谍:一个简单的故事》,张健将其译为中文,名为《间谍》,2002年6月由外国文学出版社发行。陆建德先生为这个"简单的故事"写了序,陆先生的序很长,内容非常丰富,针对的不仅仅是这部作品。他结合康拉德创作这部作品的时代背景来分析这部小说,其实是对这部作品做了思想史解读。陆先生在序中为我们指出了小说中简单与复杂之间的张力。康拉德在这部作品的"作者序"中提醒人们:"我在作品中写的每一句话都严肃认真地表达自己的思想感情。我不愿使严肃的创作活动受到一件件往事的干扰。就此而论,《间谍》是我的一部坦率真诚的作品。即使就它的艺术目的来说,我处理这样的题材采用讽刺手段,也是经过深思熟虑的。"③

进入21世纪以来,中国学者对康拉德的研究仍然兴致盎然,大有再起高潮之势。近年来我国许多学者的博士论文以康拉德研究为选题,对康拉德及其作品展开系统的论述,并且已经取得了令人瞩目的成果,他们的博士论文可以说是代表了中国康拉德研究

---

① 另一部为《个人记录》,出版于1912年,主要记录了康拉德对早年在波兰以及创作初期阶段生活的回忆。
② 康拉德:《文学与人生札记》,金筑云、姚媛、张宜林译,中国文学出版社出版,2000,"作者按语"第2页。
③ 康拉德:《间谍》,张健译,外国文学出版社,2002,"作者序"第7页。

的最高水准。到目前为止,在CNKI网上查到的康拉德专题研究博士论文共有15篇,其中,2000年以来发表的博士论文有12篇,分别从不同角度展开研究,充分说明进入21世纪,康拉德研究的热度不减。这些博士论文大多已经以专著形式出版,推动了我国的康拉德研究。

除了这些博士论文,时至今日,每个月出版的各类学术期刊上都可以读到中国学者关于康拉德研究的研究成果。学者们之所以如此热衷于研究康拉德及其作品,是因为他们认识到康拉德及其作品中提出的许多问题,仍然是我们今天必须面对的问题。康拉德百年前的创作,无意间契合了百年后的全球化的文学语境。从现实状况来看,虽已历经百年,但是世界的格局并未发生彻底的改变,由文明落差所引发的殖民主义和霸权主义仍在以新的形式在全球重演。这就使得我们从事康拉德研究的意义不是虚无,而是具有当下的现实意义。在这段时期的康拉德研究中,有两个事件值得关注:

其一,殷企平先生发表在《外国文学评论》2001年第2期的文章《〈黑暗的心脏〉解读中的四个误区》认为,"解读《黑暗的心脏》方面至少存在着四个误区:① 抽象地谈论人性;② 过分突出作品的语言层面;③ 生搬后殖民主义批评;④ 硬套女权主义批评。陷入这些误区者有一个通病:他们大都从某个思维定式出发,以偏概全"[1]。尽管殷企平先生说:"《误区》一文的主题根本就不是探讨作品阐释和批评理论两者的关系。"[2]但是,该文的确能够引起我们对两者关系的思考。毕竟做研究离不开方法,表面上看殷企平先生的文章讨论的是《黑暗的心》,实质上反映了殷企平先生对时下中国的外国文学研究中存在的一些弊病的忧虑。

其二,陆建德先生为张健2002年翻译的康拉德的《间谍》所做的序。陆先生写这篇序言,没有套用任何的西方文论话语,而是就《间谍》这部小说的某些现象,运用思想史的方法,对问题的来龙去脉做出说明,读完以后有豁然开朗的感觉。为我们从事康拉德研究,或者说,从事外国文学研究做了示范,提供了方法论上的指导。把发生在两位先生身上的事件结合起来看,我们就能发现,两位先生都不赞成"理论+文本"的批评模式,都提倡(正在使用)思想史的批评方法。

2014年9月,译林出版社同时出版了宁一中所著的《康拉德学术史研究》和宁一中编选的《康拉德研究文集》两本书,作为陈众议总主编的国家出版基金项目"外国文学学术

---

[1] 殷企平:《〈黑暗的心脏〉解读中的四个误区》,《外国文学评论》2001年第2期。
[2] 殷企平:《由〈黑暗的心脏〉引出的话题——答王丽亚女士的质疑》,《外国文学评论》2002年第3期。

史研究"的一部分。《康拉德学术史研究》重点讨论了康拉德的代表性作品:《黑暗的心》《间谍》《吉姆爷》《在西方目光下》《诺斯托罗莫》《"水仙号"上的黑水手》等几部作品。《康拉德研究文集》则是选编了西方评论家有关康拉德的研究论文32篇,作为对《康拉德学术史研究》的补充,涉及文本内和文本外两个层面的研究。这两本书,尤其是《康拉德学术史研究》,正如宁一中本人所言:"本批评史考察的是前六部作品的批评史,其他作品的批评史则成为遗珠之憾而留待以后了。"①的确,现在就准备用一二本书对康拉德研究进行总结,的确为时尚早。原因在于:其一,康拉德研究还在继续,还远未到画上句号的时候,所以还没有到编写学术史的时候。其二,中国学者对国外学者的研究状况仍然是知之甚少,从事康拉德研究的中外学者之间还未能形成及时的互动,这就使得我国学者的研究常常是自说自话,闭门造车的现象非常严重,没有能够形成互动。尤其是西方文论进入中国以来,理论加文本的研究范式在一段时期里大行其道。这就导致康拉德研究在中国表面上看成果很多,其实低水平重复现象严重。

通过对中国学者的康拉德研究学术史的梳理,可以发现两个问题:其一,中国的康拉德作品译介方面不尽如人意,康拉德的少部分作品被反复重译,而大部分作品至今仍然没有中文译本,直接影响了康拉德作品在中国的传播与研究。康拉德作品的译介工作在中国的片面化常常导致中国有些学者对康拉德其人其作观点的片面化,没有能够全面地理解康拉德,所给的结论也就难免偏颇。甚至有些学者认为康拉德研究在中国已经可以画上句号,其实中国学者读到的康拉德作品真是冰山一角,此刻就准备结束康拉德研究,实在是为时过早。

其二,20世纪的各种文学理论,都被中国学者用于康拉德研究,在丰富了人们看问题的视角的同时,也带来了负面的影响。正如葛桂录教授所言,"运用某种理论路径研究各种文本,所得出的结论大致相近。这就涉及理论产生的语境与理论应用的语境之间的复杂关系。一种特定的方法思路,确实启发人的新思路,但一旦变成某种中心'主义'的理论出发点,就有可能产生偏误,主要表现为忽视现实历史语境以及异文化语境的丰富复杂性。观念先行带来的往往是思路偏颇与结论干涩,进而失去了理论方法的质感"②。有不少中国学者没有能够"活用",仅仅是"套用"西方的理论话语,这是近30年来中国学者的外国文学研究的主要弊端。

---

① 宁一中:《康拉德学术史研究》,译林出版社,2014,"绪言"第2页。
② 葛桂录:《经典重释与中外文学关系新垦拓》,人民出版社,2014,第76页。

第二节　国外康拉德研究综述

与中国相比,国外的康拉德研究起步更早,在选题方面更加广泛,在内容上更加深入。在对国外的康拉德研究进行综述时,主要突出以下两个方面的问题:其一,文类的不同。国外的康拉德研究的文类有传记、专著、书评、学位论文。不同的文类,因为诉求不同,对同一事件同一观点的表述也就不同。其二,视角的差异。用不同的视角来解读康拉德及其作品,当然会有不同的结论。但是我们应当注意到,即便是用同一个理论方法,由于学者的背景不同,得出的结论也会不同。阅读罗伯特·D.哈姆勒编写的出版于1990年的文集《第三世界眼中的康拉德》,对此就会深有体会。该文集选取了不同历史时期第三世界学者撰写的代表性论文共16篇,时间跨度为1904—1982年,包括了切诺瓦·阿契贝、爱德华·萨义德、V. S. 奈保尔等名家16人。第三世界学者的研究成果引起反响的主要原因在于让西方学者听到了不一样的声音。约翰·G.彼得斯在《康拉德批评》中,对西方学者的康拉德研究做了很好的总结。

康拉德生前,人们对他的小说评论总体上是赞许的。事实上,对他的一些作品的批评与接受的状况甚至比今天还要好。康拉德还健在时,就有关于康拉德及其作品研究的专著。其中影响比较大的有:1914年,理查德·柯勒出版了《约瑟夫·康拉德研究》,威尔逊·福奈特出版了《约瑟夫·康拉德的简短研究》,这两本书对康拉德研究做出了重要贡献。柯勒的《约瑟夫·康拉德研究》是第一本研究康拉德作品的专著,对康拉德及其作品从多方面做了研究,其中有些问题引起了后来学者的进一步关注与研究。柯勒在书中将康拉德归为浪漫的现实主义作家,他的书对激发后人对康拉德作品进行学术研究起到了重要作用,除了因为柯勒意识到康拉德作品所具有的独特品质以外,还因为他对康拉德的一些作品做了完美解读。然而,柯勒著作的首要价值却在于作为催化剂,激发了此后的批评家对他提出的问题做更深入、更有价值的研究。

福奈特的《约瑟夫·康拉德的简短研究》,虽然题为"简短研究",却是第一部对康拉德作品进行较为复杂研究的专著。他对康拉德作品中涉及的"世界的冷漠"和对"团结的需要"这两个主题的研究,对后人理解康拉德及其作品很有助益。福奈特的研究成果无疑是早期研究康拉德及其作品最有价值的专著,因而在康拉德研究中具有不容忽视的学术地位与价值。尽管该书在语言上有些浮夸，但福奈特清楚地认识到康拉德作品中的人物存在于一个非理性的、冷漠的世界中。在研究方法上，他展示了康拉德不同时期作品中存在的连续性、互文性，既强调从整体上来把握和理解康拉德作品，又就康拉德作品中的关键段落，不断地提出问题，加以研究。所以，福奈特的研究真正体现了大胆假设、小心求证的研究思路，以及文本细读的研究方法。

康拉德死后不久，世人对他作品的"估价"就发生了巨大变化，从美洲到欧洲，康拉德作品在不断"降温"，康拉德作为作家的地位在不断降低。尽管如此，在20世纪30年代，还是有几本康拉德研究专著值得关注。在约瑟夫·沃伦比奇的《20世纪小说：技巧研究》中，有一章关于康拉德文学技巧的论述。他率先理智地讨论了康拉德作品中的印象主义写作手法。在传记领域，贾斯坦福·墨菲的《约瑟夫·康拉德的波兰传承》(1930)，讨论了康拉德创作的历史传承问题，特别关注了波兰传统对康拉德的影响问题。这本书虽然可和福奈特的康拉德研究专著相媲美，但是内容相当晦涩。墨菲是第一个详细陈述康拉德波兰背景，也是第一个清楚表明康拉德的波兰背景对其创作有重大意义的学者。墨菲采用大量的来自波兰的材料，丰富了康拉德作品的传记阅读，也为我们理解康拉德作品提供了新的思路。他就是通过康拉德的波兰背景来解读康拉德的《吉姆爷》《诺斯托罗莫》《艾米·福斯特》等作品。无论人们是否同意墨菲的解读，但常常讨论他对这些作品的解读，将其作为引发进一步讨论的基础。关于康拉德的传记还有杰西·康拉德的《康拉德和他的社交圈》(1935)。除了传记，威廉·华莱士·班克拉夫特的《约瑟夫·康拉德的人生哲学》广泛地讨论了康拉德作品中隐含的哲学问题。班克拉夫特认为康拉德强调道德法则，尤其强调人类团结的重要性。他的这一认识，至今仍在影响着我们对康拉德的理解。另一个探讨康拉德思想的是 R.L. 梅格罗斯的《约瑟夫·康拉德的心理与方法》(1931)。他是第一个认为女性在康拉德的作品中发挥了很大作用的学者。同时，他还找出康拉德作品中的一些情节和康拉德所使用的技巧作为例证，以证实康拉德真实地再现了场景和小说中人物的行动。爱德华·克拉克肖的《约瑟夫·康拉德的小说艺术》(1936)考察了康拉德作品中的一些有趣的方面，例如《机会》中的对位结构，认为康拉德作品是艺术的综合。克拉克肖的主要意图是为了拯救康拉德每况愈下的声誉。这段时期，另一部关于康拉德的特别重要的著作，是约翰·德意尔·戈登的《约瑟夫·康拉德的小说创作》(1940)。在书中，戈登除了对康拉德作品做了有价值的评论外，还首次深入分析了康拉德创作的历史及其文本构建的过程。因此，这本书对康拉德作品的文本批评具有特别的价值，同时也标志着康拉德现代批评的开始。

20世纪30年代晚期,恢复康拉德声望的呼声越来越高。M. C. 布兰克布鲁克的《波兰的英语天才》(1941)推进了克拉克肖等人发起的意在重新确立康拉德为英国文学主要作家的工作。布兰克布鲁克把康拉德的作品分为早期(从《奥迈耶的愚蠢》到《台风》),成熟期(从《诺斯托罗莫》到《胜利》),衰弱期(从《阴影线》到《嫌疑犯》)。然而,对恢复康拉德声誉起最重要作用的是莫顿·道温·扎贝尔。在他的长文《康拉德研究袖珍本》(1947)中,他认为康拉德是具有道德洞察的小说家,把道德体验加入到自己的故事情节结构中。扎贝尔不仅研究了康拉德作品形式和内容的本质,而且也从心理方面研究了康拉德的创作。扎贝尔的《康拉德研究袖珍本》的导论的发表,标志着康拉德声望的永久恢复。这段时期,康拉德研究的另一个关键工作是阿尔伯特·J. 杰拉德的《康拉德》(1947)。这本书关注的问题涉及此后几十年康拉德批评的许多方面,包括康拉德的怀疑主义,对作品中人物的心理探索,还探索了许多被看作是康拉德晚期作品开始衰弱的特质。F. R. 利维斯,因为康拉德的道德现实主义,在《伟大的传统:乔治·艾略特、亨利·詹姆斯、约瑟夫·康拉德》(1948)中,将康拉德置于英国文学的伟大作家行列当中,和扎贝尔、杰拉德一起有效地确立了康拉德在英国文学史上的经典作家地位。利维斯广泛地讨论了康拉德的重要作品,影响了其后的许多批评家对康拉德及其作品的看法。此外,利维斯还尝试对康拉德的作品进行经典及非经典的区分。在这个时期,大多数批评家最看重康拉德的中期作品,放弃他的晚期作品,一笔带过他的早期作品。

20世纪50年代是康拉德作品的伟大复活期。在这10年中,杰拉德为西格奈特版的《黑暗的心》和《秘密分享者》做了富有洞察力的导论。在这篇文章中,他给出了关于这些作品的许多被后来人奉为经典的观点。也就是在这年,罗伯特·彭·华伦发表了他著名的为现代图书版的《诺斯托罗莫》所做的长篇导论,在讨论《诺斯托罗莫》时,同时讨论了康拉德的其他许多作品,认为康拉德是一个哲学小说家,描写了自我的内心世界的黑暗深渊,以及自然界的外部世界的黑暗深渊。道格拉斯·休伊特的《重新评价康拉德》(1952),进一步巩固康拉德作为英国20世纪最重要小说家的地位,展现了康拉德如何通过小说的场景和结构再现中心人物的内心挣扎,这些挣扎被看作是出于忠诚、勇气以及行为准则,常常导致噩梦般的选择。和布兰克布鲁克、杰拉德一样,休伊特也质疑康拉德自《在西方目光下》以后的作品的质量。但是,和休伊特、杰拉德、布兰克布鲁克不同,保罗·L. 威利在他的《康拉德对人的度量》中,把康拉德作品分为三个时期,分别处理现代社会中人类经历的不同方面:早期作品关于"隐士"或曰个体从社会中的孤立;中期作品关于"煽动者"或曰个体在社会中的抗争;晚期作品关于"骑士"或曰个体的拯救(尽管都是典型的悲剧性的)。威利的观点和分析是有效的,这本书至今仍然很有价值,特别值得注意的是,这本书是拒绝承认康拉德晚期创作能力下降的第一本书。在传记领域,乔思林·贝恩的《约瑟夫·康拉德:批评传记》(1959)是最能恰当反映康拉德人生的传记。这是一本文学传记,通过解读康拉德的生活来解读康拉德的作品,确立了此类研究的标准。

20世纪50年代后半期,在康拉德批评方面做出突出贡献的有三个人。其一,欧文·豪在《政治与小说》中有很长的一章论述康拉德的政治思想。其二,托马斯·C.莫泽的《约瑟夫·康拉德:成就与衰弱》。其三,阿尔伯特·J.杰拉德的《小说家康拉德》。欧文·豪勾画了康拉德对政治特别是革命的厌恶,认为康拉德是一个政治保守主义者,看重的是秩序和社会稳定。欧文·豪是广泛探索康拉德政治思想的第一人。莫泽的主要贡献在于他对康拉德成就与衰弱的理论论述。他认为康拉德创作能力的衰弱是在1912年以后,这种衰弱来源于他不断地强调浪漫爱情问题,进而认为康拉德此前的作品的缺陷也和康拉德对浪漫爱情的描写有关。尤其值得一提的是,莫泽发现康拉德最好的作品都是以忠诚与背叛为主题的。同时,他认为对"道德"的关注是康拉德最成功作品的核心内容,而不是出现在大多数康拉德晚期作品中的"机会"问题。最后,莫泽对康拉德单个作品的解读通常富有洞察力且已产生巨大的影响力。直到今天,很多研究康拉德的学者倾向于赞同莫泽的成就与衰弱理论。相比较而言,杰拉德对康拉德作品没有提出一个全局性的观点。他运用荣格和弗洛伊德的理论,从心理学角度展开了研究。杰拉德的康拉德研究很有影响力,他强调康拉德作品中人物面临的道德挑战以及他们的认识自我的尝试,突出伴随人类生存的谜团。在《约瑟夫·康拉德》中,杰拉德认为康拉德的创作能力的衰弱是在《在西方目光下》之后,除了《阴影线》之外,就没有能够创作出有价值的作品。杰拉德的《小说家康拉德》的意义在于解读了康拉德的单个文本。例如,关于《黑暗的心》《吉姆爷》《"水仙号"上的黑水手》,杰拉德在书中首次提出了许多后来被学者们广为接受的观点,后来的许多学者的批评文本只是在杰拉德的这些观点的基础上进一步阐发。在此后的50年中莫泽和杰拉德的论著仍然是康拉德研究的必备文本。无论人们是否同意他们的结论,但当研究康拉德作品时,都必须首先考虑他们的观点。

20世纪60年代,关于康拉德作品有几个重要研究值得关注,特别是他的政治思想。1963年,伊洛伊思·纳帕·海出版了《约瑟夫·康拉德政治小说研究》。1967年,亚威罗姆·弗莱什曼出版了《康拉德的政治:约瑟夫·康拉德小说中的社团和无政府主义》。这两部专著,再加上先前欧文·豪对这个主题的研究,使康拉德研究焦点偏离了最初的非政治主题。此后的几十年中,康拉德小说的政治主题研究分别以伊洛伊思·纳帕·海和亚威罗姆·弗莱什曼为代表。伊洛伊思·纳帕·海的研究突出强调康拉德作品中的明确被列为政治小说的作品,但她也看到康拉德的政治观点,也为康拉德的非政治小说研究以某种方式提供了有益的信息。这是因为她认为康拉德的背景及其政治思想融入到了他的所有思考当中,因而政治是康拉德思想核心的一部分。就康拉德的政治思想而言,和欧文·豪一样,她采用了那个时代更普遍接受的观点:康拉德在政治上是保守的,反对革命活动并且支持反对改革的保守当权派。另一方面,弗莱什曼在其重要著作中认为,这种观点过于简单化地处理了康拉德写作所处的思想语境和传统。他认为康拉德远非通常认为的那样保守。弗莱什曼把康拉德清楚明白地放到他的波兰政治传统以及他的英国和欧洲的历史和政治语境中,对康拉德的政治观点研究得出了令人信服的结论。此外,他还对康拉德的作品进行了有力的解读,特别是关于建立社团的需要和习惯性地回避无政府主义。

20世纪60年代还出现了两部关于康拉德的重要传记。诺曼·谢里出版了他撰写的第一部传记/历史研究——《康拉德的东方世界》(1966),追踪了康拉德的各种传记和历史中与康拉德作品相关的来源和材料。杰瑞·艾伦的《约瑟夫·康拉德的航海那些年》(1965),以和谢里同样的方式,提供了康拉德写作的材料来源的一些明证。但谢里做得比艾伦好。尽管不是绝对可靠,《康拉德的东方世界》在传记/历史评论康拉德作品方面依然是权威的。另一个重要的传记是伯纳德·C.梅耶的《约瑟夫·康拉德:一部心理传记》(1967),虽然在某种程度上可追溯到或深受弗洛伊德的影响,然而,梅耶的传记将康拉德生活与个人性格联系起来,对于解读康拉德作品是个重要的补充,尽管带有怀疑主义的色彩,仍然是研究康拉德的一本有用的书。

这段时间还出现了J.希利斯·米勒的《现实主义诗人:6个20世纪的作家》(1965),这是一个特别短的作品。其中有一章节谈到了康拉德,他认为悲观主义的世界观在康拉德的作品中几乎达到了虚无主义的程度,康拉德用周期性展示了对典型的隐藏于大多数人内心的非理性世界的荒凉的真实一瞥。米勒很好地讨论了《间谍》这部作品,他的观点影响了一群人,认为康拉德接近虚无主义。这个时期的另一个重要发展是不断关注康拉德的短篇小说。爱德华·W.萨义德出版了他的第一部全面讨论康拉德的专著——《康拉德和自传性小说》(1966),这也是全面讨论康拉德短篇小说的第一部专著。萨义德认为理解康拉德小说的关键是要理解他的自传性写作,特别是他的书信,因为康拉德在他的虚构性作品中,特别是短篇小说中,重现了他的生活。在论述的过程中,萨义德挑选了《秘密的分享者》《农场主马拉塔》,特别是《阴影线》作为康拉德生活的代表。萨义德的书以《阴影线》结束,认为它是康拉德先前试图将自己的经历写入作品的尝试的极致,也代表了康拉德对自身的接受。在论证的过程中,萨义德完全不同意那些认为康拉德写作存在成功期与衰弱期的观点。在萨义德之后,劳伦斯·格莱弗的《康拉德的短篇小说》(1969)也以康拉德的短篇小说为研究中心。和萨义德一样,强调康拉德的短篇小说的品质胜过其长篇小说。和萨义德的不同之处是,格莱弗认为康拉德作品的品质早在1903年就已经开始衰退。

约翰·A.帕尔默出版的《约瑟夫·康拉德的小说:文学成长研究》(1968),寻求将康拉德研究的重心从心理和哲学问题转向道德问题。帕尔默也反对康拉德后期作品存在衰弱期的说法,代之以三个不同时期的划分,每个时期都体现了康拉德不同的创作技巧。康拉德文学创作最后一个时期的杰作是《胜利》。在康拉德的后期作品中,帕尔默提出所谓的康拉德艺术能力衰弱期概念,其实是康拉德受乡愁(《流浪者》和《金箭》),复杂的构思(《拯救》),不完整性(《嫌疑犯》)的负面影响。继威利的《康拉德对人的度量》之后,帕尔默是第一个直接而全面地回应了康拉德创作存在成就期和衰弱期的人。

和20世纪60年代一样,70年代也是康拉德研究的一个重要时期。这个时期引发的许多重要议题直到今天仍在继续。这其中最重要的是关于康拉德的殖民主义思想的论争。这个问题随着1971年钦努阿·阿契贝在《马萨诸塞评论》中发表的《非洲形象》而进入人们的视野。阿契贝认为康拉德在《黑暗的心》中,对非洲人的描写具有种族主义的性质。故事中的非洲人没有作为人来描写。因而这部小说不应被看作伟大的文学作品。这篇短文引发无数的回应。罗伯特·F.李在他的《康拉德的殖民主义》(1969)中,已经介绍了殖民主义问题,但是他没有批评殖民行为,也没有从被殖民者的角度来思考殖民问题。相反,阿契贝永久地迫使从事康拉德研究的学者们考虑康拉德在种族和帝国主义问题上的立场。从一开始,批评家们对阿契贝的观点就有支持和反对两种相反的意见。这个时期两个重要的回应是:弗朗西斯·B.西英格发表于1978年的《〈黑暗的心〉中的殖民主义偏见》,以及亨特·霍金斯发表于1979年的《〈黑暗的心〉的帝国主义批评》。尽管不完全同意阿契贝的观点,但是西英格认为,康拉德在作品中再现的非洲文化的确是低劣的。相反,霍金斯认为康拉德不是接受殖民主义的种族主义者,康拉德实际上是反对种族主义和殖民主义的。这样的论战在此后的康拉德研究中时常出现。

70年代有两部重要的康拉德传记。首先是诺曼·谢里的《康拉德的西方世界》(1971),和他的《康拉德的东方世界》一样,都是权威著作。后来,弗里德里克·卡尔出版了他的长篇康拉德传记《约瑟夫·康拉德的三生三世》(1971),与其说卡尔对康拉德的生活做了大量重新解读,不如说他提供了大量文献,他运用大量的新材料来思考康拉德的写作与生活之间的关系,在很长一段时间,这本书被看作仅次于贝恩所做的最重要的传记。

  此外,西方学者在70年代还有许多其他的重要研究。首先是布鲁斯·约翰逊的《康拉德的心理模式》(1971),论述了康拉德在无意义世界中对身份追寻的尝试。约翰逊认为随着时间的推移,康拉德小说逐渐体现出心理和哲学模式。特别是,约翰逊看到康拉德的写作从早期的意愿模式走向自我同情的模式。同时,他也看到康拉德是一个原始的存在主义者。约翰逊的著作对康拉德早期作品做了有力的探讨。他的著作也是继班克拉夫特的《约瑟夫·康拉德:他的生活哲学》后,从哲学角度研究康拉德作品。同时,罗尔·罗素出版了《黑暗的超验主义:团结及康拉德小说的发展研究》。受了J.希利斯·米勒的影响,罗素认为康拉德的小说面对的是"黑暗",反映的是一种存在于康拉德内心世界的力量。他将康拉德作品分为三个阶段:第一阶段表明的是将自己置于物质世界可能的方法;第二阶段表明的是康拉德越来越不相信可见的世界;第三阶段是康拉德努力通过现实世界中的行动来寻找身份。与约翰逊和罗素不同,大卫·桑帕在《康拉德的浪漫主义》(1974)中,回顾了康拉德作品中的浪漫主义问题。瓦特·F.怀特的《约瑟夫·康拉德作品中的罗曼史和悲剧》(1949),罗斯·M.斯坦福的《约瑟夫·康拉德:他的浪漫现实主义》(1922),以及沃佩尔的《约瑟夫·康拉德》都已经谈到了康拉德作品中的浪漫主义。但和他们不同的是,桑帕认为康拉德更多的是19世纪的而不是20世纪的作家,认为康拉德和R.吉普林以及R.L.斯蒂文逊有共同之处。桑帕进一步提出,康拉德作品中的许多元素,都来自浪漫主义,他甚至提到了英国浪漫抒情诗对康拉德的影响。桑帕提出应当修正仅仅把康拉德看作现代主义作家的观点。与此相反,C.B.考克斯在他的《约瑟夫·康拉德:现代想象》(1974)中,认为康拉德只是一个20世纪的作家,具有虚无主义和原始的存在主义思想。考克斯发现康拉德将异化与责任并存于作品之中,从而使其作品体现出不确定性。H.M.戴尔维斯提出不同的问题,在他的《约瑟夫·康拉德:剥夺的方法》(1977)中,正如标题所示,我们看到了康拉德作品的核心问题是"自我剥夺"。戴尔维斯认为一个人只有拥有自我才能展示美德,如忠诚。当一个人失去了自我,便在心理和精神上被毁灭。戴尔维斯还认为,只有释放自我,并达到更高程度的自我意识,才能拥有自我。而在康拉德的作品中,主人公常常因为种种原因,失去了美德,失去了自我,他认为这是"自我剥夺"。另一部在某种程度上关注康拉德作品中自我意识的著作,是杰瑞米·霍桑的《约瑟夫·康拉德:语言与小说的自我意识》(1979),他认为康拉德的小说总是自指的。霍桑受语言学和马克思主义的影响,强调语言的作用,认为主观与客观通过语言产生联系,通过语言主观体验能够转换成客观体验。伊恩·瓦特也有类似的观点,他的《19世纪的康拉德》(1979)和莫泽以及杰拉德的著作一样,是康拉德批评的标准文本。既有形式主义,也有传记历史主义,还有理性历史主义,瓦特为康拉德作品的思想解读提供了独到的方法,他广泛讨论了康拉德的延迟解码技巧。他对康拉德的印象主义与象征主义之间的关系的理解,为其他西方学者所广泛接受,成为康拉德研究的标准观点,他明晰而理性的解读影响了此后的许多学者。

80年代,在延续并拓展了先前的探讨的同时,西方学者大量地将后结构主义文学理论运用于康拉德研究。首先是威廉·W.波利的《荆棘与图形:康拉德小说的语境》,遵循米勒与罗素的传统,他认为康拉德作品中存在虚无主义。受当代文学理论的启发,波利认为由于某些思想的建构与解构使得康拉德作品中存在某种张力。波利认为康拉德坚持非延续性解构了罗曼史小说,而且使用了各种形式的语言非延续性。弗雷德里克·詹姆逊的《政治无意识》中关于康拉德的一章,既受了马克思主义,也受了后解构主义思想的影响。詹姆逊考察了罗曼史思想及其在康拉德作品中的具体化,特别是在《吉姆爷》和《诺斯托罗莫》中,他认为康拉德的写作代表了现代文学的断层线,这个断层线在文学与文化结构方面以一种前所未有的方式呈现出来。艾伦·福格尔的著作《强制话语:康拉德的对话诗学》(1985),运用了巴赫金的对话理论,强调康拉德的政治小说中一个人物对另一个人物的说话方式,更多的是他们迫使别人说话的方法。福格尔把强制话语看作康拉德作品的主要特征。同样,受后结构主义思想的启发,苏西·莱沃的《艺术的失败:康拉德的小说》(1986)思考了康拉德对语言与小说的怀疑主义,导致了对终极理解的绝望,也导致了人类社会和政治生活的两难境地。莱沃认为在康拉德的所有作品中,各种相互对立的思想并存,导致其作品的哲学思想复杂,显示出康拉德对所提问题的任何结论都具有不确定性。某种程度上,不同于这些理论引发的研究,雅克布·洛斯的《康拉德的叙事策略》更加折中,受结构主义、叙事学和其他当代文学理论的启发,洛斯认为在康拉德的小说中,内容优于形式。洛斯不仅探讨了康拉德作品中叙事与主题之间的关系,而且探讨了康拉德叙事策略本身。

伴随着后结构主义,后殖民主义也在这个时期出现了。在阿契贝、西英格、霍金斯以及其他一些人之后,约翰·A.马克可缪尔的《吉普林和康拉德:殖民小说》(1981)联系殖民主义问题,探讨了吉普林和康拉德的作品,特别强调这两个作家就殖民主义对浪漫主义思想的挑战。马克可缪尔还探讨了他们对这个问题的不同回应,他认为吉普林时常寻求方法来改善殖民体系,却看不出康拉德有这样的做法。与此类似,本内特·帕瑞的《康拉德与帝国主义:思维的边界与思想的前沿》(1983)也讨论了康拉德小说中的殖民主义问题。特别受了马克思主义理论的启发,她认为康拉德一方面认可欧洲帝国主义的某些方面,同时又对它进行批判。

除了后结构主义和后殖民主义批评,这个时期还出现了其他重要研究。针对西方学界对康拉德晚期文学作品价值的质疑,佳瑞·戈德斯的《康拉德的晚期小说》(1980)是对康拉德晚期小说的辩护。他认为康拉德在后期小说中,试图做一些新的尝试,不像早期作品专注心理描写;康拉德在后期作品中,更关注罗曼史和象征主义写作手法的运用。戈德斯认为康拉德作品中有怀疑主义的人文精神,出于对人类命运的悲观,因而作品带有预设的拯救意识。尤其是,戈德斯看到康拉德后期作品中罗曼史的反讽价值。为康拉德晚期文学创作辩护的还有丹尼尔·R.施沃兹的《康拉德的后期小说》(1982),否认康拉德的创作生涯存在成功期与衰弱期的说法。施沃兹在研究方法与人文主义思想上都是形式主义的,他不是从宏观视角,而是从单个文本微观地来分析康拉德作品。尤其是,他为康拉德的后期作品做了辩护,而且反对莫泽对康拉德作品中爱情问题的批评。由威利、帕默、戈德斯和施沃兹引发的对康拉德创作生涯是否存在成功期与衰弱期之分的争论,直到今天仍然没有结束。

在传记方面,Z.纳吉德的《约瑟夫·康拉德:一部编年史》(1983)至今仍然是独一无二的最重要的康拉德传记。依靠文献资料,纳吉德不仅采用了来自法国和英国的资料,也采用了来自波兰的资料。这就使他与前人相比能更完整地勾画出康拉德形象。而且,他在写作过程中严格依靠文献,推论的成分被降到了最低限度。

延续80年代的趋势,从后结构主义和其他当代文学理论出发,大量康拉德研究专著出现在90年代。受当代叙事学理论的启发,杰瑞米·霍桑的《约瑟夫·康拉德:叙事技巧与意识承诺》(1990)探讨了康拉德作品的形式与内容的关系,认为在康拉德的大多数成功的作品中,两者形影不离地交织在一起。事实上,霍桑认为这两者的分离标志着康拉德文学创作努力的失败。同样,后结构主义理论启发了达芙妮·欧迪拉斯特-瓦尔坎,在《约瑟夫·康拉德与现代特征》(1991)中,她看到康拉德对现代主义的回应。特别是她看到康拉德与尼采在世界观上的密切联系,而且强调了康拉德小说在价值信仰和信仰无法实现之间的矛盾。从不同的后结构主义背景,布鲁斯·亨利克逊的《流浪者的声音:康拉德和主体叙事》(1992)延续了巴赫金和让-弗朗西斯·利奥塔的观点,认为康拉德的作品从《"水仙号"的黑水手》中的独白,转向了《在西方目光下》的多声部。在论述的过程中,亨利克逊讨论了福格尔的《强制话语》,看到了康拉德作品中的对立的个体和政治观点,作为证明那些作品对话品质的明证。同样,他也从康拉德的作品中的各种流浪话语中,看到现代破碎的自我问题。后结构主义思想也进入杰弗瑞·高特·哈弗的《我们的一员:约瑟夫·康拉德的代表作》(1996),书中他考察了弗里德里克·卡尔版传记中关于康拉德的三种生活的论述,认为那就是康拉德作为波兰青年、航行水手、英国作家的生活。这三者是不可分离的,而且同时存在,康拉德在控制环境同时也被环境所控制。同样,在当代文学理论背景中,受雅克·德里达和巴赫金的影响,达芙妮在她的著作《约瑟夫·康拉德的奇怪的短篇小说:书写、文化和主观》(1999)中,既遵循又背离了她早期对康拉德的研究。达芙妮在该书中探讨了康拉德短篇小说中和作者与主题相关的问题。她认为康拉德的浪漫主义与现代主义,可以和后现代主义联系起来。这样康拉德的作品就展示出超验主义和主观的联系,主观与互为主观之间的联系,心理与文本之间的联系,也表达了一种主观美学的愿望。

对康拉德作品中女性问题的讨论可以追溯到1914年的柯尔·布朗的文章,除了被偶尔提及,这篇文章已被人们所遗忘。第一个从女性主义视角广泛讨论康拉德及其作品的是罗斯·L.奈德尔哈夫特的《约瑟夫·康拉德》(1991),奈德尔哈夫特认为康拉德作品中的女性人物形象的作用比通常认为的要大。此后,苏珊·琼斯在《康拉德与女性》(1999)中,和长期公认的传统相反,认为康拉德不是一个专门描写男性的作家,他的写作深受女性的影响。也就是说女性人物在康拉德小说中常常起着关键性作用,在康拉德的心中常常存有女性读者。她认为就康拉德的后期创作而言,尤其如此。在论证的过程中,琼斯也拒绝承认康拉德的创作存在成功期和衰弱期的划分。奈德尔哈夫特和琼斯开启了康拉德作品中女性问题的探讨,为康拉德研究指出了新的广阔的道路。

这段时期,后殖民主义研究的兴趣得以延续,并广泛出现在康拉德研究中。这些论著的作者,当然是追寻了阿契贝、马克可缪尔、帕里等早期学者的脚步,每个人都在思考这个问题的不同方面。克里斯·邦杰的《异域风情的记忆:文学、殖民主义和世纪末》(1991)认为在世纪之交,一些作家所期望的异域风情已经成为过去。邦杰认为在《黑暗的心》中,康拉德支持殖民主义批评和理想化之间的张力。对于康拉德其他殖民作品而言,邦杰认为相较于19世纪的异域风情主义,康拉德作品中的异域风情缺乏原始与文明的强烈对比。安德尔·怀特的《约瑟夫·康拉德和历险传统:帝国主体的构建与解构》(1993)思考了19世纪历险传统,使用康拉德1900年以前出版的作品来论证他想要的那个传统的发现与成就,同时又抛弃了随之而来的帝国主义的包袱。克里斯托弗·葛维尔特的《西方的创造:约瑟夫·康拉德的欧洲与帝国的双重影射》(1995)是这一领域比较重要的著作之一。回到东西方差异的核心问题,他认为西方团结的思想的构建就是为了统治非西方的世界。葛维尔特考察了康拉德的西方观,认为康拉德面对已经构建起来的西方观的态度在支持和反对之间摇摆不定。

90年代还出现了其他几个重要研究。伊维斯·赫瓦特的《约瑟夫·康拉德的法国面孔》(1990)考察了法国文学对康拉德的影响。赫瓦特探讨了康拉德对法国作家的了解,以及法国作家在文学、美学和哲学方面对康拉德的影响。虽然学者们对康拉德的波兰背景做了长期的研究,但是此前没有人就法国文学和文化对康拉德的发展的重要影响展开研究。在哲学方法领域,马克·A. 沃奈杰的《约瑟夫·康拉德和怀疑主义小说》(1990),基于从雷·笛卡尔到斯坦利·卡尔文的怀疑主义传统,考察了康拉德的怀疑主义思想。尤其是,沃奈杰赞同康拉德小说中不同思想竞争所形成的张力,具体来说,就是对怀疑主义思想到底是支持还是反对。与此类似,虽然别人先前赞同康拉德作品中的存在主义因素,奥托·伯曼的《康拉德的存在主义》(1991)全面考察了这个问题,把康拉德看作原始的存在主义者,运用许多存在主义的观点来研究康拉德作品。

进入21世纪以来,虽然其他经典作家被关注的程度越来越弱,但是学界对康拉德的研究却在迅速发展,众多的康拉德研究成果的出现就是明证。例如:彼得·艾吉利·福修的《非洲幻象:康拉德〈黑暗的心〉中的种族主义与帝国主义》(2000),加入到关于康拉德与殖民主义的争论,反对阿契贝的种族主义的指控。福修认为阿契贝误解了康拉德,康拉德力求呈现的不是非洲,而是一个非洲形象。福修进一步指出,种族主义和帝国主义问题在康拉德时代和今天有着不同的意义,对康拉德的批评应当置于他的那个时代语境中。与此类似,罗伯特·哈姆普逊的《康拉德马来小说的跨文化遭遇》(2000)运用了新历史主义、后殖民主义和后现代主义理论,认为康拉德对马来群岛的书写,既来源于自己的经历,也来源于西方世界对马来群岛的构建。斯蒂芬·罗斯2004出版的《康拉德与帝国》增强了这种论调,他运用当代理论话语,提出康拉德对帝国主义的兴趣只是他对全球化问题的关注的一部分。他认为康拉德认识到全球资本主义,已经取代了传统的国家的概念,康拉德在作品中展示出了这种改变对其小说中人物的影响。

后殖民主义、后结构主义这些理论话语也被应用于康拉德研究。安德鲁·迈克尔·罗伯兹的《康拉德与男性》(2000)基于后结构主义理论考察了性别问题。他看到了康拉德作品中的男性气概,并把它看作一个文化建构,认为康拉德既呈现,同时也在质疑这种建构。在这个过程中,他也赞同男性气概与帝国主义,女性主义与同性恋之间的联系。

另一个运用后结构主义理论的是迈克尔·葛雷来的《康拉德、语言与叙事》(2002)，关注的是话语与叙事。受德里达和巴赫金的影响，葛雷来认为康拉德的作品在话语与写作之间存在张力。最后，他提出叙事发展的三个阶段：第一阶段是口头讲故事模式，出现在早期的马来小说中。第二阶段以马洛的叙述为代表，在全知视角与非全知视角之间产生张力。第三阶段出现在政治小说当中，故事的叙述让位于现代主义美学，也关注语言与现代性，但是视角不同。科恩·克劳利尔斯的《空间、康拉德与现代性》(2002)特别受了迈克尔·福柯的影响，考察了空间与现代性的关系，把康拉德作为他的讨论的试金石。他尤其对事物之间的空间和词语之间的空间的对立感兴趣。最后，他考察了封闭空间概念，认为语言（这本书的主要关注点之一）是逃避封闭空间限制的一个手段。

其他的研究康拉德的21世纪著作有J.G.彼得斯的《康拉德与印象主义》(2001)，以及马丁·鲍克的《约瑟夫·康拉德与心理医学》(2002)。《康拉德与印象主义》是哲学研究，认为印象主义认识论贯穿了康拉德作品始终，在他的叙事技巧中证明了自己。这种认识论来源于康拉德对人类确切了解事物能力的怀疑主义态度。因此，康拉德的文学技巧、哲学假设和社会政治态度之间存在联系。正如标题所示，《约瑟夫·康拉德与心理医学》是一种心理研究，支持运用前弗洛伊德医学心理学考察了康拉德生活和作品中的身体和心理疾病，认为康拉德的作品总是与各种形式的心理疾病有关。此外还有两部近期关于康拉德研究的著作，先前并未引起太多关注：理查德·J.汉德在《约瑟夫·康拉德的戏剧：小说的重构》(2005)中认为康拉德的戏剧值得研究。汉德是基于佳构剧和当代情节剧来考察康拉德戏剧的，认为这些戏剧也含有荒诞派戏剧的某些因素，暗含了大木偶剧、象征主义和表现主义。与此不同的是，斯蒂芬·多诺凡的《约瑟夫·康拉德与流行文化》(2005)重新思考了康拉德讽刺大众文化的观点，认为康拉德虽然经常看不起流行文化，但他的作品中仍然充满了当时的流行文化。多诺凡进一步指出，通过理解康拉德作品中的流行文化，可以更好地理解康拉德的作品。由锡德里克·瓦兹编写的《康拉德导读》(2005)，由北京大学出版社作为《英国文学名家导读丛书》中的一本引入中国。这本书主要由两部分构成。第一部分介绍了康拉德的人生经历和文化背景，对于我们理解康拉德的创作很有帮助，尤其是从16个方面介绍了康拉德的文化背景，这部分完全可以作为我们研究康拉德的基础。第二部分介绍了康拉德的写作技巧，其中对康拉德作品做的女性主义批评，对于我们理解康拉德作品中的女性形象很有帮助。

马丁·雷的《康拉德：记忆与印象》(2007)列举了几百位和康拉德有过交往的人对康拉德的回忆，其中包括康拉德所作所为所言，内容非常丰富，尤其是他对文学以及创作的看法,具有很高的价值。理查德·J.卢贝尔在《现实与作品中康拉德面对的同性恋关系》(2007)中讨论康拉德作品中的同性恋问题,主要涉及《黑暗的心》《"水仙号"的黑水手》《胜利》等作品中男性间的亲密关系,还讨论了《艾米·福斯特》中的双性恋问题。哈罗德·布罗姆的《康拉德的〈黑暗的心〉》(2008)介绍了爱德华·萨义德、锡德里克·瓦兹、约翰·G.彼得斯等9位名家对康拉德的《黑暗的心》的研究成果,是一本文集。艾玛·阿契瑞欧的《康拉德与读者》(2009)主要探讨了三个问题:其一,康拉德对作者权威的理解,主要是关于"作者死亡"理论。其二,运用"接受理论"分析了波兰和英国读者对康拉德作品的接受。其三,关于康拉德的美学思想,以及康拉德如何构建"想象的读者"。约翰·G.彼得斯的《康拉德历史学导论》(2010)的内容主要关于康拉德的生活、康拉德的航海生涯、康拉德的文学市场、康拉德的政治观、康拉德的殖民地经历、康拉德与现代主义6个方面。罗伯特·P.麦克帕兰的《如何描写康拉德》(2011)介绍了如何撰写关于康拉德的论文。亨特·艾伦的《康拉德与达尔文主义伦理》(2014)分析了康拉德对进化论和伦理的看法。威廉·弗里德曼的《康拉德及知识焦虑》(2014)探讨了康拉德知识的缺陷特别是对女性的了解不足,所谓的解救不过是虚幻;还揭露了《黑暗的心》中的谎言,介绍了J.希利斯·米勒的研究,认为康拉德的《吉姆爷》对吉姆形象塑造的欠缺,《在西方目光下》过于关注革命危险,《拯救》完全陷入罗曼史的旋涡。

　　在国外,以康拉德研究作为选题的学位论文也非常多,目前收集到1922—2016年的学位论文共143篇,以博士论文为主,代表了国外康拉德研究的高层次学术成果,虽然不是全部,但从中可以看出国外康拉德研究的大致脉络。可以查到的最早的研究康拉德的学位论文是格丽斯·里尔·克洛泽尔在1922年向美国内布拉斯加大学提交的硕士论文《康拉德小说的文学价值》,最近的是2016年布恩顿·M.欧凯丽向加利福尼亚大学提交的博士论文《现代世界消逝的形象》。

　　因康拉德作品所独有的全球性、开放性,尤其是他对西方中心主义的复杂态度,对英语语言的晦涩运用,时至今日,他作品的文学性、艺术性、思想性仍然能够引起国内外学者,尤其是第三世界学者的浓厚兴趣。国外的康拉德研究成果庞杂,以上提及的由不同历史时期、不同地域的学者撰写的以不同形式出现的康拉德研究成果,足以证明康拉德在20世纪英语文学中的地位,并从中梳理出康拉德研究在西方的发展脉络。从这条脉络中,我们不难看出,不同的历史时期,人们对社会问题的关注点不同,就会对康拉德及其作品做出不同的解释。因而,可以说,对康拉德及其作品的解读,其实就是在阐释我们自己。

第一章　康拉德创作论研究

约翰·高尔斯华绥(John Galsworthy)曾经对康拉德做出这样的评论:"康拉德可能不是这个时代最伟大的小说家,但毫无疑问是这个时代最伟大的写小说的艺术家。"[①]在康拉德还没有开始自己的写作生涯时,高尔斯华绥就已经是欧洲享有盛誉的作家了。1893年3月他和康拉德在英国货船"托伦斯"号上初次相遇,当时康拉德已经36岁,而高尔斯华绥只有25岁,康拉德在"托伦斯"号轮船上担任大副职位,康拉德拿出《奥迈耶的愚蠢》手稿,虚心地向这个年轻人请教写作方法,并由此开始相互引为挚友,经常通过书信或当面交流文学创作的体会,常常成为彼此作品的第一读者。高尔斯华绥这样说当然不是要否定康拉德的"最伟大的小说家"的地位,而是意在强调叙事技巧在康拉德文学创作中有着举足轻重的作用。

基于康拉德的作家身份,西方学者首先关注的当然是他的文学创作。他的素材的来源,写作手法和技巧,成为西方学者的研究对象。1898年夏天,康拉德写信给出版商,希望把马洛系列小说合成小说集,《青春:一种叙述》《黑暗的心》《吉姆爷:一个故事》这三部小说道德观相似,如果合在一起形成小说集,融合度很高,可以形成现代成长小说(Bildungsroman)系列。"康拉德似乎已经意识到这个小说集能够进入英国的小说文化界。"[②]但是这个小说集终究未能出版,不是因为康拉德的念头或美学思想发生转变,而是因为出版工作存在问题,这三个小说中的第三部《吉姆爷》篇幅比康拉德预想的要长很多。1900年5月,《吉姆爷》在杂志连载,布莱克伍德被迫通知康拉德,第三个故事太长,已经和前两个故事不匹配,因而,这部小说集的出版工作也就不再进行。到19世纪末

[①] Robert F. Haugh, *Joseph Conrad Discovery in Design* (Oklahoma: University of Oklahoma Press, 1957), p. v.

[②] Aaron Shanohn Zacks, "Publishing Short Stories: British Modernist Fiction and the Literary Marketplace" (PhD diss, University of Texas at Austin, 2012).

期,英国文学已经完全商业化。写故事也不是艺术家才有的爱好,而是成为一个和商品产生和销售密切相关的文化产业。"驱使作家创作的复杂动机,既有内在的也有外在的,既有审美的也有经济的,所有的文学创作都紧紧围绕市场展开。作家可以认为自己是在为艺术而创作,但是出版作品却旨在获得经济回报和提高自己在文化界的地位,认识到在现代社会,作品的知名度与其文学的美学成就一样重要。对于这个时代的大多数作家而言,包括詹姆斯、康拉德、乔伊斯以及伍尔夫,他们从写作中既得到了经济利益也为自己赢得了声誉,这些都是从事短篇小说创作必不可少的条件。"[①]因而,康拉德的文学创作,既有其自身独立思考的因素,也有迎合社会需要的成分,这是我们理解康拉德文学创作的基本出发点。

第一节 康拉德文学创作材料来源

有学者认为康拉德的创作素材来源其生活经历。1964 年,爱德华·W.萨义德向哈佛大学提交的博士论文《康拉德与自传体小说》是康拉德研究领域里程碑式的成果。萨义德认为康拉德的文学创作就是在不断地复述自己过去的经历,并归因于康拉德对个体消解的恐惧。在该毕业论文中,萨义德意图通过解读康拉德的书信,来理解其作品。他发现康拉德的个人生活与其作品中故事的内容有相似之处。作品中体现的亚洲和非洲的异域风情,其中折射出了康拉德的政治观点:专注于对土著人的文明教化,萨义德认为这是所有的西方文学作品共有的特点。萨义德的博士论文公开出版于 1966 年,他对西方世界自我与现代性之间的冲突的批评,开创了东方学理论,同时也是后殖民主义理论的奠基石,推动了学界的康拉德及其作品研究。

持这种观点的还有陶吉尔·艾勒,他于 2009 年提交的博士论文《我们中的一员:康拉德的〈在西方目光下〉和〈个人记录〉》,探讨了康拉德作为波兰的流亡作家的身份、其文学和传记作品的写作之间的联系。集中讨论了先后出版的《在西方目光下》和《个人记录》这两部康拉德在同一时间段写成并于同年出版的作品。艾勒认为,"时光可以淡化人

[①] Aaron Shanohn Zacks, "Publishing Short Stories: British Modernist Fiction and the Literary Marketplace"(PhD diss., University of Texas at Austin, 2012).

们的过往。然而,流亡者颠沛流离的痛苦对他人而言会变淡,但是对于亲身经历过的本人来说不会变淡,尽管人们之间的交流日益频繁"。"人们始终有一种愿望,希望把自己的经历转换成文本,让自己的原生文化同胞能够了解自己,同时也希望自己能够在文本中获得永生。"① "要实现文化层面的理解,两个不同的文化之间必须有共同的东西,不是要分裂,而是文化的融合,这当然不是一蹴而就的,需要坚持东西方文化的各自需求,在接受外部影响的同时,保持自己的传统。就个人而言,康拉德就代表了这样的融合。他努力为缺乏沟通的文化架起桥梁,特别是他的《艾米·福斯特》和《在西方目光下》,可以看作欧洲东部文化与欧洲中心文化的碰撞。尽管出生在俄罗斯控制下的东欧地区,他的家庭传统使他能够对欧洲中心文化处之泰然。"②

有学者把康拉德文学创作的独特性归结于其独特的文化身份。1999年路德米勒·沃特科夫斯卡在《异乡客:作为离散作家的康拉德》中提出:"康拉德不受19世纪英国传统的约束。相反,他被看作不寻常的、陌生的、古怪的英国作家。弗吉尼亚·伍尔夫从传统小说与现代小说的连续性出发,认为康拉德不是写英国小说的作家。她断言1910年左右的英国人想要从事写作的话,面临的困难就是没有榜样可以学习,康拉德是波兰人,这就将他从英国作家中排除出去了,人们可以仰慕他,却无法向他学习。"③ 但是,英国的评论界不这么认为,他们从英国文化的角度评论康拉德。与之相反,波兰的评论家把康拉德看作波兰人,不过是用英语进行写作罢了。然而,对康拉德而言,英语不是他的第一语言,甚至不是第二语言,凭借他的离散背景,他既不能被看作英国作家,也不能被看作波兰作家,他的作品也不宜被简单地看作两种文化的融合。康拉德小说包含了离散写作的所有特点,和单一文化中的写作明显不同。沃特科夫斯卡总结了康拉德符合离散作家的12个特征,其中的第5点特别值得重视:"文化冲突的结果是相互带来伤害。主人公要么是遭遇非命,要么是给周围的人带来灾难,就像杨柯·古拉尔那样被看作对文化的威胁,结果就是被人杀死,或自我毁灭。"④ 沃特科夫斯卡通过和其他作家相比较,来分析康拉德独特写作风格的成因,认为正因为康拉德独特的人生经历,才造就其作品中独特

---

① Torgeir Ehler, "One of Us: Joseph Conrad's *Under Western Eyes* and *A Personal Record*" (PhD diss., University of Denver, 2009).
② 同①193.
③ Ludmilla Voitkovska, "A Stranger at Home, at Home among Strangers" (PhD diss., University of Saskatchewan, 1999).
④ 同③203.

的文化内涵。这就决定了不同文化之间的冲突会成为康拉德文学创作的重要素材。

同样关注康拉德作品中的语言问题的还有玛格丽特·塔特奥西扬,在其2006年提交的博士论文《陌生国度的陌生人:路德米勒·沃特科夫斯卡的流亡书写,参照约瑟夫·康拉德、哈勃·阿萨都日安、罗曼·雅各布逊》中,她探讨了康拉德对跨文化交际的忧虑,以及身处异国他乡的无比孤独。"康拉德小说涉及边界、位移、身份。康拉德的许多小说都发生在海上,远离故土,在这个地方没有了地理和文化的边界,来自不同种族的聚集在一起。流亡和位移主题常常出现在他的作品中。有些人物是英国公民被流放到他乡,也有些外国人流落到了英国。"①"康拉德作品中的人物常常因为位移和被边缘化而处于精神焦虑的状态。"②"康拉德本人经历的复杂性也渗透到了他的叙事当中,增加了语言的多样性。他娴熟地使用外国口音和规则转换,增加了人物的特点,使他本人和这些人物产生了某种联系。有趣的是,分析康拉德的小说文本发现,因为他对流亡和'位移'的关注,语言仍然是他来描写流亡的方式,而不是用来表示这种联系。"③

对于康拉德文学创作的材料来源,提姆·密德尔顿(Tim Middleton)在2006年出版的《约瑟夫·康拉德》中,做了较为全面的总结,认为康拉德的人生经历和文学创作材料有密切关系。密德尔顿总结了康拉德的文学背景的三个方面:"其一,他的小说创作来源于他自己的广泛阅读,从各种各样的作品中吸收了小说创作的素材、风格、方法,包括莎士比亚的《暴风雨》以及后来市场上的畅销书。其二,康拉德复杂的叙事风格是众多同行作家和文学批评界共同作用的结果。其三,正好赶上了出版业的繁荣期以及他的经纪人的精明的市场运作。"④但是,我们同时也要意识到康拉德的独特感悟力,使他能够把日常琐事变为文学创作的素材。例如,1876年7月8日到9月16日,康拉德在"圣安托尼"号(Saint-Antoine)工作,跨越大西洋,航行到哥伦比亚、委内瑞拉,对于一般的海员来说,狂风、巨浪和暴雨都是生死攸关的灾难,但康拉德在文学创作中能够将这些自然现象转化为其作品中神话、诗意、浪漫的元素。

---

① Margarit Tadevosyan, "Strangers in Strange Tongues: Vladimir Nabokov and the Writing of Exile, with Reference to Joseph Conrad, Hakob Asadourian, and Roman Jakobson" (PdD diss., Boston College, 2006).
② 同①50.
③ ibid.
④ Tim Middleton, *Joseph Conrad* (London: Routledge, 2006), p. 7.

第二节　康拉德的语言困境研究

到19世纪晚期，人们对语言已经有了新的认识。尤其是康拉德在使用英语进行创作时，其语言困境在于对语言的表达力常常产生怀疑，从语用学角度看，就是语言的能指与所指并不能总是保持一致。泰德·比利（Ted Billy）在1997年出版的《文字的荒野：康拉德短篇小说的封闭与开放》中，以"小说的语言、语言的小说"作为这本专著的序言，就是要突出语言在康拉德作品中的特殊地位。"康拉德可能是维多利亚时代最后的作家，同时又是现代主义最早的作家，他成年以后才习得英语，成为独特的可以使用多种语言的国际人，以'他者'的眼光走近小说领域。他开始小说写作时就意识到语言的不确定性，在其文学生涯中，自始至终都坚持语言怀疑主义，同时又对词汇的魅力着迷。他常常怀疑语言涵盖人生经历的能力，就像怀疑他自己富有想象力的创造力一样。作为一个有创造力的作家，他广泛地从航海事业的成功记忆中，来博取自己第二职业的成功。然而，他常常怀疑语言捕捉和表现现实的能力。"[1]比利认为："考虑到康拉德的多语背景，我们还要问大多数水手都喜欢摆龙门阵，为什么康拉德却会开始写作？康拉德可能是本能地追寻其父亲的脚步，开始写小说。康拉德为什么会选择英语，而不是法语或波兰语？原因很难确定。"[2]比利认为最可能的原因是"19世纪80年代康拉德开始写小说时的政治状况是，他从分裂的波兰这个国家自我驱逐（self-exiled），面临着一连串的失败和自杀的念头，然而，那时的英国统治着海洋和商业，康拉德可能被英帝国的霸权和辉煌所吸引，尽管他在小说中记载的是英帝国的暴行。而且英国有着丰富的文学传统和庞大的读者群，首要的是康拉德希望自己的作品能够被更多的人阅读"[3]。康拉德并不是19世纪晚期唯一发现自己处于这种困境的作家，面对强大的英帝国，选择用英语进行文学创作自然是可以理解的。

---

[1] Ted Billy, *A Wilderness of Words*, *Closure and Disclosure in Conrad's Short Fiction*（Texas: Texas Tech University Press, 1997），p. 1.
[2] 同[1]2.
[3] 同[1]2-3.

传统观念认为人类具有语言的理解能力。尼采在《论真理与谎言》中对人这种观念表示质疑,他认为人类智力中的随机性,阻碍了我们对外部世界本质的认识。在尼采看来,"人的内心充满了各种超越我们主观意识的冲动;因此我们的内心'充满幻觉和梦境',我们的眼睛只是滑过'事物的表面'"①。"尼采对语文学(Philology)的理论研究和康拉德掌握几种语言以后对语言的理解是一样的,他们都怀疑文字所表达的事物和事物本身的一致性。尼采怀疑地问道:'语言真的能够充分地表达一切事实吗?'康拉德和他的这个德国的同代人一样持有永久的否定观点。尼采还认为,每个词都是一个概念,它所建立的是一个类型而非个体,这样词汇就失去它的独特性。"②"在世纪之交,康拉德和尼采对语言持有相同的观点,但是对康拉德的文学创作产生最早、最深刻影响的是莫泊桑,形成了康拉德的'文学是虚幻的构成'这样的文学观。无论在文学评论还是在文学创作中,莫泊桑都强调真实是虚幻的,因为生活太过复杂、矛盾、无序。他认为文学除了表达对现实的虚幻,其他什么也没有。"③莫泊桑对康拉德的文学创作影响很大,他的观点进一步促使康拉德相信词汇在表现现实世界过程中具有不确定性,进而导致了康拉德语言怀疑主义思想的产生。

当康拉德在世纪之交发表作品时,乔治·艾略特倡导作家应当保持心态的平静,对怀疑主义应当有所克制,她的这种观念已经不为大众所接受。马克·A.沃莱格认为,"和艾略特温和的怀疑主义思想不同,康拉德的怀疑主义思想是激进的,就像魔鬼盘旋在人的脑海里"④。"康拉德认为人们应当坚持恰当的行为、责任、忠诚、荣誉,这和英国维多利亚时期的传统标准保持一致,但他同时也从波兰祖先那里继承了激进的骑士精神。"⑤"然而,怀疑主义也使他对骑士精神产生不同的看法,'忠诚是神秘的,信仰就像岸边的薄雾变动不居',在不知不觉中离开,怀疑主义也需要有依靠,在康拉德最好的作品中,怀疑主义却总是和各种形式的避难相联系。康拉德和所有的怀疑主义者一样,求助于理性,认识到需要对怀疑主义进行约束。就像 T. H. 赫胥黎对笛卡尔的评论,'在建房的过程中,

---

① Ted Billy, *A Wilderness of Words, Closure and Disclosure in Conrad's Short Fiction* (Texas: Texas Tech University Press, 1997), p. 8.
② 同①8-9.
③ 同①9.
④ Mark A. Wollaeger, *Joseph Conrad and the Fictions of Skepticism* (Stanford: Stanford University Press, 1990), p. 1.
⑤ 同④1-2.

具有常识的人不会在没有居所的情况下,推倒房子重建'。"①沃莱格解释说:"康拉德的写作风格和他的叙事结构有关,在句法上来说就是并置,从叙事形式上来看就是类比。"②沃莱格认为,"在怀疑主义的连续的不确定性所产生的乐趣中,来思考'宏伟景象'是康拉德叙事诗学的关键。虽然口语可以有意识地描述行为,但是康拉德常常避免通过话语来再现行为,因为他同时也对文学作品中行为的表现价值产生怀疑,这就促使他把行为放在过去,通过完整的叙事来对行为进行反思,进而使马洛对历险故事的追叙成为对真相和价值的探索。随着作品中作为故事情节的行为的减少,再现行为就成了对叙述者的关注,叙述者对行为的记录就实现了伦理价值的在场"③。这样,马洛在《黑暗的心》中的沉思就产生了现代主义文学的特点。"巴赫金反对'对话'或者'多声部'小说,在康拉德的作品中,故事情节从单个人物的视角展开,叙事以'独白'的方式进行,这样作品中的个体意识和作者的话语联系在一起,这就形成了整部小说的格局。某种意义上,康拉德小说的多声部成分是对'独白'的一种反拨,是对怀疑主义思想的保护性反应。对'他者'心理真实性的质疑,最终会陷入唯我主义的自我封闭,沉寂于自己的内心世界,或者是陷入无尽的自我对话中。康拉德在给小说的定义中直接指出其危害:'什么是小说?'他在《个人记录》中写道:'不就是确信我们的同伴的存在,足以来把生活想象得比现实更加清晰吗?'换句话说,怀疑主义本身拒绝预先关闭任何质疑,通过反对单一视角带来的潜在的教条主义来抵制独白。"④因而,康拉德怀疑语言的能指功能,但同时又非常倚重语言的能指功能,强调对话能够克服"独白"的危害。

但是,怀疑主义的优点也有可能无法发挥作用。如果怀疑主义变得更加偏激或者更具有包容性,就可能以几种方式变为独白。如果只关注心灵本身,陷入唯我主义,过于追求理性,那就会像《诺斯托罗莫》中的马丁·德考得那样患上心理疾病,或者是由于过于偏激而发狂,就像《进步哨所》中的凯尔兹那样完全失去理性。《进步哨所》中的凯尔兹在杀死卡莱尔以后,一下子从自我的心魔中解脱出来,对自己原有的思想观念都有了重新认识,突然明白了世间的对与错、是与非。坐在被他杀死的卡莱尔旁边,凯尔兹突然获得

---

① Mark A. Wollaeger, *Joseph Conrad and the Fictions of Skepticism*(Stanford: Stanford University Press, 1990), p. 20.
② 同①21.
③ ibid.
④ Mark A. Wollaeger, *Joseph Conrad and the Fictions of Skepticism*(Stanford: Stanford University Press, 1990), pp. 22-23.

了新的智慧,实现了人生的顿悟。这正是怀疑主义的偏激表现,使凯尔兹这个一贯的碌碌之辈,突然得到了升华。故事本可以有不同的发展,但是凯尔兹在精神错乱的情况下,内心的恶念得以宣泄以后,对天下事有了清醒的认识。这是"受了莫泊桑的影响,康拉德在反讽的诱使下把对事实的揭露转向凯尔兹的精神失常,凯尔兹智慧上升的结果就是想到了自己的死亡"①。至于《在西方目光下》,"康拉德表达了对政治动机的不信任,进而质疑人们的理想主义思想。他的眼光已经超越了个人,他把政治看作意识形态系统影响的结果"②。在1911年10月20日给杰拉德·加奈特(Gerard Genette)的信中,康拉德说:"在这本书中我唯一关注的就是思想,没有其他。"③因而,理解康拉德作品,必须注意其对反讽手法的巧妙运用。由此可见,对语言能指与所指的不信任而产生的怀疑主义观念,不仅是康拉德思想的重要组成部分,而且也在影响着康拉德的叙事风格,在故事情节方面则是产生一系列的悖论。

　　塔特奥西扬探讨了康拉德的《艾米·福斯特》中反映的康拉德多语沉默现象。"康拉德是19世纪晚期20世纪初期杰出的具有深远影响的英国作家,跨越了维多利亚和现代主义这个时代,属于为数不多的以外语进行创作的文学界名流。"④从康拉德的书信来看,康拉德对自己讲英语时的异国口音产生的影响是非常清楚的。在1898年1月14日给格林汉姆的信中,康拉德就说:"你知道我为自己蹩脚的英语感到羞愧。"每当他无法用英语来表达时,他就会转用法语。尽管康拉德面对着这些语言的局限和困难,他仍然坚持用英语写作,他在回忆录中写道:"经过那么多年的练习,积累了那么多的疑惑、缺陷,在我的脑海中一遍遍地过滤,使我确信,如果不用英语,我根本无法写作。"康拉德小说涉及边界、位移、身份。康拉德的许多小说都发生在海上,远离故土,在这个地方没有了地理和文化的边界,来自不同种族的人聚集在一起。流亡和位移主题常常出现在他的作品中。有些人物是被流放到他乡的英国公民,也有些外国人流落到了英国。"康拉德作品中的

---

① Mark A. Wollaeger, *Joseph Conrad and the Fictions of Skepticism* (Stanford: Stanford University Press, 1990), p. 25.
② 同①184.
③ Frederick R. Karl and Laurence Davies (eds.), *The Collected Letters Of Joseph Conrad* (Volume 4) (Cambridge: Cambridge University Press, 1990), p. 489.
④ Margarit Tadevosyan, "Strangers in Strange Tongues: Vladimir Nabokov and the Writing of Exile, with Reference to Joseph Conrad, Hakob Asadourian, and Roman Jakobson" (PhD diss., Boston College, 2006).

人物常常因为位移和被边缘化而处于精神焦虑的状态。"①"康拉德本人经历的复杂性也渗透到了他的叙事当中,增加了语言的多样性。康拉德在作品中娴熟地使用外国口音和规则转换,增加了人物的特点,使他本人和这些人物产生了某种联系。有趣的是,分析康拉德的小说文本发现,因为他对流亡和'位移'的关注,语言仍然是他来描写流亡的方式,而不是用来表示这种联系。"②就像许多用非母语创作的作家一样,康拉德常常怀疑语言的能指功能,不断地学习并优化他的英语水平。康拉德在和朋友的通信中不时透露出写作过程中他常常为选择恰当的词汇而烦恼。

同样关注康拉德作品中语言特点的还有 2007 年马塞拉·默克(Marcela Moc)的博士论文《约瑟夫·康拉德和弗拉基米尔·纳博科夫③小说中的多语修辞与主体构建:叠加效果、反射、戏剧形式》。默克认为:"约瑟夫·康拉德和弗拉基米尔·纳博科夫作为使用多种语言的作家,从他们的语言和话语体系中可以看出,他们能够运用多种意义框架、意识形态、符号表征。他们的作品具有语言的模糊性、意义的相对性,通过影射与反射使能指与所指常常分离,随着意义的叠加在视觉上和心理上反映事物的状态。文本中因为主体的不能或不愿言说而形成的不在场,就成为另一个故事的被动客体。在康拉德和纳博科夫的小说中,叙述者讲故事只是回叙往事的手段,这种时间区位、叙述者、主人公的分离强调的是位移、陌生化以及叙述的开放性。"④运用多语和双语理论,同时根据雅各·拉康、瓦特·本杰明、米哈伊尔·巴赫金的理论,默克探讨了康拉德和纳博科夫的小说的三个特征:元语言意识、词汇的音义分离、能指与所指内在固有的分离。多语作家能够比单语作家更好地站在语言的边缘观察语言,因为对他们而言,意义和客体都不是基于母语

---

① Margarit Tadevosyan,"Strangers in Strange Tongues: Vladimir Nabokov and the Writing of Exile, with Reference to Joseph Conrad, Hakob Asadourian, and Roman Jakobson"(PhD diss., Boston College,2006).

② ibid.

③ 弗拉基米尔·纳博科夫(Vladimir Vladimirovich Nabokov,1899—1977),俄裔美籍作家,1899 年出生于俄罗斯圣彼得堡。他在美国创作了他的文学作品《洛丽塔》,但真正使他成为一个著名散文家的是他用英语写出的作品。他同样也在昆虫学、象棋等领域有所贡献。纳博科夫 1955 年所写的《洛丽塔》,是在 20 世纪受到关注并且获得极大荣誉的一部小说。作者再于 1962 年发表英文小说《微暗的火》。这些作品展现了纳博科夫对于咬文嚼字以及细节描写的钟爱。

④ Marcela Moc,"Polyglot Rhetoric and the Construction of Subjectivity: The Effect of Doubling, Reflection, and Thematic Patterning in the Fiction of Joseph Conrad and Vladimir Nabokov"(PhD diss., University of Western Ontario,2007).

的唯一性而自然形成的。此外,多语作家能够使用多种语言系统、意识形态、文化和社会语境所构成的符号秩序。

2015年,艾米·R.翁提交的博士论文《维多利亚时代的表达:印刷背景下的人际交流与文学写作》也探讨了康拉德作品中的语言问题,这是研究康拉德作品中人物口语的论文。"随着维多利亚时代的学者注意到19世纪下半叶,随着读者群的扩大,文化和文学文本越来越丰富,但是却很少有主流作家关注到看似平常的非文学形式的表达方式:流言、街头闲谈、闲聊、聊天、家常话。"①翁的研究试图找出维多利亚时期著名作家对文本和这些日常谈话的关系的思考及理论阐释。"对于狄更斯、莎克雷、罗伯特·布朗宁等人而言,19世纪60年代起闲谈就已经进入了文学、新闻、诗歌革新,同时闲谈如何与作者的艺术目标达成一致也是一个难题。"②就这个问题来说,翁重点分析了斯蒂文逊的《金银岛》,"认为其中的闲谈代表了小说的最高艺术,因为闲谈具有经验性、不确定性以及过程为导向的逻辑性。在他(斯蒂文逊)看来,'闲谈'是历险罗曼史的最好的表达方式,也同样适用于反映行程的重要性"③。翁还探讨了康拉德和F. M.福特合作的小说《继承者:关于奢靡的故事》中的结巴/不流利现象,福特认为这个现象在现实生活中很常见,因为人们在听别人讲话的同时,也在准备自己的话语。

在现代主义文学中,语言不再是封闭的体系,而是必须要对语言的价值重新进行评估,就像身份、文化和历史,成为开放的空间,具有不确定性和无限性。康拉德和伍尔夫的小说通过探索语言的局限性以及质疑其艺术的媒介性,促使人们对语言进行重新评估④。两位作家都探讨了语言表达20世纪生活的能力。就康拉德而言,因为马洛的殖民者身份,马洛的陈述停滞了对他见到的殖民者的虚伪在哲学上的解构。而就伍尔夫而言,她对第二次世界大战前几个月威胁英国的历史事件描述得琐碎且冗长。两位作家的叙述都清楚地通过语言的无意义来表达现实的无意义,通过语言的自我贬低来表达对现实的不满,这也就进而表明他们对语言的迷恋达到了疯狂的程度,都试图使语言成为文学创作的本体,而不仅仅是文学创作的工具。

---

① Amy Ruei Wong,"Victorian Talk: Human Media and Literary Writing in the Age of Mass Print"(PhD diss., University of California, 2015).
② 同①5.
③ 同①5-6.
④ John Anthony Barnes,"'A Luminous Halo': Madness and Inexpressible in Joseph Conrad's *Heart of Darkness* and Virginia Woolf's *Between the Acts*"(PhD diss., Acadia University, 2008).

伊丽莎白·T. O. 鲍曼（Elisabeth True Overman Bauman）关注的是现代主义小说中的语言、伦理、主体之间的交集（intersection）。鲍曼考察了詹姆斯、康拉德、伍尔夫等人的作品，认为其中存在"矜持诗学"（poetics of reserve）。鲍曼认为矜持就是一种沉默，是叙事的分叉点（bifurcation），是在语言上容易引发关注的并拒绝话题的建构。鲍曼采用伊曼努尔·勒维纳斯的伦理相异性理论探讨矜持美学。他选用"矜持"这个词，"不仅因为这个词在现代主义小说中具有显著的地位，而且因为'矜持'暗示着与我们要探讨的文本的语言和主体性有着密切的关系。矜持代表一种抑制，'矜持'提醒我们要注意其背后内容，发现没有言说的部分。与此相关的是，'矜持'就是出于某种特定的目的把某些内容遮盖起来"①。就康拉德的《吉姆爷》而言，在吉姆解释沉船事件的时候，吉姆所使用的语言就突出了现代主义小说中语言、主体、伦理的交集。在马洛评论吉姆对"帕特纳"沉船事件的解释的过程中，马洛声称"能够理解吉姆话语间的停顿"，"马洛觉得自己是幸运的，似乎是有心灵感应，能够理解吉姆话语中的沉默。而且，马洛能够清楚地感觉到吉姆反复地、不断地拒绝马洛想要了解他的努力，竭力使自己保持神秘莫测的状态"②。在场景方面，吉姆向马洛讲述自己的故事时，身处黑暗当中，在阴影里，在雾中移动着自己的身体。"这里的黑暗与光线具有比喻意义，马洛认为在光天化日之下去考察吉姆是粗暴的，要在话语的停顿中，透过浓雾去探索另一个吉姆。"③透过浓雾以及话语间的迟疑，"马洛毫不奇怪地发现自己距离吉姆是如此的近"④。尽管马洛不断地想用语言把吉姆归化为"我们中的一员"，但他必须要面对的事实是要接受吉姆的迟疑，要认识到吉姆的相异性，对身份归化或同化的排斥。所以，理解康拉德作品的最大语言困境在于：能指与所指的分离，但是，康拉德很好地运用了能指与所指的分离所产生的效果，为自己的文学创作服务，使语言成为其文学创作的主体之一。

---

① Elisabeth True Overman Bauman, "'For Silence Have Their Character': Ethics, Subjectivity and the Modernist Poetics of Reserve in James, Conrad and Woolf" (PhD diss., Acadia University, 2008).
② 同①3.
③ 同①4.
④ ibid.

第三节　康拉德作品的叙事研究

在西方学界,格丽斯·里尔·克洛泽尔在1922年8月向美国拉布拉斯卡大学提交的硕士论文《康拉德小说的文学价值》,是目前可以查到的最早的康拉德研究的学位论文,论文共分为四部分:其一,克洛泽尔认为康拉德的文学理论来源部分是来自别人,部分是自己的独创,并分别进行了研究。其二,探讨了康拉德描写和叙事的视觉特征,分析了康拉德作品中形状、颜色、声音和行为的内涵。其三,克洛泽尔从外形、动作与态度、个性化三个方面分析了康拉德作品中的人物形象的塑造。其四,克洛泽尔认为康拉德在无意间就"赋予了作品中事物以人的意识",从而对外部世界做精神层面的洞察,"康拉德先生似乎还没有意识到,他已经把作家的最宝贵的财富给了我们,那就是对生活的感悟"①。克洛泽尔的硕士论文作为早期的康拉德研究,意义在于以下几个方面:其一,她认识到康拉德的文学创作受到其他作家,尤其是法国作家的影响,但是由于其独特的人生经历,使其作品有着别具一格的内涵。其二,她发现了康拉德作品中的印象主义表现手法,这点后来被西方学者反复提及。其三,她发现了康拉德作品的现代主义特征,尽管她没有用"现代主义"这个术语。此后,西方学界一直关注康拉德的叙事策略研究,主要有以下几个方面:

其一,康拉德在叙事过程中的叙事视角转换。约瑟夫·K.霍林斯沃思从叙事视角的转变来研究康拉德的叙事技巧。他的硕士论文《约瑟夫·康拉德的写作技巧:叙事视角的转变》旨在找出康拉德小说叙事视角有哪些转变,进而研究康拉德为什么要做这些改变。霍林斯沃思首先根据叙事视角对康拉德小说进行分类,同时指出康拉德有些作品的叙事视角较为复杂,使用了不止一种视角。在分析原因的时候,霍林斯沃思提醒大家注意"康拉德写作技艺高超而且思路清晰。在《潮汐之间》的作者序中,那些故事创作于不同的历史时期,受了多种因素的影响,有时会尝试多种方式去讲述一个故事"②。"康拉德

---

① Grace Leal Crozier, "The Literary Values in the Novels of Joseph Conrad" (PhD diss., University of Nebraska-Lincoln, 1922).
② Joseph Keith Hollingsworth, "Technique of Joseph Conrad, with Particular Reference to his Handling of the Point of View" (Master's diss., The University of Chicago, 1931).

使用第一人称的原因在于增加小说的真实感,这是那个时代作家非常看重的,换句话说,就是增加小说的可信度;但是康拉德不会简单地希望他的读者把他的故事当作真人真事,即便这个故事是根据真人真事来写的。他希望读者能够感受到他作品真实性的那份真诚,这两者完全是两个层面的问题。"①"威尔逊·福奈特先生则认为康拉德频繁地使用第一人称的叙事视角是因为这样自然、容易,而且有说服力,可以表明这些情节与他的亲身经历有密切关系。"②霍林斯沃思赞同福奈特的观点,并且认为这些作品中的情节或多或少都带有自传性。"还有些时候康拉德会使用第三人称,是因为故事中的事件距离康拉德的生活比较远。"③"事实上,故事中材料的来源,对于康拉德选择叙事的视角有着非常大的影响,这也说明康拉德对故事材料的选择和历史时间并没有必然的联系。"④据此,霍林斯沃思也就否定了评论家给康拉德的作品划分时期的做法。他总结道:"康拉德的想象力凭借的是直觉,而不是创造,他的创作受材料的制约,因而,康拉德作品中的叙事框架就能够表明这个故事是他听来的,还是他亲身经历过。"⑤

伊恩·瓦特(Ian Watt)也非常关注康拉德作品中的叙事视角的转换问题。在1988年出版的《评康拉德的〈诺斯托罗莫〉》中,瓦特介绍了故事的来源,从散文风格、时间、视角三个方面探讨了小说的叙事技巧,分析了小说中的人物,《诺斯托罗莫》中的历史和政治,康拉德的写作传统、接受、影响。在1917年的作者序言中,康拉德前所未有地详细介绍了故事的来源。在1902年出版了《台风》以后,康拉德写道:"感觉世间已经没有什么可写的了。"此刻康拉德脑海中突然想起了大约是在1875年或1876年期间,青年康拉德曾经航海到西印度群岛或是墨西哥湾之类的地方听说过这个轶事,这就成了这个故事的最初来源。许多人认为《诺斯托罗莫》很难读懂,"不是因为无法理解作品""而是因为康拉德改变了我们预期的故事的连续性,很显然,我们不能像以往那样以时间为序逐字逐句来理解故事的发展和作品中的人物,而是应当按照康拉德建立起来的意义和连续性来阅读"⑥。"许多段落康拉德都自由地运用了叙事视角。"⑦"塞德瑞克·瓦兹(Cedric

---

① Joseph Keith Hollingsworth, "Technique of Joseph Conrad, with Particular Reference to his Handling of the Point of View"(Master's diss., The University of Chicago, 1931).
② Wilson Follett, *Joseph Conrad* (Garden City: Doubleday, Page and Company, 1915), p.65.
③ 同①87.
④ 同①8.
⑤ 同①88.
⑥ Ian Watt, *Joseph Conrad: Nostromo* (Cambridge: Cambridge University Press, 1988), p.21.
⑦ 同⑥41.

Watts)将其称为'叙事视角的流动性'(mobility of viewpoint)。"①

其二,康拉德作品内涵的模糊性,引起了部分西方学者的质疑和不满。1990年帕梅拉·H.狄茂里的博士论文《"荒野":康拉德作品的指涉性研究》提出,E. M. 福斯特利认为康拉德作品边缘和中心一样的模糊,他的才华密匣子中装的是蒸汽,而不是珠宝。这句话代表了许多康拉德读者的想法,认为康拉德作品的核心并没有什么实质的内容,其中心及内在意义常常是含混的、不存在的或者说是延迟的。很难准确指出其确定意义;他的散文像雾一样模糊不清。"F. R. 利维斯谈到康拉德作品中的语言时也说,康拉德使用的形容词,带有难以名状、难以理解的神秘。"②"缺乏实际意义并不限于句子,尽管从句子来说表现得很明显,即便是形象和情节也是如此。"③就《吉姆爷》来说,"自出版90年来,有些段落有着各种各样的阐释,始终无法达成一致"④。狄茂里认为:"罗曼史作品只存在于指涉意义确定的语境中,然而,康拉德不相信在词语和指涉意义之间存在确定的关系。因此,在康拉德看来,写作行为本身就是一种历险行动,作家就是主人公,本身就是幻觉。"⑤"我认为康拉德一生都在书写罗曼史,希望有圆满的结局。他在写作的过程中,既是马洛也是吉姆,一方面看到了自己令人惊奇的拯救行动,并取得了伟大的成功,另一方面又看到了理想根本无法实现。"⑥在1896年11月29日给爱德华·加奈特的信中,康拉德就抒发了自己的"不完整":"不完整的快乐,不完整的悲伤,不完整的流氓,不完整的英雄——不完整的磨难。潮起潮落,万事皆空。你明白我的意思。任何机会都不能持久。"⑦

其三,康拉德作品的文体风格也是西方学界的关注对象。马修·C.卢伯利在其2004年的博士论文《新闻创新:后新闻时代的维多利亚小说》中提出,"在商业媒体时期

---

① Ian Watt, *Joseph Conrad*: *Nostromo* (Cambridge: Cambridge University Press, 1988), p. 42.
② Pamela Hope Demory, "'A Wilderness of Words': Referentiality in the Works of Joseph Conrad" (PhD diss., University of California, Davis, 1990).
③ 同②2.
④ ibid.
⑤ Pamela Hope Demory, "'A Wilderness of Words': Referentiality in the Works of Joseph Conrad" (PhD diss., University of California, Davis, 1990).
⑥ ibid.
⑦ Frederick R. Karl and Laurence Davies(eds.), *The Collected Letters of Joseph Conrad* (Volume 1) (Cambridge: Cambridge University Press, 1983), p. 321.

(1836—1900),英国小说把新闻看作大众知识的权威来源"①。这个时期包括康拉德在内的许多小说家,"在自己的小说中都采用商业媒体的叙事方式。有5种新闻中常用的形式为小说所采用:航海日记、私事广告栏、社论、采访、海外通讯。这些新闻媒体中常用的文类改变了小说家的美学思想"②。"这就使得19世纪的文学与融入了新闻要素的小说之间形成分化——也就是新闻创新。"③亨利·斯旦利于1871年前往非洲,《纽约先驱报》要求他以新闻报道的形式报道自己的见闻,康拉德自幼年起就对斯旦利以新闻报道的形式讲故事有深刻的印象。在1891年刚果之行以后,康拉德回到英国,虽然他的稿件没有能够被伦敦的媒体采用,但是,"1898年康拉德将自己的非洲之行写成小说,其中的人物完全具有新闻记者的特点"④。《黑暗的心》(1898)是康拉德所有小说中受新闻媒体影响最大的一部。新闻媒体提供了事实来源,特别是富有哲理的刺激性事件。英国和比利时媒体上对非洲的讨论,使康拉德意识到媒体影响着人们的所见所闻,人们的思想,以及对世界的理解"⑤,从而使他认识到采用类似新闻的写作手法的魅力。

其四,康拉德作品的哥特式风格。"哥特式小说的特点是描写怪物带来的危险,但最终会回到常态,结局终究会圆满。斯特克、威尔士和康拉德小说的哥特式风格,使他们的维多利亚晚期的读者期待小说会有令人愉快的结尾。他们没有使读者如愿以偿,故事的主题和结尾往往很复杂。他们提出了问题,却又没有给出答案,他们的读者发现他们碰到的是形式很熟悉,但却是全新完全不同的故事"⑥。"通过模棱两可、悬而未决的结尾,这些作家打破了传统,在内容和形式两个方面对小说进行了革新。"⑦

康拉德的叙事策略,引起了其文学界同行的兴趣,并竞相学习/模仿。1985年,吉米·华伦斯坦向卫斯理安大学提交的博士论文《康拉德与奈保尔:小说的地位》将康拉德和奈保尔进行了比较研究。通过将康拉德与其他作家进行比较来研究康拉德,是康拉德研究中常见的方法。人们最容易想到的就是奈保尔,因为他承认自己的创作受了

---

① Matthew Christopher Rubery,"The Novelty of News: Victorian Fiction after the Invention of the News"(PhD diss., Harvard University,2004).
② ibid.
③ ibid.
④ 同①158.
⑤ 同①160.
⑥ Vicki S. Hill,"Late Victorian Monsters: Gothic Intruders in Stoker, Conrad and Wells"(PhD diss., Vanderbilt University,2001).
⑦ 同⑥200.

康拉德的影响。华伦斯坦认为:"奈保尔对康拉德的理解被部分地应用于自己的写作,这是因为奈保尔理性地认识到他必须像康拉德那样把发生在殖民地的故事讲给身在都市的人们听。"①当然,像奈保尔这样,公开承认自己的文学创作是受康拉德影响的作家还有很多,包括中国的作家老舍。当然,坦承受康拉德影响的还包括非洲作家。克里福特·T.曼勒夫的博士论文《文学中的殖民化视野以及对跨大西洋审视的抵制》中的第三章讨论了人种和人类起源问题,分析了约瑟夫·康拉德、尼日利亚作家钦努阿·阿契贝②、津巴布韦作家琪琪·丹格兰娃③三位作家的种族观。"尽管在文化、观点以及历史阶段方面不同,三位作家的小说都反思了现代社会中棘手的他者和种族问题。康拉德的《黑暗的心》颠覆了传统了白与黑的意义,对关于白与黑的美学,进行了分析、判断、神秘化。针对康拉德没有能够反映白人与黑人之间的巨大差异,钦努阿·阿契贝(Chinua Achebe)在其《崩溃》中构思了19世纪中期非洲殖民主义的另一面,反映了现代性中的两难之境及悖论,在家庭内部和社会上的宗教权威以及日益盛行的权力斗争。阿契贝对尤莫菲亚的描写凸显了黑人世界的人性,这是康拉德作品中马洛想看却又看不到的。30多年后,丹格兰娃的《惴惴不安》讨论了伴随着种族问题的性别问题。""丹格兰娃描写了一个女人的故事,她既要抵制非洲阻止她学习文化知识的传统,又同时要和对其语言和她学习过程中的殖民化的行为做斗争。"④曼勒夫通过这样的比较,也突出了康拉德对非洲作家的影响。

  康拉德叙事风格的形成有多种原因,其中康拉德强烈的自我意识和多重的文化身份是形成康拉德叙事风格的主要原因。"谈论自己对英语世界的看法时,康拉德毫无疑问能够强烈地感觉到用'同质双链'(homoduplex)来描述他的状况是再合适不过的了。但是他也指出这个词有多种含义,虽然国籍问题是重要的一方面,同时也暗含着康拉德感觉自己是个分裂的人。这句话来源于康拉德在信中告诉对方,我必须从正在

---

① Jimmy Wallenstein, "Joseph Conrad and V. S. Naipaul: The Status of Fiction" (PdD diss., University of California, Berkeley, 1985).
② 钦努阿·阿契贝(Chinua Achebe, 1930—2013),尼日利亚作家,1930年生于尼日利亚,一直用英语写作。
③ 琪琪·丹格兰娃(Tsitsi Dangarembga, 1959—),出生于津巴布韦,成长于英国,并且在英国接受教育,成绩优秀,后到剑桥大学学习医学,1980年津巴布韦得到国际社会的认可后,她立即回到津巴布韦。
④ Clifford T. Manlove, "Eyes that Colonize and Post-colonial Resistance to the Transatlantic Gaze in Literature" (PhD diss., University of Missouri-Columbia, 1999).

写的小说的第 567 页中出来,以便把'真实的自我'展示给你。"①康拉德这种从小说家到通信人的身份的转换,从面对无数的读者到面对某个特定的收信人,表明康拉德必定是感觉到了和国籍无关的自身的分裂。"康拉德常常直接把词组或短语从法语翻译为英语,很明显当康拉德处理讲法语的人物时,受法语的影响很大。还有证据表明当康拉德情绪激动时或者表达观点时,他就会改说法语,而在生病时他就说波兰语。尽管 F. R. 利维斯(F. R. Leavis)认为这说明不了什么,然而,这的确向我们解释了就康拉德而言,他有着强烈的语言意识。"②"马洛作为中介把我们从《吉姆爷》中的吉姆的命运中拯救出来,也使我们从中看到了事实的真相。吉姆的自杀其实是受虐后的反应,马洛的意义在于起到关键的诠释性作用,让我们认识到吉姆的自杀和维勒克·温妮一样,都是自主行为。"③这种启发式力量的转换在 E. M. 福斯特的《霍华德的庄园》中同样存在。巴斯特和维尔克斯的脆弱则是来源于他们情感和想象力的缺陷。联系起来看,我们就会发现道德败坏的悲剧转换为巴斯特死得毫无价值恰恰是海伦生活的真实写照。"劳伦斯的作品则不断地重复康拉德作品中的情节。""伍尔夫的'拯救'作品,也将先前看不见的雅各变为真实的存在,换句话说,在读者的心中雅各已经成为形而上的真实。因而,这些作家都是通过描写悲剧性的氛围来创作悲剧。"④康拉德在提醒我们文学的净化作用,艺术中对生活充满希望,并不代表生活就是美好的,康拉德坚持认为"生活不可能是美好的"。

康拉德的另外一个叙事策略就是在作品中就社会热点问题展开评论。康拉德不仅看到了小说中人类身份和行为中包含的语言因素,而且认识到这两个因素会引起小说自身的道德判断。康拉德在《诺斯托罗莫》中对"进步话语"的讨论,在评论家中引起了争论。阿尔伯特·杰拉德在他 1947 年的专著《约瑟夫·康拉德》中认为,银矿"腐蚀了苏拉科,带来的是内战而不是进步"⑤。而罗伯特·P. 华伦在 1951 年的现代图书馆出版的《诺斯托罗莫》的序言中不同意这种观点,他认为"这种说法简单得使我震惊,是有内战,但是

---

① Jeremy Hawthorn, *Joseph Conrad: Language and Fictional Self-Consciousness* (London: Edward Arnold Ltd., 1979), p. ix.
② 同①xi.
③ William Alejandro Martin, "'And I Make It Real by Putting It into Words': Masochism in the Modern British Novel" (PhD diss., McMaster University, 2004).
④ ibid.
⑤ Ian Watt, *Joseph Conrad: Nostromo* (Cambridge: Cambridge University Press, 1988), p. 70.

胜利的是'进步'力量,即桑托梅银矿和资本主义次序。我们必须承认到故事结尾比故事开始时有了改进"①。到1958年杰拉德开始写第二部长书《小说家康拉德》时,他接受了这个观点。总体来说,看重进步这个观念的评论家对《诺斯托罗莫》充满了热情,他们同情左翼的政治观点。马克思主义者阿诺德·凯特尔在他的著作《英语小说导读》中,就赞扬了康拉德对个体与社会非内在关系有深刻的理解。凯特尔认为"康拉德没有明确的智慧的方法来解决社会问题,但是他能够理解、发现问题的本质"②。"问题就是物质利益,凯特尔称之为'帝国主义';而且虽然康拉德没有用这个词,凯特尔认为小说通篇都充分地说明了这点。"③欧文·豪在他的最重要的作品《政治和小说》中,"他或多或少地同意杰拉德、华伦、凯特尔等人对《诺斯特罗莫》的总体评价:内战带来了资本主义,资本主义带来了内战,进步来自混乱,但是进步也将止于混乱"④。"豪反对说康拉德在其他作品中没有能够对革命表示同情和进行有深度的解读,比如像《间谍》《在西方目光下》;但是在《诺斯托罗莫》中夸大了康拉德父亲的左翼极端主义,他机智地评论道:'革命者后代的反叛是反革命的。'豪认为《诺斯托罗莫》是一流的作品,和康拉德的其他的政治小说相比,有着更加广阔的社会视野,并且在多种观点之间保持了平衡。"⑤"作为一个非常有批评精神的人,康拉德不仅严格地考察他小说中的人物,他也关注自己的身份、小说的效果、小说的创作。"⑥"康拉德从根本上来说是物质主义者(materialist),但是在政治上一直都是保守主义者。这两者的交织在今天看来很奇怪,但是在康拉德那个时代就不奇怪了。还有一个复杂的原因就是康拉德具有波兰背景。"⑦"贵族和资产阶级在英国已经达成了历史性的妥协,而在波兰却没有;康拉德的保守主义使他不可能和本土英国人具有相同的价值观。其内心的物质主义和无神论(atheism)思想也不会让他和英国人在政治上达成共识。"⑧杰瑞米·霍桑(Jeremy Hawthorn)认为"康拉德在许多方面都是有趣的作家,因为他的观点和哲学不是机械地和每个政治立场一致。我不是说他的政治观点和哲学是单

---

① Ian Watt, *Joseph Conrad*: *Nostromo*(Cambridge: Cambridge University Press, 1988), p. 70.
② 同①71.
③ ibid.
④ ibid.
⑤ 同①72.
⑥ Jeremy Hawthorn, *Joseph Conrad*: *Language and Fictional Self-Consciousness*(London: Edward Arnold Ltd., 1979), p. x.
⑦ 同⑥56.
⑧ ibid.

一的,而是说英国的政治对他而言过于陌生,以至于他倾向于采取更为宽泛的态度而不是忠诚或同情某一政党的政治观点"①。正因为此,康拉德能够以"他者"眼光来看待欧洲以及整个世界。

康拉德在叙事技巧方面具有高度的原创性。小说的写作方法多变,主题也因故事不同而变化,但是都以道德为核心。常常打破叙事的线形安排,强调过去经历的碎片化本质,以及因人而异的世界观。康拉德运用的是非现实主义(nonrealism)的技巧,最大的特点就是作品中时间的不断变化,多重的叙事视角,象征主义的描写。作品通篇都充满了对过去经历的心理和哲学暗示。康拉德作品也显示了认识论的、形而上学的怀疑主义。正因为他的独特的风格,康拉德的作品对读者以及想要评论其作品的人而言都是一种挑战。

康拉德的叙事风格的形成是文学流派共同作用的结果,各种流派都可以在其作品中找到自己的影子,康拉德在文学创作过程中进行了恰如其分地运用。"康拉德受到法国现实主义、亨利·詹姆斯、文艺领域的印象主义趋势的影响,而且在某种程度上也是象征主义者。"②"就小说来说,首先要考虑康拉德对福楼拜的仰慕,他通过恰当的词汇使小说形成一个整体,看不到作者的在场。"③福楼拜的两个门徒莫泊桑和亨利·詹姆斯也一样受到康拉德的仰慕。康拉德认识并且尊重詹姆斯,并把他称为"亲爱的师傅",他追随詹姆斯在叙事技巧和道德主题方面都超越了法国小说,当然,詹姆斯也非常欣赏康拉德。"事实上,20世纪文学的现代主义运动,常常就包含了印象主义和象征主义因素:例如,T. S. 艾略特、埃兹拉·庞德、詹姆斯·乔伊斯都会力图把物体、行为、思想不经任何艺术处理,就以特定的叙事形式,完整地呈现给读者,进而产生更为丰富的思想性和象征意义"④。从而开启了现代主义文学创作的高潮。在其文学创作过程中,"康拉德把自己看作现代主义者"⑤,事实上,他是西方学界一直公认的现代主义文学的重要奠基人。

---

① Jeremy Hawthorn, *Joseph Conrad: Language and Fictional Self-Consciousness* (London: Edward Arnold Ltd., 1979), p. 57.
② Ian Watt, *Joseph Conrad: Nostromo* (Cambridge: Cambridge University Press, 1988), p. 84.
③ 同②83.
④ 同②.
⑤ 同②85.

第四节 康拉德作品的现代主义特征研究

康拉德作品的现代主义特征早已引起西方学者的关注,进入21世纪以后,西方学者仍然在进行康拉德作品中的现代主义特征研究。2008年约翰·A.伯恩斯的博士论文《美好的光环:康拉德的〈黑暗的心〉和伍尔夫的〈幕间〉中的疯狂与难言之隐》探讨了康拉德作品中语言的现代性问题。伯恩斯认为:"到现代主义文学时期,语言不再是封闭的体系,而是必须要进行重新评估,就像身份、文化和历史,成为开放的空间,具有不确定性和无限性。康拉德和伍尔夫的小说通过探索语言的局限性以及质疑艺术的媒介性,促使人们对语言进行重新评估。"[①]"两位作家都探讨了语言表达20世纪生活的能力。""就康拉德而言,因为马洛的殖民者身份,马洛的陈述停滞了对他见到的殖民者的虚伪在哲学上的解构。""而就伍尔夫而言,她对第二次世界大战前几个月威胁英国的历史事件描述得琐碎且冗长。两位作家的叙述都清楚地证明了语言的无意义,是语言的自我贬低,这也就进而表明他们对语言的迷恋达到了疯狂的程度。"[②]

而西蒙斯·欧马莱则是通过比较康拉德文学作品与历史的区别,来探讨康拉德作品中的现代主义问题。2011年西蒙斯·欧马莱在其博士论文《"我们如何书写历史?":现代主义作家约瑟夫·康拉德、F. M.福特、瑞贝克·韦斯特的史料编纂法》中,提出"历史一直在寻求新的形式——历史本身就有自己的历史——这是必要的而且被反复提醒,有时西方史料编纂法不能区分小说和历史,自荷马起文学作品就开始叙述'历史'了,'荷马、莎士比亚、托尔斯泰'虽然书写的是西方的文学经典,但同时也是以虚构的方式叙述了历史事件"[③]。"鉴于现代主义文学的显著地位,怀特和詹姆逊这样的批评家都认为现代主义是反叙事的,这种观点会导致忽略现代主义历史小说。做出这种假设的另外原因是像康拉德这样的作家的实验性写作技巧,也会使批评家们匆忙地认为现代主义文学具有反

---

① John Anthony Barnes,"'A Luminous Halo':Madness and Inexpressible in Joseph Conrad's *Heart of Darkness* and Virginia Woolf's *Between the Acts*"(PhD diss., Acadia University,2008).
② ibid.
③ Seamus O'Malley,"'How Shall We Write History?':The Modernist Historiography of Joseph Conrad, Ford Madox Ford and Rebecca West"(PhD diss., City University of New York,2011).

叙事的特点。"①康拉德在《"水仙号"上的黑水手》的序言中,提到印象主义的写作手法,他把文学的目的定位为"使你看到"。在《诺斯托罗莫》中,印象主义不仅仅限于场景的描写,而且被用于情节的构思。读者读到的是小说中人物的印象主义,表述的不是场景而是事件,"这样就延缓了读者的解码过程"②。从《黑暗的心》的印象主义视觉描写转换到《诺斯托罗莫》的史料编纂法,印象主义被用来间接地描写发生在过去的历史或社会事件。阿弗朗·弗莱什曼认为《诺斯托罗莫》代表了英语历史小说的新方向,因为它不仅书写了一个历史时期,还书写了这个历史时期的体验,小说中不仅有历时性的描述,而且对时间和历史如何展开做了共时性的思考。"康拉德大量地使用被杰拉德·加奈特称之为'叙事静止'的手法,也就是尽管情节是静止的,但是对客体和人物思想的描写却在不断深入。"③"省略"是在康拉德的叙事中很常见的现象。在章与章之间,从情节来说,时间是完整的,但是从叙事来说,时间却是缺失的。欧马莱认为"康拉德这样做,不是为了像艾略特、庞德、乔伊斯等现代主义作家那样,为了达到碎片化的效果""而是用历史小说来推动写作方法的革新,'历史'不是被以小说的传统方式来写,小说关注的是历史文本所要处理的要素:原因、动机、后果等等"④。结构主义史料编纂法认为叙事并不包含历史的结构,但是利科尔⑤常常能够综合结构和事件。就瑞贝克·韦斯特而言,他在《黑羊与灰鹰》中记录了自己在巴尔干的旅行,讲述了那个地区的宏观历史以及个体的微观历史,包括生者与死者,包括现在和过去。这种在不同层次之间的转换就使我们明白了历史的建构过程,揭示这个故事,这是千千万万个故事中的一个,也实现了人类把过去的事件变为故事的需要。欧马莱认为,"韦斯特的《黑羊与灰鹰》是现代主义史料编纂法的巅峰,是这个过程的终点也是世纪之交的起点"⑥。欧马莱的观点契合了康拉德的"文学比历史更真实"的论断。

阿曼达·康沃尔认为康拉德是通过印象主义的表现手法实现了现代主义思想,从而

---

① Seamus O'Malley, "'How Shall We Write History?': The Modernist Historiography of Joseph Conrad, Ford Madox Ford and Rebecca West"(PhD diss., City University of New York,2011).
② 同①55.
③ 同①56.
④ 同①57-58.
⑤ 利科尔(Paul Ricoeur,1913—2005),法国当代有重要影响的哲学家。他在哲学上的重要贡献是使德国的现象学进入了一个新的发展方向,他把存在主义的现象学发展为解释学现象学。
⑥ 同①5.

达成文学书写与思想在"形"上的契合。2015 年阿曼达·康沃尔的博士论文《现实的焦虑:19 世纪英国现实主义文学的视觉性》中讨论了康拉德的《黑暗的心》中的视觉比喻。康沃尔认为:"现实主义作为文学类型,力图真实地反映人类的生活状况,这和现代主义文学的结构和虚构技巧之间总是存在矛盾。"①康沃尔认识到现实主义小说中通过视觉描写来塑造人物形象的局限性,认为视觉性是这个问题的发端及核心,因而,他的论文旨在追寻现实主义小说中关于视觉场景的描写,去发现现实主义小说如何摆脱现实性的束缚,走向现代主义文学以追求新的可能。

在康拉德创作《黑暗的心》这部小说时,英国正处于维多利亚晚期,康拉德采用现代主义表现手法展示了在工业化的发展带来经济繁荣的表象之下,人的个体性被颠覆、物化、异化这一主题。从他的作品中我们可以看到,在那个时期,人们疯狂追求物质的欲念,已经盖过了传统意义上的理性,精神世界的迷乱,使孤独意识到处弥漫。工业文明的发展,虽然使英国在海外拥有超过本土面积几十倍的殖民地,殖民者的足迹遍布世界的每个角落,但这并没有带来世界的和谐,反而使孤独意识在世界范围内蔓延,这种孤独意识的外在表现就是人际间的疏离。康拉德在《黑暗的心》中,全方位、多视角地描写了这种疏离并以此来凸显这一时期个体存在中的孤独意识。

康拉德和现代主义文学运动的关系在于他的独特性。当现代主义作家詹姆斯·乔伊斯、弗吉尼亚·伍尔夫在 20 世纪初至 20 年代这段时间进行文学叙事技巧的实验时,康拉德早于他们在 19 世纪末期就进行了叙事形式的实验。他通过倒叙(flash back)(《奥迈耶的愚蠢》《海隅逐客》)、视点(point of view)(《"水仙号"的黑水手》)、框架叙事(frame narrative)(《潟湖》《克莱恩》),来对传统叙事做微小的改变,增强了传统叙事的效果。不久,康拉德对传统的叙事形式做了进一步的增强,成为真正意义上的革新。从《青春》起,康拉德开始富有创造力地采用的叙事技巧被称为"延迟解码"(delayed decoding)(由伊恩·瓦特首先提出)。这个技巧首先出现在 1896 年的《白痴》当中(康拉德最早的公开出版的短篇小说),但是在 1898 年的《青春》中充分展示了效果,因为康拉德把它用作视点,为读者提供了即时(immediacy)体验,也就是将读者置于作品中人物的地位,以便让读者能够体验到作品中的人物做了什么以及做事的方法。

康拉德以其非凡的创作成就与艺术主张,在 20 世纪文坛占据了极其重要的一席。

---

① Amanda L. Cornwall, "The Tension of the Real: Visuality in Nineteenth Century Britain Realism" (PhD diss., University of Oregon, 2015).

在国外,康拉德已成为文学研究中的热点作家之一,当代文学批评的各种声音似乎都在康拉德那里得以回应,其原因在于康拉德作为现代主义者准确地把握了"现代""现代性"的基本特征:它容许任何事物,"每一件事物都包含有它的反面"①,康拉德的小说成为当代文学批评理论的极佳注脚。

中国学者也非常关注康拉德作品的现代主义特征。"五四"新文化运动就是中国的一个现代主义文化运动,"五四"新文学运动就是中国的现代主义文学运动,从那时到现在的新文学创作就是中国的现代主义文学,它是与"中国古典主义"相对举的文学概念,它是在追求中国文学的现代性、摆脱"中国古典主义"的束缚的努力中建立并发展起来的。"它同西方的现代主义文学一样,在其产生并发展的过程中,一直居于先锋派的位置,是探索性的、实验性的,是与社会群众习惯性的审美心理和固有的文学传统不同的文学。"②

中国学者从现代主义这个视角来研究康拉德的《黑暗的心》,业已取得一些成果。刘旭彩在其 2004 年 3 月完成的硕士论文《康拉德——现实主义和现代主义之间》中有这样的观点:康拉德的文学创作始终游移在现代与传统之间,是现代主义与现实主义的融合。他对殖民主义扩张侵略的揭露、对资本主义制度的批判,无疑显示了现实主义文学的巨大力量,但他的叙述方式却是现代主义的。刘旭彩认为,康拉德把现实主义的题材置于现代主义的叙事结构当中,浪漫、传奇、冒险、恐怖、悬念,构成了康拉德叙事的主要话语。他通过这些变幻不定的话语去冲击人的感觉,激活人的感觉系统,通过被激活的感觉将这些客体折射出来。因此,即使康拉德的小说中极少使用意识流手法,但他作品中对象征主义、印象主义、现代叙述技巧的成熟把握,都为以后的现代派作家提供了一个可供借鉴的模本,在文学史上具有深远的意义。就现实主义这个视角而言,刘旭彩的硕士论文涉及了康拉德创作的众多作品,为我们从这一视角做康拉德作品的个案研究做了许多有益的铺垫。李彬在《河北大学成人教育学院学报》上发表的《康拉德〈黑暗的心〉中的现代主义元素》一文认为,康拉德在小说创作中既继承了维多利亚时期的文学传统,又开拓了现代主义文学的先河。特别是他的重要作品《黑暗的心》中有着大量的现代主义小说的元素。她分析了小说中运用的心理分析、复式叙述、象征手法和印象主义手法这些现代主义元素,阐述了康拉德对 20 世纪现代主义文学的深刻影响。同样,康拉德并没有把

---

① 马歇尔·伯曼:《一切坚固的东西都烟消云散了》,徐大建、张辑译,商务印书馆,2003,第 45 页。
② 王富仁:中国现代主义文学论(上),《天津社会科学》1996 年第 4 期。

人物自身的行为作为小说叙述的重点,而是通过行为来描述人物的内心变化。"从表面上看,这个故事讲的是马洛找寻库尔兹的过程,然而同时这也正是马洛追寻自我的过程,是作者借马洛之口思索自然与文明,现代性与人性之间关系的过程。"①这篇论文重点论述了《黑暗的心》的现代主义表现手法,但对其主题则没有做系统的阐释。

除此以外,国内外对康拉德作品中的现代主义特征还有许多散论。阅读康拉德作品,我们应当关注其现代主义特点,现代主义文学深入挖掘人的意识和潜意识活动,提倡对人的主观世界的真实展示,高扬文学自身应有的表现功能。现代主义文学关注人性和人的生存状况,尖锐批判西方现代社会的荒谬性及其对人性的扭曲和异化,它们大量运用想象、象征、隐喻、暗示、时空颠倒、内心独白、意识流和自动写作等创新技巧,着重表现人的内心生活和心理真实。现代主义文学实现了写作主题从世界向人、从客观向主观、从外向内的转变,人、主体、自我、内心世界成了现代文学的中心。

系统研究康拉德作品的现代主义特征尚有许多事情可做,批判性地吸收国内外学者的康拉德及其作品的研究成果,从中国学者的视角来审视康拉德作品的现代主义特征,这应当是我们所期待的。尽管现实主义文学在反映真实生活方面确实也取得过巨大的成就,至今在中外文坛上仍然占有重要的地位。不过应当指出的是,其在片面强调真实地再现客观世界,却在一定程度上忽视了生活中同样真实的另一半即主观世界,有时甚至由于刻意模仿外部现实而流于琐碎和表面。现代主义文学则不同,其反对西方传统文化、批判当代资本主义社会的倾向自然有其社会根源和思想根源。资本主义社会的严重异化导致了人们对西方传统理性主义的怀疑和信仰危机,而尼采的权力意志论、柏格森的生命哲学、弗洛伊德的潜意识学说以及海德格尔、萨特等人的存在哲学等非理性主义思潮则为现代主义文学提供了哲学基础。尼采提出过惊世骇俗的著名论断"上帝死了",这就好像中国人说"天理没有了"。一个没有天理的世道也就是一个道德沦丧、天良泯灭、霸道横行的世界。同理,在西方,上帝之死意味着一直作为社会的精神支柱和道德基础的基督教信仰崩溃了,其后果就是一切绝对性的传统价值和道德规范都失去了原来约束人心的作用,真善美都因为丧失了合理性论证而变成相对的,生活也不再具有终极意义,因而一切都是允许的,个人想做什么就可以做什么,这完全取决于个人自己的选择,而没有共同的信仰、没有公认的规范、没有统一的奋斗目标的社会也就变成了一个混乱、荒谬、残酷的世界。从现代主义这个视角来解读康拉德作品还有很深的现实意义。当今

---

① 李彬:《康拉德〈黑暗的心〉中的现代主义元素》,《河北大学成人教育学院学报》2006年第1期。

的中国正在逐步工业化,诗化的田园生活正在为工业化所替代,当我们讴歌工业文明带来的繁荣时,也应当注意到,社会心理、价值理念都在产生剧烈的变化。物质生活的日益丰富,并不能必然地带来精神境界的提升。相反,过度地沉溺于对物质的追求,有可能导致精神世界的荒漠化。这个与工业化相伴生的问题,同样可能出现在中国。因此,在中国要建设和谐社会,如何避免西方工业化时期所出现的人与人之间关系被物化以及孤独感在人的内心蔓延,以实现社会的和谐发展,是一个不容忽视的课题。

第二章　异化:康拉德人文思想研究

康拉德特别重视小说的象征意义,他在一封信中指出,"所有伟大的文学创作都是含有象征意义的,唯其如此,它们才取得了复杂性、感染力与美感。在《黑暗的心》中,全部声音,全部颜色,全部形式,或者是因为它们的固有的力量,或者是由于深远流长的联想,会唤起一些难以用言语说明,然而却又是很精确的感情"①。他认为"作品越接近于艺术,越需要有象征性"②。《黑暗的心》中的象征主义手法的运用,并非仅仅停留在几个象征物上,海洋、丛林、船只和人物都具有象征意义,从而形成一个完整的象征体系,这引起了国内外许多学者的关注。如郭婷分析了《黑暗的心》的标题、人物和事物的象征意义;姚兰、王颖探索了《黑暗的心》中的"黑"与"白"两种颜色的象征意义。本书将就康拉德如何运用象征主义表现手法来书写小说中人物异化进行分析。作为现代主义作家,康拉德非常关注人性及人的生存状况,在其代表作《黑暗的心》中尖锐地批判了西方现代社会的荒谬性及其对人性的扭曲和异化。本书通过分析该作品中"象牙"、"丛林"和"死亡"等象征意象,探讨康拉德在《黑暗的心》中如何以象征主义表现手法演绎人由善至恶的嬗变过程,解读《黑暗的心》的异化主题。

第一节　象牙的象征意义:异化的缘起

康拉德的《黑暗的心》创作于 1899 年,当时的欧洲社会在工业革命和海外殖民贸易的推动下,进入了空前的经济繁荣时代。然而,经济的繁荣并没有带给人们想象中的快乐与幸福,相反,过度地沉溺于对物质财富的追求,却导致了人性的异化以及精神世界的

---

① 侯维瑞:《现代英国小说史》,上海外语教育出版社,1985,第 135 页。
② 同上书,第 154 页。

痛苦。作为现代主义作家,康拉德敏锐地觉察到这种社会现象并将其反映在他的作品之中。他不再仅仅描写外部世界,不再专注于书写现实世界的表象,而是转而重视和强调人对外在现实的内心体验,把目光转向人本身,转向"自我"的阴影世界,开始思考人们精神世界痛苦的根源。在生与死、欢乐与忧惧、天堂与地狱两极相反的价值中,康拉德更关注后者,他常常揭去喧哗世界的表象,带领读者进入事物的核心去获取其本质。出于揭示人物思想、情感和深化作品内涵的需要,小说中使用了大量的象征主义手法,用具体事物或形象构成复杂的象征体系来传达或暗示他的情绪和思想。《黑暗的心》中的象征体系首先表现为将物质利益化身为洁白无瑕的象牙,工作在这片丛林中的白人殖民者对象牙的疯狂追求的本质是对物质财富的专注,这是小说中各种人物异化的缘起。

在《黑暗的心》中,所有人物都和象牙有着千丝万缕的联系。这些来自欧洲各地的操着不同语言的人,都因象牙而聚集到这片远离欧洲的丛林中。小说的主人公库尔兹为象牙抛妻弃母,来到这片非洲丛林的目的就是为了实现他的发财致富、改变困穷命运的梦想。为了得到象牙,他大肆屠杀土著黑人,人性尽丧。最终他疾病缠身、葬身异国他乡,肉身和灵魂都无法回归故里。在这片丛林中,获得的象牙的多少成为衡量一个人成功与否的标准。因为库尔兹"一个人送进来的象牙比所有其他的代理人加在一起的总和还要多"①,使得他在公司享有很高的地位。由此而产生的荣誉感使他即便已经疾病缠身、濒临死亡,仍对这片丛林恋恋不舍,梦想着攫取更多的象牙,以便拥有更高的社会地位。可见,象牙已经完全控制了库尔兹的灵魂,为了得到象牙他甚至于堕落到四处杀人,不论是白人还是黑人,只要妨碍他取得象牙,都可能成为他猎杀的目标。之所以称其为"猎杀",是因为库尔兹对象牙的渴望使得他的内心世界已经进入"无人之境",他看到的和想到的只有象牙。

除了库尔兹以外,康拉德还描写许多其他的和库尔兹具有相同趣味的白人殖民者。他们也对这片非洲丛林情有独钟,在此逡巡徘徊,不愿离去,因为这里有他们想要的象牙。康拉德书写这片非洲丛林中的殖民者对象牙的痴迷,实质上反映了当时社会人们对物质财富的疯狂追求。工业革命所带来的巨大物质财富,一下子就激发起了人们对物质财富的无尽欲望。为了攫取财富,英国殖民者的足迹踏遍全球的每一寸土地,英帝国的商船驶向全球的每一个港口,运回数不尽的财富。在当时的欧洲社会中,一个人的社会地位完全由他占有的财富的多少来决定。在这群欧洲白人眼里,这片非洲丛林以及生活

---

① 康拉德:《黑暗的心》,黄雨石译,人民文学出版社,2002,第141页。

在其中的土著黑人意味着原始和野蛮,他们要将文明和民主的种子播撒在这里。然而具有讽刺意味的是,这些打着播撒"文明"幌子的白人仅仅为了自己能"被任命到一个可以搞到象牙的贸易点去",而"彼此间钩心斗角,相互诋毁、相互仇恨"。① 正如那个由马洛送去代理站的白人所说,"对他而言冒险到非洲来当然是弄钱哪,你想还有什么呢?"②他们来到非洲的全部目的就是为了得到象牙。"象牙,这个词儿在空气中,在人的耳语和叹息中震响,你简直觉得他们是在向它祈祷。"③他们以象牙为偶像,虔诚地祈祷得到更多的象牙。他们中的一些人在得到象牙前便先失去了生命,而以库尔兹为代表的另一些人,虽然得到了象牙,却丢失了灵魂和人性。为了得到象牙,人们不仅肆意屠杀象群,而且人与人之间也变得尔虞我诈。这就打破了人与人、人与自然之间的和谐共生。通过对这群人之间的恶劣关系的描写,康拉德在警醒人们要提防物欲对人类灵魂的侵蚀。

库尔兹的异化有其深刻的社会原因。康拉德笔下的库尔兹原本是完美的人,不仅会写文章,而且会绘画,尤其擅长演说,具有成为政治家的潜力。但是,在欧洲社会中,他的价值并不被认可,他的非凡的才能并不能使他拥有相应的社会地位。在当时的欧洲,财富已经成为判断人的价值的最重要的标准。因为经济上的贫困,当他要娶未婚妻时,遭到她娘家人的反对。库尔兹的好口才终究无法打动他未婚妻的娘家人。库尔兹的困境迫使他屈从于这样的价值观而从文明人转变为邪恶的殖民者。他从欧洲来到这片非洲丛林后不择手段地攫取象牙,反映了他内心世界渴望通过占有大量的物质财富以获得社会的认同。可以说,正是对物质财富的疯狂追求的世风导致了库尔兹的堕落。

小说中人物对象牙的疯狂追求也反映了当时欧洲人在过度地追求一种奢靡的生活方式。象牙的价值完全被虚拟化了。它被制作成各种奢华的艺术品,拥有象牙的多少成为人们社会地位高低的象征。其实,象牙就是象牙,它的使用价值是非常有限的,它本身并不会必然地给人以幸福。康拉德没有直接批判这种生活风尚,而是通过书写一群人的悲剧命运揭示了过度追求以象牙为象征的物质财富带给人的种种苦难。小说中的黑人为了每周三英寸铜丝这样的报酬,抛妻弃子来为白人工作,他们不得不忍受肌体上的痛苦,最终在冲突中丢掉性命。作为白人的杰出代表,库尔兹也不惜离家万里,来到这片丛林为公司工作,既无法享受和母亲之间的亲情,也无法享受和未婚妻之间的爱情。但他

---

① 康拉德:《黑暗的心》,黄雨石译,人民文学出版社,2002,第65页。
② 同上。
③ 同上。

最终没有能够实现自己的理想,反而死在这片丛林中。来到这片丛林,黑人是为了得到铜丝,库尔兹是为了得到象牙。其实,象牙和铜丝的意义在本质上是一样的。铜丝在非洲本是一种货币,可是在这片丛林中这些铜丝既买不到东西,也无法食用。象牙又何尝不是如此呢?可见,康拉德通过描写象征语境下的象牙,质疑了当时欧洲社会盛行的唯利是图的价值观,指出了隐藏在这种价值观背后的陷阱,它在吞噬着人们的灵魂,直至将人们的心灵拖入无尽的深渊。

康拉德在《黑暗的心》中通过描写以库尔兹为代表的一群白人殖民者因过度追求象牙而逐步堕落最终道德沦丧来警示人们过度追求物质财富是非常危险的。面对库尔兹的死,马洛禁不住惊叹,"他(库尔兹)跨出了他的最后一步,在我被允许收回我的犹豫不决的脚步的时候,他却跨出了那悬崖的边缘。也许整个差别就在这里;也许,一切智慧,一切真理,一切诚意,恰好全都包容在我们迈过那不可见的世界的门槛时那无比短暂的片刻之间"①。通过马洛的惊叹,康拉德阐述了这样的观点,即追求物质财富本身并没有错,但是如果把生活的意义全都归结为追求物质财富,那就是"跨出了悬崖的边缘",生活将会变得全然无望,一片"黑暗"。库尔兹临终前发出的"可怕啊!可怕"的呻吟是他对自己灵魂中欲望冲撞与善恶挣扎等过程所做出的结论性断语,也是康拉德对人性本质所做的悲观性的论断。

第二节 丛林的象征意义:异化的过程

从表面上看,《黑暗的心》以海外殖民历险与异域风情为写作对象,取材于康拉德当年在尚未开发的比利时所属刚果殖民地率船探险的一段亲身经历和感受。小说具有异域风光、恐怖冒险、阴谋伏击与神秘悬念等浪漫探险题材小说的特征。然而,这只是该小说最为浅表的主题意旨。《黑暗的心》以丛林为背景,尽管读者根据小说中的场景会立刻联想到或断定故事发生在刚果丛林,但是康拉德本人在小说中却只字未提刚果。这就暗示了这片丛林是否在刚果并不重要,因为在康拉德看来这片丛林只是一个语境而已。康拉德反对有人仅据故事的场景就将《黑暗的心》称为"丛林小说"。其实,《黑暗的心》不同

---

① 康拉德:《黑暗的心》,黄雨石译,人民文学出版社,2002,第215页。

于一般的丛林小说侧重描写丛林中的历险，来满足人们的猎奇的心理，给读者以欢娱。康拉德在《黑暗的心》中通过"文明社会"和"非洲丛林"这两个语境的置换，窥视了人性异化的过程，通过对微观心理的关照与探索，揭示了人的精神世界的荒芜与孤独。可以说，康拉德笔下的"丛林"是宏观社会生存法则与微观个体心灵的具体象征，"丛林法则"既体现了工业社会与殖民过程中的价值判断，又体现了主体心理的蓝图与格式。

在《黑暗的心》中，康拉德对人物异化的探索是通过书写马洛的丛林历程来完成的。通过描写马洛在丛林中的所见所闻，库尔兹等人的异化过程逐步呈现在读者面前。在马洛前往内陆站的路上，不断有人向马洛提及库尔兹。库尔兹给马洛的最初印象是一个多才多艺的艺术家，是会写文章的画家，或者是会画画的记者。马洛在库尔兹曾经住过的中央站的房间的墙壁上看到一幅库尔兹画的人物肖像，可以被看作库尔兹才华的明证。此外，库尔兹因为有很好的口才还被看作有潜力的政治家。不仅如此，康拉德还特地告诉读者库尔兹的身世：他的母亲有一半英国血统，父亲有一半法国血统。康拉德交代库尔兹父母的血缘，意在暗示库尔兹是欧洲文明的典型代表，库尔兹的堕落代表着整个欧洲社会的堕落。

库尔兹在丛林中的殖民活动反映了其人性异化的过程。在进入这片丛林之初，库尔兹有着伟大的抱负，他想把欧洲文明带到这片丛林。在他刚开始进行殖民活动时，尚能坚持贸易的基本准则，那就是交换。然而在他不再拥有货物与黑人进行交易时，他便靠他的口才去说服那些土著黑人给他象牙，后来又开始利用他手中的武器抢劫黑人的象牙。这样一来，他获得的象牙比其他代理人所获的象牙的总和还要多。他的这一行为表明他已经从一个天才艺术家蜕变为一个邪恶的殖民主义者。他的两支短枪，一支来复枪，被无知的黑人称为丘比特的闪电。他们将库尔兹视为神。当这些黑人部落首领去见库尔兹时，都是跪在他面前。象征文明的武器，成了他统治这片丛林的工具。他杀死那些反对他统治的黑人叛乱者，并把他们的头颅放在他房前的木柱上来恐吓别的黑人。因而，库尔兹的"才华"对他人来说是一种不幸，在当时的社会背景下，他的"才华"带给这个世界的只有灾难。

不仅如此，库尔兹的恶行还影响到了年轻一代。有个25岁的俄罗斯青年和身为主教的父亲决裂后，他设法说服一家荷兰的贸易公司资助他来到这片丛林加入库尔兹等人的殖民队伍。这个俄罗斯青年整天背着枪在这片丛林中逡巡，盲目地以库尔兹为偶像。和身为主教的父亲决裂，说明长期影响人们的宗教已经无力抑制人们的内心对占有物质财富的冲动。这也反映了康拉德为年轻一代毫无判断力，盲目随波逐流而深感担忧。

在《黑暗的心》中,康拉德反复使用了佛教中的人物形象来描述马洛。例如,讲故事前,马洛的"两颊下陷,脸色发黄,背脊挺直,活像个苦行僧;由于他两臂下垂,手心向外,又像个菩萨"①。又如,他讲故事时的姿势就"像穿西装讲经的菩萨,只是身子下面少座莲台而已"②。再如,在马洛讲完故事后,他形象模糊、一声不响,那姿态活像一个打坐默想的菩萨。多次到过东方的康拉德对佛教经义一定有所了解。他做出上述描写应是大有深意的。在佛教中,菩萨和佛是慈悲与道德的化身,被尊为道德审判和道德救赎的权威。而在此书中,康拉德屡次把马洛描述成这样的形象,或许我们可以据此推断:马洛的非洲丛林之行实质上是对人类本质的探寻,反映了康拉德对人性本质的揣测与疑问。马洛讲述的非洲之旅,是康拉德向读者展现的"道德判断与道德救赎之旅"③。小说中有一个情节很值得关注,当贸易总站发生火灾时,有一个人很想利用这次火灾击垮库尔兹,但出于情面又不得不救火,于是他便用一个有大洞的水桶提水去救火。这种荒诞性的"漏桶"意象,指涉了人的精神世界的混乱与伪善,同时也反映了康拉德对基督教的教化作用的怀疑。正如康拉德所言:"我爱人类,但知道他们不可能改善。"④对于像康拉德这样因为祖国被列强分割而长期在异国他乡颠沛流离的流散作家而言,他的人生经历决定了他在人性的善与恶之间,更多的是看到了后者。

在康拉德看来,马洛的这次非洲丛林之旅,要去的地方已经不再是一个令人神往的充满历险并能满足人的猎奇心理的丛林,而是一片黑暗。丛林中的大河就像"大蛇"⑤一样时刻准备着吞噬小鸟,好像同时也在时刻准备着吞噬人们的灵魂。在这片远离文明社会道德规范约束的丛林中,这些原本温文尔雅的白人殖民者肆意妄为,制造了一个又一个的血腥场面。在叙述这些血腥场面时,康拉德在叙事手法上进行了革新,他着力于表现人的内心世界,人的意识流程,大量运用内心独白、自由联想和象征暗示的艺术手法,不仅将对人类的内心世界的思考融入作品之中,也让读者在阅读故事的同时一步步发掘人性的本质。作为故事的叙事人,马洛既不是殖民者也不是压迫者,只是众多血腥场面的见证人。康拉德采用马洛担当故事叙述者,就是为了客观地再现丛林中发生的人间惨

---

① 康拉德:《黑暗的心》,黄雨石译,人民文学出版社,2002,第5页。
② 同上书,第13页。
③ 严美红、胡强:《象牙的"天堂"和"理想"的地狱》,《牡丹江大学学报》2008年第1期。
④ 隋旭升:《〈黑暗的心〉中库尔兹和马洛的象征意义》,《外国文学评论》1994年第2期。
⑤ 同①17.

剧。而生活在欧洲的人们并不知道这片丛林中发生的一切，还以为库尔兹等人在这儿从事的是什么高尚的事业。马洛的姨母积极支持马洛前往这片丛林中去干一番事业；库尔兹的未婚妻在家中苦苦等候库尔兹的归来，还以为他在丛林中正从事着值得夸耀的伟业。所以，《黑暗之心》的意义在于康拉德借助于马洛的叙述，使得世人得以管窥丛林中的血腥场面，进而看到人性的阴暗面。

  在这片丛林中，既有像库尔兹这样的典型人物，也有一群不知道姓名的来自欧洲各地的殖民者，他们在来到这片非洲丛林以后纷纷异化为另一个"我"。康拉德以象征的手法表现出了日常经验世界背后的另一个陌生世界，"标示出令人战栗的灵魂深渊的维度"①。正如在现实生活一样，有些人是我们熟知的，有些人是陌生的。库尔兹代表的就是那些我们熟悉的人，而这些不知道姓名的殖民者则代表了那些千千万万的我们不熟悉的人。所以通过书写库尔兹和这群不知姓名的殖民者的人性的异化过程，康拉德似乎在力图实现文学的教化功能，在警醒人们对物质财富的疯狂追求所导致的人性异化已然成为一种社会通病，而不是个别现象。

第三节　死亡的象征意义：异化的结局

  康拉德认为"现实世界是不可信的，艺术家的追求不在现实世界，而应该在远离现实的另外一种更真实的世界"②。这个"更真实的世界"指的就是人类的内心世界。康拉德把表现这个真实的世界作为自己的最高任务，而象征手法能有效地帮助他完成这一任务。在《黑暗的心》中，康拉德巧妙地在语言、结构及其组合中，通过书写死亡意象，暗示出自己要表达的思想，并赋予作品隽永的意蕴。

  康拉德通过对众多死亡意象的书写，使这部小说充满了"死亡意识"，近而向读者暗示了人性异化的恶果。当库尔兹在一片黑暗之中孤独地死去时，马洛看到痴迷于象牙的库尔兹死前脸上竟然呈现出极具讽刺意味的象牙色。在这张脸上，马洛看到"混合着阴

---

① 王岳川：《艺术本体论》，中国社会科学出版社，2005，第67页。
② 曾庆元：《西方现代主义文艺思潮述评》，武汉大学出版社，1999，第55页。

沉的骄傲,无情的力量和胆怯的恐怖的表情"①,这是"一种强烈的全然无望的表情"②。库尔兹在临终前以微弱的声音叫了两声:"太可怕了!太可怕了!"③这叫声在马洛看来是库尔兹对他一生的总结,是库尔兹在为自己屈服于物质财富的诱惑,放弃自己原有的追求进步的理想并堕落为一个邪恶的殖民者而悔恨。这被马洛看作邪恶势力最终对自己的恶行感到恐惧,是"道义的胜利",是正义的胜利。"这胜利是以无数的失败,可厌的恐怖和可厌的得意心情作为代价的。"④这也是康拉德在试图通过书写库尔兹的悲剧命运,尤其是希望通过库尔兹死前的呻吟将那些沉醉于物质主义阴霾中的人们唤醒。作为理想主义者的库尔兹在文明与野蛮的对立中自我折磨,他集殖民英雄和杀人凶手两种对立身份于一体,最终走向颓败毁灭。这正是该小说令人震惊、发人深省的魅力之所在。

小说中的另外一个人物弗利斯利文则"是个原本十分温和的,在两条腿的动物中从未有过的文明人"⑤,是欧洲社会典型的绅士形象。可是,仅仅因为两只母鸡而和黑人发生误会,他就毫不留情地用棍子打那个黑人老者。像弗利斯利文这样的文明人,在有道德规范的欧洲社会中绝不会因为两只母鸡而打人。而在这片远离道德约束的丛林中,他却大打出手,说明人的潜意识里有恶的一面,一旦失去对它的控制,就会造成可怕的后果。村长的儿子无法忍受老人痛苦的叫声用长矛刺死了弗利斯利文,弗利斯利文为自己的堕落付出了生命的代价。在马洛接任弗利斯利文的船长职务再次回到这个地方时,从弗利斯利文的肋骨缝里长出的青草已经高得足以掩住弗利斯利文的尸骨了。弗利斯利文的恶行不仅葬送了自己的性命,而且导致所有土著黑人出于恐惧都已逃得无影无踪,整个黑人村庄已经空无一人,日趋朽坏,仿佛经历了一次巨大的灾难。

这些白人殖民者的残酷迫害给当地的土著黑人带来了无尽的苦难。那些"黑色的身躯蹲着,躺着,有的坐在两棵树中间倚在树干上,有的趴在地上,有的身子一半显露在阳光中,一半没在阴影里,显露出各种不同的痛苦、认命和绝望的姿势"⑥。刚走进这片丛林,"马上感到仿佛是跨进了地狱中的一个最阴暗的角落"⑦。这使得西方评论家常常把

---

① 康拉德:《黑暗的心》,黄雨石译,人民文学出版社,2002,第211页。
② 同上。
③ 同上。
④ 同①215.
⑤ 同①21.
⑥ 同①45.
⑦ 同上。

康拉德的《黑暗的心》和维吉尔的《伊尼德》、但丁的《神曲·地狱篇》做比较。

此外,康拉德还通过对"黑"与"白"这两种色彩的描写,使这部小说充满了"死亡意识"。在《黑暗的心》中,康拉德以处于色系两端的"黑"与"白"两色作为小说的主色调,使小说通篇充满了压抑、悲观的气氛。这是两种原本最为纯净的颜色,但康拉德"对黑白颜色的理解与处理显然具有耐人寻味的多层丰富的意义"①。正如姚兰和王颖分析的那样,小说中象征文明的白色,"表面上熠熠生辉,实则败絮其中,既破坏了自然也扭曲了人性"②。在《黑暗的心》中,康拉德笔下的布鲁塞尔这个欧洲的著名城市的建筑都是白色的,在这里康拉德运用反讽手法,颠覆了"白色"的原有意义。"白色"原本是"纯洁"的象征,但是,布鲁塞尔这座白色的城市却被马洛称为"坟墓城"。在马洛看来,这里的每个人"匆匆从大街上跑过,目的不过是为了去彼此偷盗几个小钱"③。尤其是那个康采恩公司的老板,一个穿着礼服外衣的又白又胖的"东西",正是这个手握权力的人,为了攫取物质利益将大批的殖民者派往非洲丛林。借助于描写他的"胖",康拉德在告诉读者殖民者的无尽的贪婪,仿佛是将所有的财富都吞入腹中。可以说,丛林中的一幕幕悲剧正是在他的推动下发生的。这个康采恩公司的老板所订立的一整套的管理体系诱使库尔兹等人逐步走上了不归路。在他的公司里,每个员工的价值以其获得的象牙的多少来衡量,并决定着他们职务的晋升,以至于库尔兹为了得到象牙而不择手段,而那个获得象牙较少的总站经理则整天梦想威胁他地位的库尔兹早日死去。这个老板代表的就是整个欧洲社会的价值体系,因为他公司的管理体系和欧洲社会的以占有的社会财富的多少来衡量人的价值的体系是如出一辙的。正是这样的价值体系导致库尔兹等人的人性异化。

在《黑暗的心》中,黑色成为死亡的象征。老板办公室门口的两个女人"守着黑色的大门,仿佛在编织尸衣似的织着黑色毛线"④。和她们打过交道的人少有生还。凡是"她们看过一眼的人里,后来又再见过她的人不多"⑤,大多数都死在非洲丛林中了。这两个老妇人有着极强的象征意义。正常来说,康采恩公司在聘请秘书时首先应当考虑的是年轻貌美且富有工作能力的女性,选择这两个已入暮年的老妇人作为公司的秘书显然是康拉德的蓄意安排,暗含着很强的死亡意识。这两个老妇人被康拉德描写成典型的老巫婆

---

① 王平:《〈黑暗的心脏〉主题的多维与象征主义解读》,《阜阳师范学院学报》2005年第3期。
② 姚兰、王颖:《试论〈黑暗的心〉中黑与白的象征意义》,《外国文学研究》2003年第3期。
③ 康拉德:《黑暗的心》,黄雨石译,人民文学出版社,2002,第217页。
④ 同上书,第25页。
⑤ 同③27.

形象,"她们似乎是那样的神秘莫测"①,更增强了她们的象征意义。

另外,库尔兹未婚妻住处的"高大的大理石的壁炉,显露出纪念碑似的冷漠的白色,屋子的一角蹲着一架大而不当的钢琴;它平整的表面闪烁着黑色的光亮,那样子简直像一口深黑色的磨光的石棺"②。马洛这样来描述初见库尔兹未婚妻的情景:"她向前走来,一身黑色的衣服,淡淡的头发,在黑暗中向我漂来。"③通过书写"纪念碑""石棺""黑色的衣服"等意象,康拉德清楚地向读者表明库尔兹未婚妻在生存环境的压抑下所表现出来的"死亡意识"。在康拉德看来,理性的书写需要寻找对应的形式,即通过象征才能得到表现,获得生气,而小说中象征手法的使用又能唤起读者相应的感情共鸣和丰富的联想,《黑暗的心》是康拉德的现代主义小说的杰作,将作品的题材从外部世界转向了人物的内心世界。康拉德在小说中使用了大量的"黑"与"白"两色的象征意象,使小说充满了"死亡意识",这无疑是康拉德注重深入人的潜意识和无意识,探索人类的内心隐秘,揭示人物内心思想、情感和深化作品内涵的需要。自19世纪以来,达尔文的进化论否定了人在地球的中心地位;弗洛伊德的心理学否定了人类心灵的崇高性;尼采的关于"上帝死了"的论断否定了以基督教神学的价值结构。人类对世界的这些认识和发现,它否定、颠覆和消解了原有的社会结构,掀起了一股怀疑主义浪潮。人们开始质疑如果不再信仰上帝,转而笃信物质财富的力量,世界将会变成什么样子?英国小说家兼评论家戴维·洛奇指出:"英国现代主义小说的先驱是詹姆斯和康拉德。"④作为世纪之交的现代主义作家,康拉德敏锐地觉察到了这股思潮在人们心灵深处所产生的疑问。康拉德在《黑暗的心》中通过书写库尔兹的死亡以及笼罩在库尔兹周围人的身上的"死亡意识",对人们的质疑做出了回答:如果不信仰上帝,转而笃信物质财富的力量,那么世界将是一片黑暗,人类将会跨出"那悬崖的边缘"⑤,跌入无尽的深渊。

2000年,伊恩·瓦特(Ian Watt)在《关于康拉德的随笔》中,首先从异化和义务分析了康拉德的《黑暗的心》。"对自然而言,人类永远是陌生的,人类必须设定自己的次序,

---

① 康拉德:《黑暗的心》,黄雨石译,人民文学出版社,2002,第25页。
② 同上书,第225页。
③ 同上。
④ David Lodge, *Modes of Modern Writing: Metaphor, Metonymy, and the Typology of Modern Literature*(London: Edward Arnold Press, 1977),p. 45.
⑤ 同①215.

这是维多利亚时代人类对自己命运的思考。"①"但是在弗洛伊德看来这谈何容易,康拉德在《黑暗的心》里也探讨了这个问题。在小说的开始,读者了解到的库尔兹可以说是凝聚了19世纪个人主义对人的理解的全部精华。他是艺术家、政治演说家、经济和社会的投机分子;在关于他的故事中,我们可以看到他是维多利亚时期文明的杰出代表,在对非洲进行经济开发时还不忘教化黑人土著的义务。"②但是这片丛林唤起的却是他被遗忘了的野蛮本性。"对康拉德而言,人们希望进步,却忽略了类人猿和老虎的野蛮特点不仅仅是我们进化的结果,从本体论的角度来看,每个人身上都存在这些特点。这就超越了维多利亚时代人们通常的观点,根据他们的观点根本不相信人类的智力水平能够通过教育得到提高,这是维多利亚和爱德华时代的主流思想。"③"在19世纪伟大梦想背后的是认为人类可以成为自己的上帝。但是对于迪斯累利提出的'人是猿还是天使?'这个问题,库尔兹似乎已经做了回答,当我们自认为是天使时,别忘了我们身上的猿和虎的野性并没有消失。库尔兹认为'我们是白人,要让土著明白我们具有超自然的力量,就像神一般的力量'。他给镇压野蛮习俗国际委员会的报告却是'消灭所有野蛮人'。"④

综上所述,康拉德以仪式化、象征化的语言,借助于象征主义的写作手法表现了小说中人物的异化。他在小说中以各色人等对象牙的痴迷象征着当时社会对物质财富的过度追求,是人性异化的缘起;以库尔兹等人的丛林之旅,从具有高度责任感的文明人蜕变为肆意杀人的恶魔,象征着人性异化的过程;以库尔兹等人的死亡和以黑白两色出现的"死亡意象"象征着人性异化的悲惨结局。康拉德在小说的结尾通过将故事场景从与世隔绝的丛林移到人间社会,从而引导读者将作品中的丛林社会与现实社会相对照,警醒人们要充分认识到自身和现实社会中存在的异化现象,异化不仅给他人而且也给自身带来了无法摆脱的困境。为了达到揭示人类本性的目的,康拉德引入象征主义手法赋予作品丰富的内涵,由作品中反复出现的象征意象构成完整的象征体系。在强化主题的同时,也将作品从内部缝合在一起,实现了作品美学效果的最佳统一。

---

① Ian Watt, *Essays on Conrad* (Cambridge: Cambridge University Press, 2000), p. 4.
② ibid.
③ 同①5.
④ 同①.

第三章　疏离:解读《黑暗的心》的孤独意识

2004年,基恩·M.莫尔(Gene M. Moore)在《约瑟夫·康拉德〈黑暗的心〉个案研究》中,阐述了《黑暗的心》在西方的接受过程。"1899年春天当《黑暗的心》分为三部分在杂志上连载,其艺术性引起了康拉德文学圈朋友的关注,但是在广大读者中并没有什么反响。1902年布莱克伍德把《黑暗的心》和《青春》《走投无路》合集出版,康拉德给它起的名字为《青春:一种表述与另外两个故事》,在这三个故事中评论家对《黑暗的心》关注是最少的。"①此后,在康拉德生前,这部作品都没有引起读者和康拉德本人的额外关注,"直到20世纪50年代,心理批评在美国大学占据了主导地位,康拉德生平和作品被用常见的术语或原型批评进行解读,但是都限于道德或神秘的反省(introspection),与历史、殖民主义没有什么关系"②。"直到此时才认识到《黑暗的心》的重要性,尽管它有不少瑕疵。"③

此后,国内外学者竞相从不同的视角对其进行阐释。21世纪的最近几年,国内外学者对《黑暗的心》的研究仍然是兴致盎然,大有再起高潮之势。到目前为止,国内外学者的视角主要集中在女性主义批评、殖民主义批评、种族主义批评以及叙事技巧分析等几个方面,业已取得丰硕成果。然而,阅读《黑暗的心》,我们更应当关注其现代主义特点,国内外学者在这方面虽有所涉猎,但论述较少。现代主义文学关注人性和人的生存状况,尖锐地批判了西方现代社会的荒谬性及其对人性的扭曲和异化。在《黑暗的心》中,康拉德准确地把握了时代脉搏,向读者展示了在工业化带来物质丰富的表象之下,物欲作为一种强力,使人性被颠覆、物化、异化,导致孤独意识就像暗流般在人们的内心涌动,

---

① Gene M. Moore, *Joseph Conrad's Heart of Darkness: A Casebook* (Oxford: Oxford University Press, 2004), p. 4.
② 同①5.
③ ibid.

其外在表现就是人际间的疏离。为了反映随着以传播文明为借口的殖民者的足迹遍布世界的每个角落,孤独意识进一步在世界范围内蔓延,康拉德在《黑暗的心》中借马洛的刚果之旅向读者展示了性别间的疏离、殖民者间的疏离、种族间的疏离以及黑人间的疏离,进而表明疏离不仅给他人而且也给自身带来了无法摆脱的困境。康拉德在《黑暗的心》中准确地把握了时代脉搏,深刻地反映了工业化带来物质丰富的表象之下,人性被颠覆、物化、异化,孤独意识像暗流般在人们的内心涌动。随着殖民者的足迹遍布世界的每个角落,孤独意识进一步在世界范围内蔓延,这种孤独意识的外在表现就是人际间的疏离,康拉德在《黑暗的心》中借马洛的刚果之旅向读者展示了后工业时代各个层面的人际间的疏离。

第一节　殖民者间的疏离

康拉德在《黑暗的心》中将这群来自欧洲的从事殖民活动的男人放置在犹如荒岛般的刚果丛林中。正因为此,《黑暗的心》被称为"丛林小说",这类小说以丛林作为展开故事的特定空间。丛林小说一般都是使人物的活动范围脱离现实社会的复杂环境,"将生活缩小到易于把握和处理的程度,从而开辟出一块任凭自己发挥的天地,以使作者凭借自己的生活感受和想象力去自由自在地探索人在与社会相隔离、没有文明道德规范约束情况下的生存模式"①。从表面上看,他在《黑暗的心》中描写的仅仅是刚果丛林深处的为数不多的人的心理状态。但是,小说中的人物有英国人、法国人、丹麦人、瑞典人和俄国人,也有黑人,具有广泛的代表性,康拉德实质上表现的是现代人的生存状态。这片远离社会规范的丛林具有艺术创造的特殊功能,是康拉德"拿来"透视文明人类的内心孤独的镜子。曾先后生活于波兰、法国和英国的康拉德掌握三种语言、具有三种文化身份,是名副其实的流散作家。多年的流散生活使长期游离于祖国波兰的康拉德经受了多元文化的洗礼,体验着边缘状态的精神孤独。有学者指出:"康拉德的《黑暗的心》给人的印象就

---

① 薛家宝:《荒岛:"文明人类"的透视镜——论〈蝇王〉对传统荒岛小说的突破》,《南京师大学报》1999年第6期。

是孤独与疏离。"①

疏离首先表现在共同从事殖民活动的白人殖民者之间。在这片丛林中,每个白人殖民者在这里都显得彷徨,所有的事都显得荒诞不经。这些代表文明的白种男人"不仅对黑人如同凶神恶煞,而且彼此之间也尔虞我诈,钩心斗角"。现代人之间的这种生存状态,恰如让·保罗·萨特在他的剧本《禁闭》中所言,人是孤独的存在,他人即地狱。康拉德在小说的结尾还通过将故事场景从与世隔绝的丛林移到人间社会,从而引导读者将作品中的丛林小社会与现实社会相对照,警示人们要充分认识自身和现实社会中存在的疏离,疏离不仅给他人而且也给自身带来了无法摆脱的困境。这集中体现在康拉德对贸易总站的各色人等的描写。

在《黑暗的心》中,这群白人殖民者身上的权势欲、占有欲、虚荣感等人的社会属性,使他们无法共存,他们"依靠彼此愚蠢地在背后进行攻击和搞阴谋诡计来消磨时间,在整个站上到处都可以嗅到阴谋活动的气味"。库尔兹因为有能力得到更多的象牙而成为别人打击的对象。总站的经理"没有组织才能,没有创新才能,甚至没有发号施令的才能"。他所以爬上现在的地位,仅仅因为他从来不生病。然而,荒唐的是他的健康体魄的全部意义只是要打败库尔兹。这里所有的人全都在等待着什么,"毫无目的地在院里的阳光下来回蹓跶"。船已沉到水下三个月了无人问津,当装满各种货物的草棚着火后,每一个人的表现都无懈可击,用水桶舀起了大约半桶水匆匆跑了回去,好像都忙于救火,但是,马洛却注意到,那水桶底上已被捅了个窟窿。他们无心救火,只想利用这次火灾把库尔兹打倒。还有一位被称为一流代理人的年轻人,他的任务是烧砖,可是待在总站已经一年的他却从未烧出一块砖来。就因为被经理用来监视别的代理人,他就可以享用着只有经理才有权使用的蜡烛。

《黑暗的心》是一部没有"英雄"的小说。作为这部小说的中心人物的库尔兹尽管有超越常人的能力,可惜没有能够成为"英雄",他只是一个完全被以象牙作为隐喻的物质所控制的灵魂。他只是在疯狂地追求物质,任何阻碍他获得象牙的人都是被清除的对象,无论是仇人抑或是恩人。在库尔兹的追随者中有一个俄国年轻人,他和库尔兹一样是白人,手中有少量的象牙。库尔兹不顾及这个俄国年轻人曾经救过他的命,坚持要他交出象牙,否则就要打死他。因而,可以这样说,《黑暗的心》表现的就是物欲控制下的灵魂。康拉德通过描写这群殖民者之间的争斗将人与人间的疏离表现了出来。《黑暗的

---

① Brian Spittle, *Joseph Conrad: Text and Context* (New York: St. Martin's Press, 1992), p. 165.

心》的哲学基础可追溯到康德的"黑暗的人心"、柏格森的"生命冲动"和弗洛伊德的"人的本能冲动"等非理性主义哲学因素。

通过描写以上各种人物间的疏离,康拉德将一个孤独的世界展示在读者面前。对这群白人殖民者的行为,康拉德借马洛之口禁不住感叹,"我仿佛在对你们讲一个梦——完全是白费力气,因为对梦的叙述是永远也不可能传达出梦的感觉的,那种在极力反抗的战争中出现的荒唐、惊异和迷惘的混杂感情,以及那种完全听任不可思议的力量摆布的意念,而这些才是梦的本质……","你也不可能把你一生中某一时期对生命的感受转述出来,你无法转述那构成生命的真实和意义的东西——它的微妙的无所不在的本质。我们在生活中也和在梦中一样孤独"。

《黑暗的心》"痛斥了'物质利益'对人心的腐蚀,同时也象征性地表现了当时西方强国对他国财富的掠夺给自身造成的困境"①。随着宗教这包容一切的框架的丧失,人不但变得一无所有,而且变为一个支离破碎的存在物。所有的存在个体都没有了归属感,认为自己是这个人类社会中的"外人",自己将自己异化。当这群白人殖民者把在追求强权的时候,不可避免地要跌进权力本身以外的虚空里。康拉德在《黑暗的心》中使用意象的手法,把人类天性在精神领域的表现,赋予小说中不同的角色,让他们作为载体,通过对他们的形象描绘,让读者看清孤独与疏离不仅给白人殖民者自身带来了困境,而且还使他们与别人无法沟通,在《黑暗的心》中这点集中体现在男性与女性之间的疏离。

第二节 性别间的疏离

为了表现男性与女性之间的疏离,康拉德在《黑暗的心》中围绕库尔兹设计了两个都对库尔兹怀有挚爱的女性形象:库尔兹的未婚妻和库尔兹在刚果贸易站的情妇。虽然她们"是两个截然相反的女性形象,库尔兹的未婚妻代表的是正统的社会形象;库尔兹在刚果的贸易站的情妇代表的则是库尔兹堕落的世界"②,但是她们的结局却是一样的:都无

---

① 杨福玲、段维彤:《解读人性的内涵——从康拉德的小说〈黑暗的心〉看人性的涵义》,《天津大学学报》2001年第4期。

② Stephen K. Land, *Conrad and the Paradox of Plot* (London: Macmillan, 1984), p. 45.

法进入库尔兹的内心世界。库尔兹与未婚妻一别就是数年,从未相见,也从无联系,她不知道库尔兹的所为所思。虽然她为库尔兹付出了很多,替库尔兹照顾他的母亲多年,但是她在库尔兹心中却毫无地位。在马洛去见库尔兹的未婚妻时,她希望库尔兹在死前的最后一句话是说爱她,她想要依靠这句话活下去。面对这种情况,马洛只能违心地撒谎:库尔兹最后一个字说的是她的名字。马洛的谎言使库尔兹的未婚妻发出"一声轻微的叹息,是一声无比欢欣又十分可怕的喊叫,一声表明不可思议的胜利和无法诉说的痛苦的喊叫"。她以为她对库尔兹的爱得到了库尔兹应有的回应。她对库尔兹的挚爱与库尔兹对她的冷漠形成了鲜明的对比。再看库尔兹在刚果的情妇,这个高贵的土著女人,当库尔兹行将离开贸易站时,冒着生命危险,极力挽留他。库尔兹却是无动于衷,毫无反应。库尔兹使她拥有了金钱,让她的全身缠满象征财富的铜丝,也许库尔兹认为这就足够了,不再欠她什么,所以当他离开刚果贸易站时,连看她最后一眼的想法都没有。这两个女人不知道库尔兹已经完全被以象牙为象征的物欲所控制,库尔兹被康拉德描写成现代的浮士德,为了权力和欲望出卖了自己的灵魂,在他异化了的内心,爱情、亲情已经荡然无存。她们企望用爱情打动库尔兹,是完全不可能的,"物化了的库尔兹只是没有灵魂的空壳"①。他与女性之间的疏离也就不可避免。英国诗人 T. S. 艾略特在诗歌《空心人》中也呼应了康拉德的这一主题②。

《黑暗的心》中的男性与女性的关系问题引起了很多学者的兴趣,如王秀杰从女性主义视角批评康拉德在《黑暗的心》中埋没了女性,认为马洛的男权话语对女性充满了歧视与贬低,从而将女性的存在埋没于男权的视域之下③。斯特劳斯也批评康拉德把性别问题排除在叙事之外,并且把康拉德看成了马洛(在排斥女性方面)的同谋。斯特劳斯认为,"在《黑暗的心》中,马洛虽然也谈论女人,但是他的话语对象是其他男人。没有任何迹象表明女人也可以被包括在他的听众之内,也没有迹象表明他所赖以生存的'人类'包括了女性。康拉德在故事的外围故意增添了一层框架,以便把读者也包括在马洛的听众之内。正是这一框架泄露了全书叙事话语那秘而不宣的实质——康拉德似乎跟马洛共同密谋了一段排斥女性的叙事话语。《黑暗的心脏》出奇地晦涩艰深,其原因很可能在于

---

① Joseph Conrad, *Heart of Darkness and The End of the Tether* (New York: Airmont Publishing Company, 1966), p. 28.
② J. H. Stape, *Joseph Conrad* (Cambridge: Cambridge University Press, 2000), p. 47.
③ 王秀杰:《被埋没的女性存在:解读约瑟夫·康拉德的〈黑暗的心脏〉》,《大连大学学报》2006年第1期。

它把历史极端地男性化,在于它坚持把女性排除在读者圈之外"①。

他们的批评有一定的道理,但是,康拉德在《黑暗的心》中关注的重点似乎不是女性的话语权的问题,"康拉德关注的是人的生存处境和生活态度,在这个危机四伏,充满背叛和欺诈的世界上,宗教说教已经无能为力"②。在《黑暗的心》中,从康拉德借马洛之口讲述的故事中,我们可以看到以男人为主导的物化了的世界是一个"充满背叛和欺诈"的"反基督"的世界,在这个世界中,女性非但没有被埋没,相反,她们的仁爱与忠贞不渝、她们的真情以及对真情的渴望在库尔兹的冷漠自私的内心世界的托衬之下更显可贵。库尔兹的未婚妻默默地替库尔兹照顾他的母亲多年,无怨无悔;库尔兹在刚果贸易站的情妇,在库尔兹离开这片丛林时,冒着枪林弹雨、置生命于度外向库尔兹发出了原始的呼唤。尽管文明人不能理解她的蛮族话语,但都知道那是对真情的呼唤。表面上看,她好像从库尔兹这里得到了大量的物质财富,可是物质财富并不是她想要的。如果说库尔兹的未婚妻代表的是文明社会,库尔兹在刚果贸易站的情妇代表的是未开化的社会,那么这是不是可以理解为康拉德想借这两个女人的行为告诉读者:无论何时何地真情的价值远非物质财富可以比拟呢?现代人被物欲异化的黑暗的心已无法被女性的传统温柔所打动,他们之间的交流已无法进行,彼此隔绝。康拉德在《黑暗的心》中,对这两个女人并没有用重墨来做过多的描写。原因在于康拉德在这部作品中并不是想要赞美什么,而是要鞭挞库尔兹之流的丑恶。康拉德在着力描写丑陋的同时,并没有忘记用美好的东西来映衬,使丑的更丑。这两个女人在《黑暗的心》中只是作为参照物而存在,康拉德要以她们的伟大来显现库尔兹的貌小。"库尔兹"在德语中就是"小"的意思,如果康拉德在《黑暗的心》中用"库尔兹"作为主人公的名字不是出于随意的话,那么这也就验证了笔者以上的观点。康拉德常常赋予他作品中的人物的姓名以一定的含义,从而使他小说中的人物有着极强的象征意义。《黑暗的心》中的这两个肤色不同的女性的人生悲剧的共同根源在于对男性的内心世界的不理解,完全孤立于男性的内心世界之外,女性与男性相互都无法走进对方的内心世界,始终处于疏离的状态。因而,我们可以看出在《黑暗的心》中男人无法走出物欲的桎梏,在内心世界男性是孤独的,女性也同样是孤独的。随着以

---

① Nina P. Straus, "The Exclusion of the Intended from Secret Sharing in Conrad's *Heart of Darkness*," in *Joseph Conrad's Heart of Darkness: A Casebook* (Oxford: Oxford University Press, 2004), pp. 197–218.

② 高继海:《从〈"水仙"号船上的黑水手〉及其〈序言〉看康拉德的艺术主张与实践》,《外国文学评论》2001年第2期。

传播文明为借口的殖民者的足迹遍布世界的每个角落,孤独意识进一步在世界范围内蔓延,导致种族间的疏离。

第三节 种族间的疏离

钦努阿·阿契贝在《非洲形象》中认为,"我的观点是非常明确的,也就是康拉德是血腥的种族主义者。这个简单的事实在康拉德批评中被掩盖了,因为白人对黑人的种族主义认识,是他们正常的思考方式,以至于其表现方式完全没有被觉察。《黑暗的心》的研究者常常会告诉你康拉德关注的是欧洲人因为孤独和疾病而引发的心灵的堕落,而不是非洲人。他们会告诉你康拉德在这个故事里对欧洲人比非洲人更加严苛。有个康拉德的研究者告诉我非洲只是库尔兹心理崩溃的场所"①。"但是这不是问题的关键。问题的本质在于对非洲和非洲人的非人化,长期以来这种思想在滋长而且仍旧在世界各地滋长。问题在于一部小说支持这种非人化的思想,支持对一部分人类进行非人化,是否能够被称为是伟大的艺术。我的答案是:不,不能。我不会叫这个人艺术家,他构思了巧舌如簧的说辞去煽动一个民族对抗另一个民族,甚至于消灭他们。无论他的想象多么精彩、语调多么优美,与其说他是艺术家,不如说他是教唆群众离经叛道的牧师,抑或是毒害病人的医生。那些德国的纳粹分子利用自己的才华为恶毒的种族主义服务,无论是在科学、哲学,还是在艺术上都要为自己的变态行为受到谴责。早该严肃地对待有创造力的作家的作品了,就像康拉德那样,他们把自己的才华大量地运用挑起群众之间的斗争。"②

白人殖民者在《黑暗的心》中被康拉德描绘成本我的载体,他们在刚果的一言一行都受本我的操纵,是本我的外在表现形式。存在主义否认神或其他任何预先定义的规则的存在,反对任何人生中"阻逆"的因素,因为它们缩小了人的自由选择的余地。在这片阴暗的丛林中,这群白人殖民者倒是真的没有任何人生中"阻逆"的因素,也没有神或其他

---

① Robert Hamner, *Joseph Conrad:Third World Perspective*(Washington, D C:Three Continents Press, 1990), p. 124.
② 同①124-125.

任何预先定义的规则的存在,可以自由选择。可是,在善与恶之间,他们选择了恶,结果就是导致人际间的疏离。康拉德将这些白人殖民者放到远离欧洲的刚果丛林中,他们拥有前所未有的权力、科技、文明,却没有了文明社会固有的法制和道德规范,让他们在固有的法制和道德规范的约束下无法展示的被压抑着的本我世界中的黑暗面得以尽情地挥撒,以展示物欲控制下人的异化及其恶果。

在《黑暗的心》中,我们看到白人殖民者在这块土地上完全不受他们固有的法制和道德规范的约束,为所欲为。他们与土著黑人之间只有统治与被统治、征服与被征服的关系。这些土著黑人在白人殖民者的奴役之下终日"都直着身子慢慢走着,头上顶着装满泥土的小筐。他们每走一步便发出一阵哐啷声。他们腰里系一些黑色的破布,破布头在他们身后像尾巴一样摆动着。我可以看见他们的每一根肋骨,他们手脚上的关节都像绳子上的疙瘩一样鼓了出来,每个人的脖子上都戴着一个脖圈,把他们全拴在一起的铁链在他们之间晃动着,有节奏地发生哐啷声。在这里他们被称作犯人,而他们所触犯的法律,却是像开花的炮弹一样从海上飞来,无缘无故,是不解之迷"①。白人殖民者的暴行证明在特定环境下,人类一旦被权力的欲望所控制,人性的阴暗面占据上风,必然出现以大欺小、以强凌弱的局面,这是人性使然。越弱小、越平和的民族,越容易首当其冲地成为其他民族权力欲望的发泄地之一,而那里的居民将会被野蛮压榨与蹂躏②。

从《黑暗的心》中我们可以看到代表现代人的白人殖民者的异化更像是一场瘟疫。不仅使自身陷入困境,而且给社会带来无穷祸害。康拉德描写了弗雷斯利文的异化过程:在欧洲社会中,他原本是一个"十分温和的,在两条腿的动物中从未有过的文明人"。但在从事殖民事业两三年以后,完全脱变为"强大的贪婪之极的红了眼的魔鬼"③。仅仅因为几只鸡,发生误会,就毫不留情地用棍子狠打那个老黑人,直到老黑人的儿子听到老人的喊叫声实在不能忍受了,用长矛扎死了他。全村的土著人马上意识到大难即将来临,全部逃到森林里。当马洛继任船长后再次来到这里时,整个村子犹如受过瘟疫的侵蚀,已空无一人,所有的村舍全部张着黑洞洞的大嘴,东倒西歪地立在已经倾倒的围墙之中。而此时,弗雷斯利文的尸骨上也已长满了杂草。弗雷斯利文的死和库尔兹的死相呼应。我们可以看到当貌似强大的西方殖民者披着文明的外衣,手拿枪支在全球如猛兽般

---

① Joseph Conrad, *Heart of Darkness and The End of the Tether* (New York: Airmont Publishing Company, 1966), p. 10.
② 同①28.
③ 康拉德:《黑暗的心》,黄雨石译,人民文学出版社,2002,第21页。

到处横冲直撞、杀人抢掠时,其冲击力之大,就连手握先进武器的库尔兹在临死前也连声低吟:"可怕啊,可怕!"这种"可怕"毫无疑问是从心理层面来说的。

在《黑暗的心》中,康拉德描写了以下两个场景:当马洛走进丛林,他马上感到仿佛是跨进了地狱中的一个最阴暗的角落。"离开那棵树不远,还有一捆支支棱棱的骨头托着膝盖坐在那里。其中有一个把下巴支在膝盖上,呆望着,那样子非常可怕,简直令人难以忍受;旁边他的那个兄弟幽灵把额头搁在膝盖上,仿佛已疲惫得无法支撑了;所有其他的人,也都以各种姿态,扭曲着身子倒作一片,形成一幅大屠杀或者大瘟疫之后留下的情景。"①与此形成鲜明对比的是另一个场景中的白人会计的形象,他的外貌是那么意想不到的典雅:浆过的高领,白色的袖口,一件淡黄色的羊毛上衣,雪白的裤子,一条干净的领带,还有一双擦得雪亮的皮靴。他没戴帽子。头发从中间分开,抹上油,刷得亮光光的,一只大白手举着一把带绿线条的阳伞,耳朵后边还夹着一支蘸水钢笔,那神态实在惊人。

在这处处凋敝的环境中见到如此光鲜的形象,马洛真以为是什么鬼魂显灵了。其实,这都来自他(会计)对一个土著女人的奴役,说到这一点,就连会计本人也"不禁微微有点脸红"。

康拉德在《黑暗的心》中描写的以上两个接连发生在刚果丛林中的场景,将本为两极的天堂和地狱的界限消解,使两者完全融为一体。对土著黑人而言,刚果丛林这个远离当时世界中心的地方是十足的地狱;对白人殖民者而言,这片丛林则是十足的天堂。

这些白人殖民者以传播文明为借口来到刚果丛林。可是,马洛在路上看到"躺在深草中的锅炉""轮子朝天的小型火车车厢""朽坏的机器""生锈的铁轨",这些象征文明的东西,在这里完全没有发挥作用,起作用的就是对付黑人的枪支、棒子和用来锁黑人的铁链。他们的"本我"一旦离开文明社会的束缚,隐藏在心中的恶的欲望便变本加厉地表现了出来。以库尔兹为代表的这些白人殖民者不肯转入白昼的世界而沉溺于这片阴暗的丛林;不肯遵循既成的美与善的理想而着魔般地迷恋着丑和恶。"在现代人心底涌起的就正是这样一种反基督、魔鬼般的力量,从这种力量中产生出了一种弥漫周遭的毁灭感,它以地狱的毒雾笼罩着光明世界,传染着、腐蚀着这个世界,最后像地震一样将它震塌成一片荒垣残堞、碎石断瓦。"②"康拉德在《黑暗的心》中重笔涂抹黑色,不是为了单纯地描

---

① 康拉德:《黑暗的心》,黄雨石译,人民文学出版社,2002,第47页。
② 王岳川:《艺术本体论》,中国社会科学出版社,2005,第73页。

写人性的罪恶而是要通过看似简单地再现客观世界,引起读者思考隐藏在'黑色'后面的人性本质,尤其是扭曲的人性。"①白人殖民者对黑人的奴役既违背了他们传播文明的初衷,也将这两个族群置于两个不同的层面,他们间的疏离是不言而喻的。在《黑暗的心》中,康拉德不仅再现了白人殖民者的异化和疏离,也倾注了大量的笔墨展示了受到外来文明冲击的土著黑人的异化和疏离。

第四节 黑人间的疏离

这些来自欧洲的白人殖民者在《黑暗的心》中被康拉德叫作"朝圣者",他们来到非洲这个绝对自由、可以为所欲为的地方,他们的灵魂接受着考问。对土著黑人而言,面对着外来文明,他们也必须做出自己的回应,他们的灵魂又何尝不在面临着一场考问呢?因而,可以说他们也是另类的"朝圣者"。"作为生长于西方文化中的作家,几个世纪以来在欧洲大有市场的殖民主义话语显然对康拉德产生了影响。"②在《黑暗的心》中,同根同族的刚果土著黑人面对白人殖民者的入侵分化为以下三类。

有些黑人成为白人殖民者殖民活动的帮凶。这些黑人土著在库尔兹的影响下最终成为强力意志的追随者,库尔兹的后面始终跟着他从湖边那个部落邀集来的一帮土著黑人打手。库尔兹正是利用黑人土著部落族群间的矛盾与冲突,使部分黑人土著成为他的追随者,借助于他们的手,库尔兹将反对他的黑人的头颅放在自己门前的一排柱子上。可以说,单凭库尔兹一个人的力量是无法实现对土著黑人的统治的,事实上,库尔兹并不像传说中那样强大,甚至于非常虚弱,"一根长矛、一副弓箭或者一根木棍,就使他完全消失了",他"只是一棵在风中摇晃的树木""似乎连喘气的力气都没有"。就是这个弱不禁风的人"在土人心中的地位是至高无上的。他们(黑人土著)的帐篷围绕着他的住处,他们的首领每天都要去给他请安。他们(黑人土著)甚至趴在地上……"③在他们对库尔兹顶礼膜拜的表象之下是对以库尔兹为代表的外来文明的屈服,是对本民族固有文明的否定。

---

① 姚兰、王颖:《试论〈黑暗的心〉中黑与白的象征意义》,《外国文学研究》2003年第3期。
② 吕伟民:《沉默的他者——康拉德小说中的异国形象》,《郑州大学学报》2005年第3期。
③ 康拉德:《黑暗的心》,黄雨石译,人民文学出版社,2002,第175页。

有些黑人土著为了得到每周三段铜丝(每段长约九英寸)这样的报酬,不惜离家几百里来为白人工作。"理论上讲,他们可以拿这种现金到河边的村子里去买他们的食物",可是"要么找不到村子,要么只能找到一些报敌对态度的村子",不可能买到任何东西。因而,人际间的疏离使得铜丝对这些土著黑人而言变得毫无价值,既不可以把它吃掉,也不能用来购买任何物品。他们每天仅吃一点早已变质的河马肉,饥饿使这些原本身材高大的强壮男人的"皮肤已经不再是那么光亮,肌肉不再是那么板结了"。他们是食人族,在如此饥饿的情况下,他们也没有把这些白人吃掉。相反,当他们的同胞和这些白人殖民者发生冲突时,他们希望这些白人能抓到黑人并交给他们吃掉。可见,追求以铜丝为象征的物欲作为一种强力同样控制了这群土著黑人的生命本能,使他们背叛了自己的民族,忘记了自己的民族身份。

还有些黑人在康拉德的笔下成了一群人形动物。马洛在途中看到很多黑人在路边死去时,不仅白人漠然视之,他们的黑人同胞也同样是毫不理会。这和那个白人会计对濒死的白人同胞的态度如出一辙。康拉德通过这样的对比,使《黑暗的心》的主题超出了一般的种族意义,将笔锋指向深层的人类的问题。这应当引起钦努阿·阿契贝等从种族主义角度解读《黑暗的心》的学者的注意。

在《黑暗的心》中,康拉德通过对这三类土著黑人的命运的对比表明正是这些黑人没有团结起来和白人殖民者进行斗争反而相互疏离导致了民族悲剧,正是这些土著黑人之间的相互残杀甚至互啖其肉成就了库尔兹之流的殖民事业。

1986年道莱莎·卓蒙德(Doreatha Drummond)在自己的博士论文《康拉德与种族主义》中通过分析康拉德不同的创作阶段,探讨了康拉德的种族观的变化过程。"从16世纪直到19世纪,黑颜色和黑人都被认为象征着死亡、邪恶、恐惧、罪恶、恶魔、懒惰、冲动、无意识和虚无。有许多消极的事例都和'黑'有关。"[1]论文分为四个部分:其一,康拉德的早期种族观。康拉德的早期作品《"水仙号"的黑水手》就反映了康拉德在对黑人的种族偏见,没有能够摆脱人们对黑人的类型化看法。其二,重新评价康拉德的种族观。"康拉德的刚果之行使他明白帝国主义者只是在物质上具有优越性,在智力和道德上并不比黑人强。"[2]相反,《黑暗的心》中的"黑人比库尔兹更有自律性,这也证明康拉德的思想逐步

---

[1] Doreatha Drummond, "Joseph Conrad's Confrontation with Racism" (PhD diss., University of Illinois at Urbana-Champaign, 1986).

[2] 同[1]4.

成熟，意识到白人并不比黑人更优越"①。其三，康拉德完全否认种族有优劣之分。卓蒙德认为："1903—1916 年的 13 年创作反映了康拉德对种族的优劣有了透彻的理解。"②"康拉德在《艾米·福斯特》中就清楚地表明，所谓的优越感不过是面对'他者'的陌生时所采取的以自我为中心的态度，认为他们在种族、文化以及宗教等方面有异于我们。康拉德对人性中固有的以自我为中心以及偏见的理解，来源于自己身处英国的陌生感。"③其四，对康拉德种族意识发展的阐述。在这部分，卓蒙德通过康拉德在不同阶段的四部代表性作品来探讨了康拉德种族观的演变过程。卓蒙德认为，"康拉德创作《"水仙号"的黑水手》时，还对人类的同一性缺乏认识，他相信一个种族有可能在心理和生理上优于另一个种族。因而，小说中的詹姆斯·威特被描写成懒惰、欺诈以及懦弱，这也反映了康拉德相信非洲人是劣等民族"④。事实上，康拉德也觉得这样的描写有不妥之处，因而，当这部小说准备在美国出版时，康拉德将这部小说的书名改为《海之子》，以淡化其中黑人形象的象征意义。到创作《黑暗的心》时，康拉德已经意识到投身帝国主义事业的白人殖民者在道德上的缺陷。《吉姆爷》中的主人公吉姆，作为白人，有着强烈的优越感。因而，成为康拉德批判的对象，不仅如此，康拉德还书写了这种优越感所引发的恶果。《阴影线》则反映了康拉德已经认识到人类的同一性，意识到种族之间并没有重大差别，也表明康拉德完全走出了种族主义的影响。道莱莎·卓蒙德的博士论文《康拉德与种族主义》的优点在于，没有钦努阿·阿契贝那样断定康拉德是种族主义者，而是将康拉德的种族观置于动态的语境中进行全面的考察，因而，所得结论也比较有说服力。

综上所述，康拉德在《黑暗的心》中从以上四个层面展示了人际间的疏离。他以仪式化和象征化的语言，借助于现代主义写作手法力图给沉沦于科技文明的人们带来震颤，启明在异化现象日趋严重的惨境中吟痛的人灵，进而叩问个体的有限生命如何寻得自身的生存价值和意义。康拉德正是以对现代文明的反思和批判率先走进了现代主义文学先驱的行列，拉开了声势浩大的文学革命的序幕。

---

① Doreatha Drummond, "Joseph Conrad's Confrontation with Racism"(PhD diss., University of Illinois at Urbana-Champaign, 1986).
② 同①103.
③ ibid.
④ 同①135.

第四章 康拉德作品中的女性形象研究

近年来,随着对康拉德作品研究的深入,康拉德小说中为数不多的女性形象开始引起国内外学者的关注。李宏认为康拉德在刻画有色女性时"带有强烈的'厌女'情绪"[①];王秀杰认为康拉德"对女性充满了歧视与贬低,从而将女性的存在埋没于男权的视域之下"[②];施特劳斯则认为康拉德"展示给男性的是事情的本来面目,留给女性的都是谎言"[③]。从这些观点看,他们都认为康拉德在某种程度上对女性带有歧视,把女性作为"他者"。他们似乎忽略了一个事实,康拉德对蓬勃发展的英国妇女解放运动(1880—1920)怀有极大的热情。在康拉德1910年签署的递交给首相赫伯特·阿希奇斯(Herbert Asquith)的信中,他就呼吁妇女应享有政治选举权和社会平等权。因而我们更多地应当从积极的方面来解读康拉德作品中的女性形象以及康拉德的女性观。作为现代主义文学的先驱,康拉德解构了传统的男性与女性的主客体关系,彻底地颠覆了男性传统意义上的主体身份,他们所拥有的一切都离不开女性的帮助或奉献,而且他们的无尽欲望使本应成为社会支柱的男性迷失自我,最终走向堕落。同时,我们在康拉德的作品中可以读到传统与现代这两种截然相反的女性形象:传统女性表现出对优良品质的坚持,现代女性则表现得敢爱敢恨。这些女性以自己的行动确立了自己的主体身份。

---

① 李宏:《康拉德的有色女性观》,《外语研究》2006年第5期。
② 王秀杰:《被埋没的女性存在:解读约瑟夫·康拉德的〈黑暗的心脏〉》,《大连大学学报》2006年第1期。
③ Nina P. Straus, "The Exclusion of the Intended from Secret Sharing in Conrad's *Heart of Darkness*," in *Joseph Conrad's Heart of Darkness: A Casebook* (Oxford: Oxford University Press, 2002), pp. 197-218.

第一节 传统与圣洁

2002年,娜塔莉亚·E.施罗德在《狮化女性:以康拉德和福斯特为代表的英国现代主义文学中女性/猫科原型的厌女症隐喻表征》中写道:"就像从古至今的作家一样,卡尔·古斯塔夫·荣格直接或间接地把猫科动物和女性联系在一起。把猫科动物作为女性的隐喻在伊索、凯瑟琳·曼斯菲尔德、詹姆斯·乔伊斯等作家作品中都可以找到。"① 荣格认为猫和女人相像,因为猫在所有的家庭驯养的动物是最不驯服的,狗和男人相较于猫和女人则更为驯服。他认为男人具有团队精神和可驯服性,而女人和猫则更加冷漠、喜欢独处。"康拉德和福斯特作品中的女性人物反映出女性身份的变化,有反映出对变化的抵制。他们作品中的女性乍一看常常表现出先锋前卫的思想和举止,但是仔细观察就会发现这些女性常常是固守现状。"② "康拉德和福斯特都向我们呈现了男性的不易。他们都把猫作为女性的隐喻,特别是女性的力量和独立性,以此来凸显他们作品中的意识形态。"③ 康拉德在《在西方的目光下》中塑造了不取悦于人的女骗子形象,她是歇斯底里的殉道者、冷漠的个人主义者。"泰勒在小说中被描写为抹大拉的马利亚,始终和她的猫在一起,康拉德把她描写为过时、破落的乐善好施者(Samaritan),除了猫就一个人生活,自从遇到弥赛亚(Messiah)拉祖莫夫以后,泰勒重新定位她和拉祖莫夫的关系,那只猫就从文本中消失了,作为暗喻表明泰勒和她的女性身份告别。康拉德不愿意表明泰勒及其他女性的性别身份,说明维多利亚时期女性的实际地位和康拉德周围的现代主义氛围是冲突的。"④ "康拉德的厌女症在他的信件中有许多形式,包括对女性作家的傲慢自大。"他在1908年3月23日给J.B.平柯的信中就批评了女性作家格特鲁德·阿瑟顿。在1908年8月23日给约翰·高尔斯华绥

---

① Natalia Elisabeth Schroeder,"The Lady Lionized: The Female/Feline Archetype as Metaphoric Representation of Misogyny in Modern British Literature: Joseph Conrad and E. M. Forster"(Master's diss., California State University Dominguez Hills,2002).
② 同①3.
③ 同①4.
④ ibid.

的信中讽刺了爱德华·加奈特夫人,认为她不应该把自己的作品翻译给《每日新闻报的评论家》。但是,康拉德却祝贺高尔斯华绥夫人的翻译工作,他也曾请求他姊子将他的《海隅逐客》翻译为法文,"也许,对于康拉德而言,女人,就像泰勒那样,可以偶尔地翻译或誊写男人的作品"①。"通过强烈的暗喻表征,康拉德和福斯特抓住了现代主义时期的性别之争。无论我们是否愿意为他们意图解放女性赋予她们独立自主的地位而喝彩,或者是指责他们偷偷摸摸地加强了女性的升华,我们都不可否认两位作家在自己的文学创作中使用了动物想象和女性/猫科原型。他们把古老的原型传统带到了20世纪。"②

2012年,罗纳尔多·L. 麦科尔的《〈黑暗的心〉中的女性:对当代欧美小说中非洲形象的修正与报复》探讨了康拉德作品的影响以及想要解构其建立起来的语境的难度。麦科尔特别强调了20世纪80年代起欧美小说的特殊潮流,这些男性作家意图从后殖民主义重新评估康拉德及其影响。他们通过描写非洲大陆的独立的西方女性来挑战康拉德的影响。但是,即便这些小说中的女性在非洲比康拉德作品中的男性更加见多识广,这些男性和动物一起在康拉德及其信徒的作品中不过是背景而已,这些作品和康拉德的小说具有相同的语境,和康拉德模式具有同样的问题。最终,"这些女性角色的出现不过是表面上挑战了康拉德这样的作家常用的,也是西方男性强加在非洲身上的话语。因此,所谓的康拉德影响不过是一种表征,代表的是西方世界对非洲的根深蒂固的想象,直到今天依然顽固地萦绕在西方人的心头,挥之不去"③。

在康拉德的作品中,我们可以看到传统与现代两类完全不同的女性形象。康拉德"对待女性的态度不是简单的水手对女人的调情,远距离的外貌欣赏和暂时的感性接触和对女人的恭维和殷勤,而是在两性长期生活经历的基础上对于男女之间的真实生活经验的理性的写实;不仅描写女人的外表的妩媚,而且还对女人的忠贞、善良、幽默、勇敢和坚毅的优良品质进行了恰当的分析"④。有些学者虽然注意到康拉德小说中的女性形象

---

① Natalia Elisabeth Schroeder, "The Lady Lionized: The Female/Feline Archetype as Metaphoric Representation of Misogyny in Modern British Literature: Joseph Conrad and E. M. Forster" (Master's diss., California State University Dominguez Hills, 2002).
② 同①72.
③ Ronald Leo McColl, "Women in the Heart of Darkness: Revision and Reprisal in Contemporary Euro-American Novels of Africa" (Master's diss., Villanova University, 2012).
④ 高灵英:《简单而殷勤的水手?——康拉德女性形象塑造再探》,《郑州大学学报》2007年第3期。

的重要性,但是对这些人物形象的解读却具有片面性。如李宏认为"康拉德对有色女性的看法打上了种族和性别的双重歧视的烙印"①。有学者认为"库尔兹的未婚妻代表的是正统的社会形象;库尔兹在刚果的贸易站的情妇代表的则是库尔兹堕落的世界"②。其实,库尔兹在刚果的堕落与他的土著情妇有什么关系呢? 威廉斯为了私利不惜背叛他的恩人又与爱伊莎何干呢? 仅据这两个男人的恶行就把这两个女人定为"东方妖女"③显然是有失公允的,或者说有违作者本意。其实,在康拉德的作品中,无论何种肤色的女性,我们都可以读到传统与现代这两种截然相反的女性形象。因而,女性形象在其作品中没有种族肤色之分而只有传统与现代的区别。她们往往代表着传统与现代这两种观念,因而具有极强的象征意义,所以从种族主义和殖民主义角度很难全面地准确地解读其笔下的女性形象。

康拉德在《海隅逐客》中围绕男主人公威廉斯描写了两个女性形象乔安娜和爱伊莎,她们分别代表着两种不同的价值观。乔安娜身上具有典型的传统的贤妻的特征。在与丈夫威廉斯的关系中她自觉地将自己放在从属的次要的地位上。她的丈夫威廉斯在"海大王"的调教下,成为海岛富商胡迪的心腹,一时春风得意,飞黄腾达。他周围的人,包括他的混血妻子乔安娜"对他的仰慕,是他生活中的一大乐事,也不断地确保他自知毫无疑问的高人一等,因而生活得圆满无缺"④。生活在威廉斯周围的人对他只有"默默无音的畏惧,喋喋不休的敬爱,以及喧嚷嘈杂的崇拜"⑤。乔安娜总是带着惊慌的眼神,阴郁下垂的嘴唇,在痛苦的迷惑与无言的寂静中听他讲话。每次听威廉斯讲话时,乔安娜都非常紧张,"远远地站在桌子另一端,双手搁在桌子上,受惊的眼睛望着他的嘴唇,一声也不响,一动也不动,连气也不透"⑥,直至威廉斯把话说完为止。乔安娜对威廉斯的顺从完全是出于她对威廉斯的爱。

乔安娜把自己的爱都给了威廉斯,她会用手搂住威廉斯的脖子以示她的柔情,但这却被威廉斯认为是吊在他"脖子的石头"⑦,是一种累赘。并且威廉斯再三表明他还没有

---

① 李宏:《康拉德的有色女性观》,《外语研究》2006 年第 5 期。
② Stephen K. Land, *Conrad and the Paradox of Plot* (London: Macmillan, 1984), p. 75.
③ 同①。
④ 约瑟夫·康拉德:《海隅逐客》,金圣华译,译林出版社,2000,第 3 页。
⑤ 同上书,第 4 页。
⑥ 同④7.
⑦ 同④23.

走出家门,就已经把乔安娜忘得一干二净了。威廉斯娶乔安娜只是"为了讨好胡迪"①。得到他想要的社会地位和物质利益。威廉斯的这种做法彻底颠覆了婚姻的法则。正是威廉斯对爱情的背叛,使他们之间所谓的爱情早已经荡然无存。于是这两个人,各自让个人愿望这堵不可穿透的厚墙团团围住,毫无指望地孑然一身,互相看不见、听不到;彼此都是不同遥远境域的中心。尽管如此,乔安娜依然担负着传统妻子的相夫教子的义务。康拉德笔下的有色女性,尽管性情不同,却都符合萨义德在其《东方学》中所指出的在西方旅行家和小说家眼中的东方女性的特征:"她们或多或少是愚蠢的,最重要的是,她们甘愿牺牲。"②

以乔安娜为代表的女性,具有男性所要求的温顺服从的特征,但是,这并不表明女性就没有反抗意识。当威廉斯被迫逃离时,由于威廉斯自以为已给予乔安娜"一切物质上的满足,故此从不怀疑不论未来路途如何险阻坎坷,她是一定会跟他同甘同苦"③,和他一起踏上逃亡之路。可是,因为威廉斯平日作威作福,违背了婚姻应当以爱的付出为基础,而不是物质的给予,所以当他要求乔安娜和他一起逃跑时,乔安娜"又怒又惊地瞪着他",断然拒绝了威廉斯的要求,"使得威廉斯意外愣住了",他不知一向顺从的"妻子脑袋里的愤怒与反叛从何而来,不由得使他怵然心惊"④。其实,妻子对他的"仇恨"已经潜在了许多年,这是对威廉斯多年来违背婚姻原则的惩罚,只不过他一向自以为是,不曾觉察罢了。

乔安娜的反抗本是无可厚非的,然而一向善良的她,却为自己没有和丈夫相守而深深地自责,认为自己是有罪的。为了寻找威廉斯,乔安娜抱着她和威廉斯的孩子踏上漫漫的赎罪之路。在康拉德的笔下,这条赎罪之路是非常艰辛的。当她历尽千辛万苦最终找到威廉斯时,威廉斯却毫无惊喜可言,只关心她来时的船,他指望这条船能将他带回他的世界。威廉斯满心希望借助这条船让他恢复往日的辉煌。可见威廉斯的心已经全部为物质和权力的欲望所占据,毫无悔意。因而,可以说乔安娜的命运是悲剧,她的美德没有能够打动威廉斯冷漠自私的心灵。康拉德表现出对传统女性的命运的深深关切和忧虑。

---

① 约瑟夫·康拉德:《海隅逐客》,金圣华译,译林出版社,2000,第 20 页。
② Edward Said, *Orientalism* (London and Henley: Routledge & Kegan Paul, 1978), p. 25.
③ 同①。
④ 同①21.

与此类似是，在康拉德的另一部力作《黑暗的心》中，库尔兹的英国未婚妻是康拉德笔下的另一个典型的传统的贤妻形象。和乔安娜一样，这个女人的身上带有死亡意识，她所处的环境充满了压抑感。库尔兹的未婚妻本人只到小说的结尾处才出现。她走向马洛，一身黑色的衣服，淡淡的头发，苍白的脸，纯真的眉宇，似乎被一个灰色的光环环绕着。

当她和马洛"正握着手的时候，一种可怕的凄凉神态已出现在她的脸上"，使马洛感到"她正是那种决不肯做时间玩物的那一类人物"。未婚妻与库尔兹一别就是数年，从未相见，也从无联系，在库尔兹心中毫无地位，她不知道库尔兹的所为所思，但是她为库尔兹付出了很多，替库尔兹照顾他的母亲多年。在马洛去见库尔兹的未婚妻时，她十分看重库尔兹的最后一句话，她希望库尔兹在最后能想到她，并能说爱她，她想依靠这句话活下去，可见她对爱的坚持。面对这种情况，马洛只能违心地撒谎：库尔兹最后一个字说的是她的名字。此时，马洛听到的是"一声轻微的叹息，是一声无比欢欣又十分可怕的喊叫，一声表明不可思议的胜利和无法诉说的痛苦的喊叫"。她的挚爱与库尔兹的冷漠形成了鲜明的对比。

通过对以上传统女性形象的分析，我们可以看出康拉德在其作品中表现出了对传统女性命运的深深关切和忧虑。她们具有的甘愿牺牲的精神并没有换回她们应有的幸福，她们所爱的男人因为沉溺于对物质的追求而忽视了她们的存在，完全不顾及她们的感受，使她们成为名副其实的"弃妇"。她们被遗弃也许是因为魅力不够，康拉德于是在他的作品中又创作了与传统的贤妻形象不同的现代女性形象。

第二节　妖冶与堕落

2003年，伊丽莎白·C.米勒的《新女性犯罪：犯罪小说、性别、世纪转折时期的英国文化》一文旨在"思考如何定义性别和犯罪的类型，如何界定，界定的标准是什么？基于身份产生的分类，例如阶级、种族、性别、职业、公众参与，特别是聚集于1885—1913年的女性犯罪，考察犯罪小说和犯罪学"①。"评论家常常把亨利·詹姆斯1886年的《卡萨玛

---

① Elizabeth Carolyn Miller, "The New Women Criminal: Crime Fiction, Gender, and British Culture at the Turn of the Century"(PhD diss., The University of Wisconsin-Madison, 2003).

西玛公主》与康拉德1907年的《间谍》相提并论,因为这两部作品都讨论的是19世纪晚期伦敦的无政府主义运动,而且都是以历史上确有其事的政治暴力为基础创作而成。"①米勒更感兴趣的是,"他们都用无政府主义和恐怖主义来暗指男性的恐惧与堕落以及维多利亚晚期女性进入公众视野"②。在詹姆斯和康拉德创作期间,人们普遍感受到英帝国对世界的控制力以及经济力量都开始衰弱了。"与詹姆斯和康拉德的同时代的人们把英国的衰弱归因于性别问题,他们担心英国的男人正在堕落并且/或者女性化,而英国的女性,尤其是'新女性'相应行为不轨并且过于男性化。"③到1904年,随着十几年来英国征兵过程中男性身体大比例的不合格,英国政府成立了内政部体质退化委员会来应对男性危机。同时,"新女性"及女权主义者开启了第一波的妇女解放运动,这样就瓦解了人们的传统的性别观念。《间谍》中的维勒克和他的同伙都表现出了这样的特点,他们"不能工作或生产,甚至于连生育的能力都没有"④。《间谍》中的温妮被描写为"丰满的胸""宽厚的唇",标志着她是一个精力充沛的女人,维勒克的同伙奥斯彭认为温妮完全符合女犯人的特征,但是,"康拉德通过温妮的女性外形以及名字把她描写为娇小柔弱的女子旨在暗示即便是最传统的女性也会产生暴力"⑤。

在《黑暗的心》中,库尔兹刚果的贸易站的情妇留给马洛与库尔兹的未婚妻完全不同的印象:"她迈开稳重的步伐向前走着,身上穿着带条纹和花边的衣服,她骄傲地踏着岸边的泥土前进,满身佩戴着野蛮人的装饰品闪闪发光,叮当作响。她把头扬得很高,头上的发式很像一顶头盔;她小腿上直到膝盖边都缠着铜裹腿,手上直到肘边戴着一副铜丝手套,深褐色的脸上有一个大红点,脖子上戴着无数根玻璃球的项链;浑身挂满了许多不可思议的物品,有符咒,有巫师送的礼物等等。她每走一步那些东西都会闪闪烁烁,不停地摆动。她身上戴的东西恐怕得有好几只的价值。她显得既野蛮又高贵,眼神既狂野又威严;在她那不慌不忙的步伐中,既有某种不祥的威胁又有一种庄严的气概。"⑥

《黑暗的心》中的库尔兹的未婚妻和他的土著情妇,两者一白一黑,形成鲜明对比:

---

① Elizabeth Carolyn Miller, "The New Women Criminal: Crime Fiction, Gender, and British Culture at the Turn of the Century"(PhD diss., The University of Wisconsin-Madison,2003).
② ibid.
③ 同①237.
④ 同①245.
⑤ 同①279.
⑥ 康拉德:《黑暗的心》,黄雨石译,人民文学出版社,2002,第185页。

"他的未婚妻稳重而被动,他的黑情人主动又有力;未婚妻代表死亡的气息,而黑情人则是生命的象征;未婚妻只有黑白两色,而黑情人却色彩炫目;未婚妻优雅而虚弱,黑情人却野蛮超然;未婚妻身着丧服,而黑情人却身穿战衣;未婚妻身上透着令人压抑的乏味,而黑情人却既野蛮又高贵,即凶猛狂野又美丽端庄。"①未婚妻和她所代表的理想主义是枯燥乏味的,结果必定是死亡。但库尔兹的土著情人却显示出旺盛的生命力。但是,她最终的结局和库尔兹的未婚妻是一样的,都难逃被男人抛弃的悲剧。

库尔兹的刚果情妇,这个高贵的土著女人,当库尔兹行将离开贸易站时,她冒着生命危险,极力挽留他。库尔兹却是无动于衷,毫无反应。和代表着传统的女性形象往往有很强的死亡色彩不同的是,代表现代女性形象的这些女性人物却是生机蓬勃。

在《海隅逐客》中,我们同样可以见到这种形象迥异的人物描写。威廉斯每次见到乔安娜,乔安娜总是穿着她的那身红衣裙,"前面是一串邋遢的蓝蝴蝶结,又污秽,又歪七扭八的,裙子下摆撕裂了一块,每当她懒洋洋走来走去时,就像条蛇似的拖在后面;头发漫不经心地束成一把,看起来散散乱乱"。威廉斯看乔安娜时通常只看到她的下巴就不再往上望了,他认为乔安娜是他"命中的负累,并深恶痛绝"②。

与此形成鲜明对比的是,威廉斯初次见到他情人爱伊莎的情景:"他双眼直直望着前面,可又几乎是不自觉地把那亭亭玉立的身影瞧个仔仔细细。他走近那女人时,她把头微微后仰,然后用健壮浑圆的手臂自然然地撩起披散的黑发,向前挪过肩头,把下半部脸孔一掩。接着他在她身旁擦过,走的僵挺挺的,就像个神志恍惚的人。他听到她急速的呼吸,也感受到从那半开半闭的双眸投射过来的一瞥。这一瞥,把他的神智和心灵都摄住了。"③从以上对爱伊莎的描写中,我们看不出康拉德对女性有何歧视,我们看到的只是妩媚动人的女性。

尽管爱伊莎最初与威廉斯在一起只是巴巴拉蚩等人布下的局,他们想用爱伊莎吸引威廉斯,进而利用威廉斯,打败林格,从而占有该岛的财富。但是当爱伊莎认为威廉斯"是个真正的男子汉"时,她忠贞不渝地爱上了威廉斯,而且她的爱可以说是纯粹的,为了爱情哪怕威廉斯做乞丐,她也愿意和威廉斯终身相守。当威廉斯被林格放逐到丛林中时,她不惜背叛父亲和族人随威廉斯孤独地生活在丛林中。在爱伊莎看来,"她所爱的人

---

① 康拉德:《黑暗的心》,黄雨石译,人民文学出版社,2002,第186页。
② 约瑟夫·康拉德:《海隅逐客》,金圣华译,译林出版社,2000,第19页。
③ 同上书,第52页。

是孤独的,包围着他俩的除了威胁性的危险,什么都没有。她不在乎这个,因为假如死亡来临,不论来自何方,他俩都会死在一起的"①。可见她对威廉斯的爱是真挚的。当在故事的结尾处,爱伊莎得知威廉斯准备弃她而去时,她果断地杀死了威廉斯。这也表明爱伊莎对爱情的执着追求以失败告终。爱伊莎身为女性,成了自己内心、自己信念的牺牲品,还以为世界上除了经久不渝的爱情之外,再没有其他的东西。而威廉斯则因为他自成一格的原则,他那套自制能力,盲目的信心,而成为牺牲品。

传统的女性形象往往带有很强的死亡意识,富有自我牺牲精神,是内敛的"自我";现代的女性形象往往是充满活力,这些女性敢爱敢恨,为了爱情可以抛弃一切,她们利用自身的魅力操纵其周围的世界。康拉德笔下的这些妖冶女性形象往往比传统的女性形象更具魅力,对男主人公有更大的吸引力。我们看不出康拉德对这些女性有任何的贬低,相反我们可以看到康拉德赋予了这些女性以鲜活的生命,她们不顾一切地追求自己的幸福,是值得赞美的。

康拉德同时也在提醒我们,一味地追求个人的幸福,最终必然会"给社会带来不安和动荡,给人们以威胁和痛苦"②。因此,在解读康拉德笔下的女性形象时,我们应当去除女性主义和种族主义的藩篱,联系他的全部作品而非某一部作品来解读康拉德笔下的女性形象,当前有些学者仅仅就康拉德的某一部作品来解读康拉德笔下的女性形象,难免会陷于偏颇。正如殷企平先生所言,对《黑暗的心》作女权主义批评者是"专拣有利于自己的观点加以阐发,而把与自己意见相左的细节忽略不计"③。

纵观康拉德的全部作品,我们可以看到康拉德对现代女性和传统女性在由衷赞美的同时又对她们的命运深表忧虑。过度追求物质的意识促使人的本性中的恶性在蔓延和膨胀,给社会带来不安和动荡,给人们以痛苦和威胁,工业革命初期认为物质会给人以幸福的理想之花已经凋谢。

---

① 约瑟夫·康拉德:《海隅逐客》,金圣华译,译林出版社,2000,第270页。
② 王佐良、周珏良:《英国二十世纪文学史》,外语教学与研究出版社,1994,第207页。
③ 殷企平:《〈黑暗的心脏〉解读中的四个误区》,《外国文学评论》2001年第2期。

第三节 主体与他者

随着女权主义理论的兴起，康拉德的作品即刻成为众矢之的。以尼娜·利肯·施特劳斯为首的激进女权主义作家认为，《黑暗的心》中主人公的非洲之行是对女性的殖民过程，而女性角色在这一过程中被除名、被遗忘、被物化。因此，她们认为康拉德是借男主人公之口大肆宣扬男性价值体系的男性沙文主义作家，他在小说中"展示给男性的是事情的本来面目，留给女性的都是谎言"①。施特劳斯简单地把小说中男主人公对女性的言论解读为康拉德的主张是有待商榷的。她认为在《黑暗的心》中，"没有任何迹象表明女人也可以被包括在他的听众之内，也没有迹象表明他所赖以生存的'人类'包括了女性……《黑暗的心》出奇得晦涩艰深，其原因很可能在于它把历史极端地男性化，在于它坚持把女性排除在读者圈子之外"②。西蒙娜·德·波伏娃在《第二性》中从女性主义立场出发写道："他是主体（the Subject），是绝对（the Absolute），而她则是他者（the Other）。"③波伏娃涉及的他者即为女性。她认为在康拉德的作品中女性处于"他者"的地位。在国内，我们也可以看到类似的观点。如孙述宇认为康拉德"笔下也有不少女人，但他们就像《水浒》中的女人一般，本身不是写作的重要目的，只是拿来引出与衬出汉子们的胸怀而已"④。

2011年，马克·G.道伊勒的博士论文《种族·罗曼史·帝国主义：维多利亚时期文学中的种族关系》中写道："19世纪中晚期起，英国文学中有许多作家的创作涉及种族关系的罗曼史，这些作家有罗伯特·L.斯蒂文逊、安东尼·特罗洛普、鲁德亚德·吉卜林、约瑟夫·康拉德。维多利亚时期，种族关系成为许多文本的核心内容，尽管这是法律不允许的，也有违罗曼史的传统，以及盛行的种族主义。虽然这些文本反对殖民者和土著

---

① Nina P. Straus, "The Exclusion of the Intended from Secret Sharing in Conrad's *Heart of Darkness*," in *Joseph Conrad's Heart of Darkness: A Casebook* (Oxford: Oxford University Press, 2002), pp. 197-218.
② 同①50.
③ 西蒙娜·德·波伏娃：《第二性》，中国书籍出版社，1998，第11页。
④ 孙述宇：《海隅逐客序》，载约瑟夫·康拉德《海隅逐客》，金圣华译，译林出版社，2000，第9页。

女性发生关系(几乎所有的罗曼史都描写英国男性和土著女性的关系),故事的叙述也把这些私通表现得充满欲望。这些欲望都是出自女性的自发行为,涉及印度寡妇、英国女佣、牙买加混血妇女等,她们被描述为自由地选择白人男子做自己的爱人,尽管有文化的严格制约以及管理体系的差异。这些妇女成为土著文化和强大吸引力的象征。"①19世纪涉及种族间的罗曼史的文本非常多,就康拉德而言,道伊勒选取了《诺斯托罗莫》《奥迈耶的愚蠢》《海隅逐客》三部小说进行了分析。尽管女性角色在维多利亚时期的文学中发挥着巨大作用,但是种族间罗曼史却在孕育着新的意义。种族间罗曼史和国内的罗曼史的区别在于它有着不同的意识形态。"土著地区静谧的诱惑,国外肮脏带来的噩梦,不同文化间的复杂的交流,都在造就种族间罗曼史的魅力,这都远远超出了国内小说中展现的中产阶级所关注的行为规范和财产。这些规律常常将两种冲动结合在一起——种族主义和文化融合——从而开启了新的分析领域。"②萨义德断言这些文学作品中,"西方人和非西方人的关系是建立在二元论的基础上的,欧洲人习惯于把西方人塑造为主体的'自我'而把非西方人塑造成客体的'他者'"③。"因为种族间的罗曼史是和殖民与被殖民结合在一起的,它使得两者自愿的性关系表达的是殖民者内心的愧疚,性冲动暴露了英国殖民者和他们土著情人间的裂隙,也是对殖民主义的委婉的批判。强奸成为不公平强征当地土地的隐喻,使得英帝国的基础是依靠强力这个事实展现了出来,也暴露了种族间两性关系的肮脏本质。"④

然而,细读康拉德的作品以后我会发现,康拉德在其作品中,彻底解构了传统的男性与女性的主客体关系。德里达曾对解构有过多种解释,但其中最关键的是"颠覆"或"颠倒"。解构这个命题归根结底,便是在一定时机,把它的等级次序颠倒过来。传统意义上的男人是社会的支柱,在社会生活中占据着主导地位,康拉德在其作品中恰恰是颠倒了男性和女性的关系。男主人公的命运往往会因为女性而改变。处于主体地位的是这些女性。而小说中这些男人却"时常做了欲望的奴隶,老是为了女人就丢开自己的力量和理智"。

面对巴巴拉蚩等对手,威廉斯也许是勇敢的,可是当他面对爱伊莎时,他感到自己成

---

① Mark G. Doyle, "Race, Romance, and Imperialism: Interracial Relationships in Victorian Literature"(PhD diss., Indiana University, 2011).
② 同①5.
③ 同①7.
④ 同①226.

了"感情的奴隶",无法坚持自己的意志。爱伊莎以自身的魅力深深地吸引了威廉斯,她感到"他已经甘于投降"①。"她的眼神柔和起来,唇上的微笑越来越久,笑得陶醉于梦里,在初萌的柔情中,略带胜利醉人的洋洋意气。"爱伊莎一旦离开,就会使威廉斯无日无光。"他这人活了一辈子,除了事业,心无旁骛,一向瞧不起女人,对那些受女人影响,即使稍受影响的人都藐视",但此刻,他终于明白"他的自我已让一个女人用手从内心攫走了","所有在他心中足以构成男子汉的品质都失去了"。在爱伊莎看来,威廉斯"是得胜族的一分子",是"危险的庞然巨物"。但她却能使得威廉斯这个征服者轻轻地对她说话,眼睛温柔地瞧着她的脸庞。她对自己悲惨的身世记忆犹新,她认为"若能把威胁克制降伏,变成玩物,的确是引人入胜的事"②。爱伊莎听威廉斯讲话时的神情与乔安娜的低眉顺目的表情也完全不同。爱伊莎听威廉斯说话时,神情肃穆,脸上云鬟掩映,看来像一尊金色的塑像,长了一双咕溜溜的眼睛。沉重的眼帘略向下垂。"从长长的睫毛中,她斜斜地睨着,目光坚定。精明而专注,就像钢铁般锐利。她的双唇镇静地闭着,线条弯曲得很优雅,但是她那张开的鼻孔,那略为拧转的头向上仰着的姿态,使她整个人表现出狂野不驯,悍然无惧的神情。"可见爱伊莎和威廉斯之间的人物关系中,爱伊莎牢牢地占据着主导地位,处于征服者的地位。

  威廉斯所有的感受,他的人格"都在这可鄙的欲念中丧失了。她把他的心焦了"。爱伊莎把威廉斯的灵魂从他那木然不动的眸子里摄走了。在她的凝视下,威廉斯脸上理智的火花熄灭了,代之而起的是肉体上的安宁,感官上的狂喜已经充斥了他僵硬的全身。这狂喜使他追悔,踌躇与疑惑一扫而空,也使他享受痴迷的至福,呆滞得像白痴一般。

  不仅如此,在康拉德作品中,男人的成功往往是在女人的帮助下取得的。就马洛而言,尽管他认为"妇女对许多事情竟如此不明真相,让人觉得奇怪。她们生活在她们自己的世界中,过去从来没有过这样一个世界,将来也不会有。这个世界整个说来是过于美好了,如果她们真要建立起这么一个世界,那它等不到第一次太阳落山就会彻底瓦解"③。但是,马洛之所以能够得到内河船长这个职位正是借助于他姨妈"认识公司里一位地位很高的官员的太太,还认识一个非常吃得开的男人"④。同样,《海隅逐客》中的威廉斯拥有的一切都来自他的混血太太乔安娜,而非他自己的能力。因为乔安娜的关系,胡迪送

---

① 约瑟夫·康拉德:《海隅逐客》,金圣华译,译林出版社,2000,第 57 页。
② 同上。
③ 康拉德:《黑暗的心》,黄雨石译,人民文学出版社,2002,第 31 页。
④ 同上书,第 19 页。

他这座平房,并使他拥有了权力,可以为所欲为。他在公司里的地位远没有他想象得那么重要,当他贪污公司货款被发现后,老板胡迪毫不犹豫地开除了他。《海隅逐客》中海盗的营寨遭到攻击以后,海盗头目奥马受伤后眼睛全瞎了,正是在爱伊莎的协助下,奥马得以生还。她"坐在高高的后甲板上,膝盖枕着父亲熏黑流血的头",无所畏惧,表现出了超然的勇敢。马洛等人在自以为女性无知的时候,似乎忽略了自身的无知。在康拉德的作品中,男人们常常自以为拥有超人的智慧和能力,实质是懦弱不堪。这是对传统意义上的男强女弱形象的"颠覆"。

总之,在解读康拉德的作品中的女性形象时,我们应当去除种族主义和殖民主义的藩篱,将其作品放到现代主义文学这个大的背景下去分析。

第五章　康拉德作品中的东方男性形象研究

人们常常因为康拉德时而将其作品中的东方男性形象描述为毫无语言能力的怪物,时而又深表同情而深感困惑,甚至于有不少中国学者认为康拉德的殖民话语中存在矛盾性。通过解读这些东方男性形象,分析其作品中的殖民话语,发现康拉德的作品中存在复调结构。当小说中的人物通过殖民话语对东方男性人物形象进行贬低的同时,康拉德却在通过对东方男性中一些人物形象的正面描写在叙述:不,不是这样的。因而,在康拉德的小说中并不存在着一个至高无上的作者的统一意识,而是展现具有相同价值的不同意识的世界,形成作者与小说中人物的对话语境,且两者的语言具有同等价值。本书通过分析康拉德作品中非洲人、马来人、中国人和南美人男性人物形象,解读其殖民语境下的东方世界。康拉德在其作品中为我们构建了许多殖民主义语境下的被东方化了的东方男性人物形象。

第一节　康拉德作品中的非洲人形象研究

当代人类学家公认的人类的始祖来自非洲。非洲的古埃及也曾创造出令人羡慕的尼罗河文明。可是到了近代,尼罗河文明与欧洲文明相比已经落后到可以忽略不计的程度。非洲的黑人甚至可以像货物一样被任意买卖,可悲的是有些黑人充当了买卖自己同胞的黑手。《进步前哨》中的黑人马可尼,本身是黑人,却不愿承认自己的黑人身份,偏要给自己起个洋名叫亨利·普赖司。他不仅为白人工作,还将自己的同胞当作奴隶卖给白人。

有些黑人成为白人殖民者殖民活动的助手。《黑暗的心》中的黑人土著在库尔兹的影响下最终成为强力意志的追随者,库尔兹的后面始终跟着他从湖边那个部落邀集来的一帮土著黑人打手。库尔兹正是利用黑人土著部落族群间的矛盾与冲突,使部分黑人土著成为他追随者,借助于他们的手,库尔兹将反对他的黑人的头颅放在自己门前的一排柱子上。可以说,单凭库尔兹一个人的力量是无法实现对土著黑人的统治的,事实上,库尔兹并不像传说中那样强大,甚至于非常虚弱。就是这个弱不禁风的人"在土人心中的地位是至高无上的。他们(黑人土著)的帐篷围绕着他的住处,他们的首领每天都要去给他请安。他们(黑人土著)甚至趴在地上……"①在他们对库尔兹顶礼膜拜的表象之下是对以库尔兹为代表的外来文明的屈服,是对本民族固有文明的否定。

有些土著黑人成了白人殖民者奴役的对象。在马洛前往中央站的路上,他看到六个黑人排成一列吃力地往那条小道上爬去。"他们都直着身子慢慢走着,头上顶着装满泥土的小筐。他们每走一步便发出一阵哐啷声。他们腰里系着一些黑色的破布,破布头在他们身后像尾巴一样摆动着。我可以看见他们的每一根肋骨,他们手脚上的关节都像绳子上的疙瘩一样鼓了出来;每个人的脖子上都戴着个脖圈,把他们全拴在一起的铁链在他们之间晃动着,有节奏地发出哐当声。"②当马洛走进一片树林时,马上感到仿佛是跨进了地狱中的一个最黑暗的角落。他看到那些黑色的躯体,有的坐在两棵树中间倚靠在树干上,有的趴在地上,都显露出各种不同的痛苦认命和绝望的姿势。这里是生病的黑人前来躺着等死的地方。通过有期限的合同,他们让人完全合法地从海岸深处各个角落里弄来为白人工作,迷失在这难以适应的环境里,吃着他们从来不曾吃过的食物。直到他们生病,失去了工作能力,才被允许爬到这里慢慢等死。

还有些黑人在康拉德的笔下成了一群毫无人性的人形动物。当他们的同胞和这些白人殖民者发生冲突时,他们希望这些白人能抓到黑人并交给他们吃掉。马洛在途中看到很多黑人在路边死去时,不仅白人漠然视之,他们的黑人同胞也同样是毫不理会。这和那个白人会计对濒死的白人同胞的态度如出一辙。"康拉德通过这样的对比,使《黑暗的心》的主题超出了一般的种族意义,将笔锋指向深层的人类的问题。"③

当马洛前往营救库尔兹将时,他的汽船在距离库尔兹的贸易站约一英里半路程的地方,受到了土著的袭击,箭、棍子在船四周飞舞,密密麻麻,船上的黑人掌舵工就是惨死于

---

① 康拉德:《黑暗的心》,黄雨石译,人民文学出版社,2002年,第41页。
② 同上。
③ 朱洪祥:《疏离:解读〈黑暗的心〉的孤独意识》,《盐城师范学院学报》2007年第3期。

这次袭击中,黑人舵手临死前那询问似的目光中所射出的闪亮迅速消失,变成一种空无所有的呆滞的目光和当马洛向他下达发火般的"照直开"的命令时,这家伙的头挺得直直的,面孔朝前……陪伴马洛几个月的黑人舵手的死,使联系在他和马洛之间的纽带突然断裂,使得马洛怅然若失。在这之前,马洛一直认为这位掌舵工是他所见过的傻瓜当中最为没有主见且非常自命不凡的家伙。他厌恶这个家伙,所以平时往往对其发火或刁难。

著名的非洲作家钦努阿·阿契贝认为康拉德是一位种族主义者,非洲人的形象被扭曲了,非洲人被非真实地描述为野蛮的、原始的、没有语言能力的野人。他认为《黑暗的心》将非洲描绘为一个虚无的地方,而相比之下欧洲则展示出精神上的优雅。他甚至断言"非洲人在非洲的环境中和背景下失去了人的因素。非洲作为一个形而上的战场是缺乏可识别的人性,游荡的欧洲人进入非洲是在冒险。因此,他得出结论,《黑暗的心》是冒犯的且完全可悲的书,加深了种族间的不容忍,因而应当受到谴责"[1]。其实,在《黑暗的心》中,康拉德通过对四类土著黑人的命运的描写表明正是这些黑人没有团结起来和白人殖民者进行斗争,反而相互残杀甚至互啖其肉的做法成就了库尔兹之流的殖民事业,导致了民族悲剧。

钦努阿·阿契贝在《非洲形象》中,认为"作为小说家,我认为约瑟夫·康拉德的《黑暗的心》,欧洲的这部著名小说是我讨论过的所有小说中最能反映欧洲欲望和需求的作品。当然,图书馆里所有的书都有这样的目的,但是它们中的大多数都太过明显和粗鲁,因而没有人会担心它们的危害。然而,康拉德毫无疑问是现代小说家中伟大的文体学家和最会讲故事的人。因此他的贡献也自然与众不同——永久文学——他的作品一直在被阅读、教学,被严肃的学者评价。《黑暗的心》在文学圈的地位笃定以至于研究康拉德的主要学者将其列入'英语语言文学中最伟大的六部作品之一'"[2]。"《黑暗的心》把非洲形象描述为'他者的世界',是欧洲因而也是文明的对立面,在这里人们自我吹嘘的智力和精致最终被兽行的成功而讽刺。故事的开始是在泰晤士河畔,'经过两岸多少代人的经营,在黄昏中安静祥和'。但是故事的实际发生地是在刚果河,和泰晤士河恰好形成对照。刚果河当然不是荣誉河(River Emeritus),既没有提供

---

[1] J. H. Stape, *Joseph Conrad* (Cambridge: Cambridge University Press, 2000), p. 53.
[2] Robert Hamner, *Joseph Conrad: Third World Perspective* (Washington, D C: Three Continents Press, 1990), p. 120.

服务,也就不会享受退休金。我们知道的就是'沿这条河而上仿佛是到了人类社会的初始阶段'。"①

"也许有人会认为《黑暗的心》中反映的是小说的叙述者马洛对非洲人的态度,而不是康拉德本人的观点,而且康拉德不仅没有为这种观点背书反而是讽刺和批评了这种观点。的确,康拉德看起来非常努力地在他和故事中的道德感之间建立起隔离墙。例如,在故事的叙述者背后还有一个叙述者。最初的叙述者是马洛,但是他的叙述是通过另外一个隐藏的人向我们叙述的。但是如果康拉德的意图就是在他自己和叙述者的道德、心理缺陷建立防疫封锁线(cordon sanitaire),他的这个心思在我看来是白费功夫,因为他忽视了无论他多么微妙地、试探性地选择叙事框架,通过这点我们仍然可以判断其作品中人物的行为和观点。"②在阿契贝看来,至少阿尔伯特·施韦泽(Albert Schweitzer)愿意承认"非洲人真是我的兄弟但是是小兄弟"③。"而康拉德的自由主义使康拉德连这一点也无法做到。无论黑人多么有资格,他也不会用'兄弟'这个词。"④

"说到这里,我的观点是非常明确的,也就是康拉德是血腥的种族主义者。这个简单的事实在康拉德批评中被掩盖了,因为白人对黑人的种族主义认识,是他们正常的思考方式,以至于其表现方式完全没有被觉察。《黑暗的心》的研究者常常会告诉你康拉德关注的是欧洲人因为孤独和疾病而引发的心灵的堕落,而不是非洲人。他们会告诉你康拉德在这个故事里对欧洲人比非洲人更加严苛。有个康拉德的研究者告诉我非洲只是库尔兹心理崩溃的场所。"⑤"但是这不是问题的关键。问题的本质在于对非洲和非洲人的非人化,长期以来这种思想在滋长而且仍旧在世界各地滋长。问题在于一部小说支持这种非人化的思想,支持对一部分人类进行非人化,是否能够被称为是伟大的艺术。我的答案是:不,不能。我不会叫这个人艺术家,他构思了巧舌如簧的说辞去煽动一个民族对抗另一个民族,甚至于消灭他们。无论他的想象多么精彩、语调多么优美,与其说他是艺术家,不如说他是教唆群众离经叛道的牧师,抑或是毒害病人的医生。那些德国的纳粹分子利用自己的才华为恶毒的种族主义服务,无论是在科学、哲学,还是在艺术上都要为

---

① Robert Hamner, *Joseph Conrad: Third World Perspective* (Washington, D C: Three Continents Press, 1990), p. 120.
② 同①123.
③ 同①124.
④ ibid.
⑤ ibid.

自己的变态行为受到谴责。早该严肃地对待有创造力的作家的作品了,就像康拉德那样,他们把自己的才华大量地运用挑起群众之间的斗争。"①

第二节 康拉德作品中的马来人形象研究

古奈提莱克(D. C. R. A. Goonetilleke)在《康拉德马来小说的真实性问题》一文中提出,"康拉德到远东是在 1883 年到 1888 年,但是康拉德真正在这里的时间不到一年。而且,他在远东的经历是'巴勒斯坦号'(Palestine)二副,'维达号'(Vidar)的大副,'奥塔格号'(Otago)的船长。他是一个活跃的海员,在岸上的时间很少。因此,他的关于东方国家和人民的一手资料很少"②。"正因为他在马来群岛的经历很少,他的小说中的东方世界的真实性在逻辑上也就令人怀疑了。"③"弗洛伦斯·克莱蒙斯(Florence Clemens)在马来西亚生活的时间比康拉德还要长,是首批确认康拉德作品中材料真实性的人。查阅了有关这个地区的地点、人员、事件、书籍,她证明了康拉德的见闻和信息的可能来源。"④"正如预料中的那样,最早关注康拉德东方小说的人大多数是来自英国和美国的殖民者。康拉德首先要面对是《国家》杂志的带有偏见的评论:'婆罗洲是研究猴子的地方,不是人。'西方侨民 1896 年在新加坡的《海峡时代》杂志也发表了相似的评论,这在汉斯·凡·马勒(Hans van Marle)的文章中有所体现。"⑤

康拉德作品中的马来人给人的印象是诡异而神秘莫测的,文化深受其他民族文化之影响,主要是受暹罗人、爪哇人和苏门答腊人的影响。马来人在历史上所受印度教文化影响至钜,在 15 世纪马六甲黄金王朝开始改宗伊斯兰教之前,大部分都是印度教徒。诺曼·谢里曾经推算,康拉德在东方海岸逗留的时间不过短短的 12 天,但是在其作品《海隅逐客》和《吉姆爷》中,有大量的关于马来人的描写。古恩提乐克认为康拉德"关于东方

---

① Robert Hamner, *Joseph Conrad*: *Third World Perspective*(Washington, D C: Three Continents Press, 1990), pp. 124 – 125.
② 同①39.
③ ibid.
④ 同①4.
⑤ ibid.

国家和民族的第一手资料是不足的"①。就连康拉德本人也承认,"如果我对马来的了解有克里福德和弗兰克斯威滕汉姆的百分之一,我就会让每个人都熬夜来读我的作品"②。康拉德"笔下的非洲亚洲或美洲的土著无法使自己获得独立;而且,由于他似乎认为欧洲人的保护是不言自明的。他不能预见这保护终结以后会发生什么"③。

马来人在康拉德的作品中有语言能力,可以和白人殖民者进行对话和交流,甚至可以成为并肩作战的战友。马来人华利士大英尽管个子矮小,但他身材比例极为匀称,气宇轩昂风度翩翩,性情如同明净的火焰。动的时候显得表情丰富,静的时候显得思想深沉。目光坚定,面带嘲弄性的微笑,态度雍容大雅,凡此种种,都暗示蕴藏着无穷的智慧和力量。"西方人的眼睛往往只看到表面现象,但这些品质给他们打开了被多少湮没的世纪是神秘所笼罩的种族和地域的潜在的价值。"④他不仅信任吉姆,而且理解吉姆。在吉姆看来,华利士大英"是头一个信任他的人;他们之间的友谊是在棕种人和白种人中间建立的一种奇异的、深厚的、罕见的友谊。因为在这种友谊里,种族的区别似乎借助于某种神秘的同情因素把两个人拉得更加紧密了"⑤。再如《海隅逐客》中的巴巴拉蚩,仅独眼形象就能给人阴森的感觉,他说起话来,"声音就像流过石头的潺潺涧水:低沉、单调而持续不断。流水磨损的力量无可抗拒,连最坚硬的障碍物亦能摧毁"⑥。巴巴拉蚩不仅话语有很强的影响力,而且他对白人有着深刻的洞察力,在他看来,这些白人跟敌人讲信用,可是彼此之间却尔虞我诈。康拉德借巴巴拉蚩之口来表达自己对白人殖民者如此深刻的认识,可见康拉德对马来人的理解力和表达能力是很有信心的。

马来人在康拉德的作品中还表现为有谋划能力。巴巴拉蚩为了打败林格,他先用爱伊莎去引诱威廉斯,然后又促成阿都拉和拉坎巴结盟。在这个过程中,他表现了很高的智慧,对白人殖民者的人性中的弱点有着很好的把握。他坚信威廉斯一定会为爱伊莎的美貌而倾倒,从而成为他们手中的武器。事实也正如他所料的那样,爱伊莎用自己的魅力牢牢地控制住了威廉斯。威廉斯活了一辈子除了事业,心无旁骛,一向瞧不起女人,甚至犯的错误都高人一等。一个如此自负的人,当他见了爱伊莎以后,除了她的一颦一笑,

---

① 祝远德:《他者的呼唤——康拉德小说他者建构研究》,人民出版社,2007,第43页。
② 爱德华·萨义德:《文化与帝国主义》,李琨译,生活·读书·新知三联书店,2003,第32页。
③ 同上。
④ 约瑟夫·康拉德:《吉姆老爷》,蒲隆译,译林出版社,1999,第215页。(《吉姆老爷》即《吉姆爷》)
⑤ 同上书,第214页。
⑥ 约瑟夫·康拉德:《海隅逐客》,金圣华译,译林出版社,2000,第214页。

世界上就什么都没有了。"过去是空白,将来也是空白。"①

尽管马来人可以和白人一起并肩战斗,但始终无法取得与西方人平等的地位。在康拉德的短篇小说《环礁湖》中,白人对马来人阿尔萨特的感觉很能说明康拉德对马来人的印象,"他喜欢这个人,因为他言而有信,也能够跟随白人朋友一起勇敢无畏地战斗"②。但是,即便如此,阿尔萨特的地位仍然很低,在白人看来他的地位连宠物狗都不如。"康拉德的马来人建构在总体上同样是为帝国主义的殖民活动寻找合法依据,仍然不脱野蛮习气的马来人显然是西方人进行殖民统治和文明拯救的良好对象。"③

第三节　康拉德作品中的中国人形象研究

在康拉德的作品中,关于中国人的描写不是很多,因而国内外的学者对康拉德作品中的中国人形象研究得很少。创作于1902年的《台风》可以算是康拉德海洋小说中最有代表性的作品,小说讲述了南山号白人船员在马克惠船长的带领下将一群中国劳工从南洋运往中国福建,航行中遭遇台风并最终战胜了台风的过程。小说中有许多关于中国男性劳工的描写,但这群中国人没有能够像黑人和马来人那样成为白人的战友,他们成了白人的负担。

《台风》中的中国人首先被描写成一群乌合之众,毫无组织纪律可言。"惨淡而无光芒的太阳从优柔寡断的奇怪亮光里泼下铅样重的热,那些中国人正横七竖八地躺伏在甲板上面。他们没有血色的,皱瘪的黄脸,好似患了肝病哩。马克惠船长特别注意到他们中间有两个伸手展足地仰躺在望台下面。他们刚闭上眼,就同死尸差不离。然而还有三个正在船头争吵不休;还有个巨汉,半身赤裸,肩膀奇伟,迟缓地俯伏在一座绞车上;还有一个坐在甲板上,膝头高耸,脑袋歪倒,姿态很带点女孩儿气,正在编绞他的发辫,懒洋洋的神情描写在他整个儿的身体上,描写在他手指的动作上。"④小说中的"肝病""女孩儿

---

① 约瑟夫·康拉德:《海隅逐客》,金圣华译,译林出版社,2000,第214页。
② J. H. Stape, *Joseph Conrad* (Cambridge: Cambridge University Press, 2000), p. 145.
③ 同②156。
④ 约瑟夫·康拉德:《康拉德海洋小说选》,薛诗绮编选,百花文艺出版社,1994,第66页。

气"这样的词汇都注解了康拉德心目中的中国人的病态形象。鸦片战争以后,在西方的强势文化面前,"东方"失去了古老神奇迷人的光环而沦落为"灰姑娘"。中国这个曾经的天朝大国,已经不复存在,取而代之是中国人在当时的国际社会中的"东亚病夫"形象。台风前的闷热天气使"甲板上所有中国人似乎在作最后的喘息了"①,他们没有能力像白人那样勇敢地去与台风作斗争。

一个苦力说话时,"灯光来回地照了照他消瘦紧张的脸;他猛然抬起头来,活像个吠叫的猎犬"。"他伸出一条胳膊,嘴张成个黑洞洞的窟窿,发出不可理解的叫嚷着的喉音,似乎说的是不属于人类的语言,这使朱可士产生了一种奇怪的感情。仿佛那是一个野兽想要高谈阔论呢。"②康拉德笔下的中国人形象,反映了中国国力的衰弱、国民的贫困,使得中国人在国际社会中已经失去了话语权。中国人正常的言论被看作"不属于人类的语言",是野兽要高谈阔论。鸦片战争以后,东南沿海的许多华人前往南洋和美国充当劳工,社会地位极其低下。这些劳工在白人看来连人都算不上,他们只是白人征服和管理的对象。在这些白人船员看来,"从来没有听说一群苦力是搭客的"③。也许在他们看来这些劳工根本就算不上人,运送这批劳工和运送一批货物没有什么区别。

在康拉德的其他作品中,我们可以读到白人与东方人的合作。而在这场与台风的斗争中,我们看到中国人与白人完全处于对立面,相互间没有任何的沟通与合作。在这群白人船员看来,假使中国人不是受了这样猛烈的颠簸,不是人人害怕得不敢站直的话,他们怕已经被中国人撕得粉碎了。在台风过后,风浪渐渐平静时,"事态变得异常尴尬"④。此刻本该将中国人从船舱中放出来,但是他们不敢这样做,怕中国人出来找他们麻烦。他们要把"中国人关在舱口下面再过十五个钟头左右"⑤。他们希望到那时能得到军舰的保护,因为战舰的船长,无论是英国人、法国人、或者荷兰人,都不会让白种人吃亏。

当台风来临时,舱壁将白人和中国人分隔为两个世界。船舱外的白人船员在奋力与台风作斗争,而船舱内的中国人在台风中乱成一团,"只顾争夺他们的立足之地了"⑥。在这种情况下,中国人没有自我管理的能力,白人船员不得不出面进行管理。"从人群里拉

---

① 约瑟夫·康拉德:《康拉德海洋小说选》,薛诗绮编选,百花文艺出版社,1994,第71页。
② 同上书,第128页。
③ 同上书,第77页。
④ 同上书,第147页。
⑤ 同上。
⑥ 同上书,第126页。

出来的几个人,在海员们手里变得软弱无力了:有几个,脚跟被捉住拖到一边,服服帖帖听人摆布,活像死尸,睁着一眨不眨的眼睛。东一个西一个苦力双膝下跪,仿佛哀求饶恕的模样;有好几个因管束不住过度的恐惧,两眼中间吃了几下硬拳,不再乱动了;那些受了伤的人被粗暴地摆弄,连连眨眼,却没有一声抱怨。"①他们被推挤在一起,不再反抗,"排成行列,一个紧挨着一个"②。乱糟糟的中国人就这样在白人的强力下变得有秩序。当船只到了福建以后,在白人的主持下看似公平地平分了银圆,最后剩下的三个银圆,受伤最重的各得一块。值得注意的是,《台风》中所描写的中国人形象并不仅限于这群劳工,清政府的官员被描述为"戴着有边有色大眼镜,坐在轿子里抬来抬去,走过那些恶臭弥漫的街道"③,语气中充满了蔑视和瞧不起。康拉德对这些事件的表述都暗示了西方人比东方人更加优越。康拉德没有到过中国,所以他并不真正了解中国人,因而,在他的作品中很难读到典型的中国人形象。但是中国作为西方列强在亚洲的主要殖民地,西方媒体关于中国的报道一定不少,必定会影响他对中国人的看法。此外,他在南洋期间很有可能见过中国人,在他的作品中才会出现中国人形象。

第四节 康拉德作品中的南美人形象研究

康拉德对南美人的描写集中反映在他的长篇小说《诺斯托罗莫》中,这部被誉为史诗般的巨著又被译为《我们的人》。场景为萨拉科港城,三面是高高耸立的雪山,一面向着海湾,"恰如栖身于一座巨大的半圆形、无屋脊、向大洋敞开胸怀的庙宇,后墙便是高耸的山峰,笼罩在低垂的云帐之中"④。气势磅礴的大背景中,蜷缩着一个小小的世界。人在其中,更显得渺小而微不足道,但却是外部大世界的缩影,在这里演绎着人类历史剧的一个典型片段,读者将在这个虚构小国凌乱碎散的历史事件中,去寻找超越时空的具有普遍意义的东西⑤。小说中的柯斯塔瓜纳政治动荡,六年中更替了四届政府,是一个以压

---

① 约瑟夫·康拉德:《康拉德海洋小说选》,薛诗绮编选,百花文艺出版社,1994,第126页。
② 同上。
③ 同上书,第147页。
④ 约瑟夫·康拉德:《诺斯托罗莫》,刘珠还译,译林出版社,2001,第9页。
⑤ 同上书,第3页。

迫、无能、愚蠢、背信弃义以及野蛮暴力而著称于世的国家。古斯曼·本托的暴政正被各贪婪的政治权力集团之间的派别之争所取代。在这样的国家中，每个人都在力争站到历史的前台，军队在不断地演绎造就、维持和推翻政府的神话。在这样的背景下，英国人查尔斯·高尔德在美国财团在支持下，来到萨拉科建立桑·托梅银矿，并以此矿所产生的利润操纵柯斯塔瓜纳的政局。许多人的命运因此而改变。

  小说的主人公诺斯托罗莫被当地人奉为最有号召力的英雄，具有无穷的人格魅力。"他的名字让城里所有歹徒闻风丧胆。""这些嗜血成性的暴徒中有百分之五十是从草原上来的职业草寇"①，但他们当中没有一个不曾听说过诺斯托罗莫。至于城里的那帮乞丐，只要见到他的黑唇髭和白牙齿就足够了，立刻瘫倒在他面前，这就是他人格的威力。但是，扭曲了自己的诺斯托罗莫出生入死的护银冒险，其实是无用劳动，与事情的结局无关紧要，而他本人反被银锭捆住了手脚。此时他的自我评价与先前的感觉截然相反："在这么多年后，我突然发现自己变成在城墙外嗷嗷叫唤的一条杂种狗——没有窝，连一根磨牙的骨头都没有。"②最后他在偷挖银锭时被误杀。从他最后说的话"是银子杀了我。它抓住我不放。它现在还抓住我不放"③，可以看出，他临死时终于认识到自己卷入了萨拉科黑色的旋涡，尽管自己有超越常人的智慧和才华，但最终仍不免被人利用，被人出卖。他死的时候，"白色的床单与枕头既阴沉又有力地衬托出他青铜色的面孔和黝黑、紧张的双手，这对付舵盘、缆绳、枪栓是如此地在行，此刻却捏不成拳头，无能为力地搭在雪白的被罩上"④。

  小说中的其他人物，一个个也都是某一种虚幻概念的追求者，最终又都成为虚幻概念的受害者。新闻记者德考得，因热恋安东尼娅而接受她父亲的政治取向，为自己认为"全然错误"的目标出谋划策，摇旗呐喊，最后落得跳海自杀。可以说德考得不是直接因银子而堕落的，而是让自己无原则地卷入银矿导致的事件最终葬送了自己。另一个相对重要的人物是莫尼汉姆医生，他因在古斯曼·本托暴政期间经受不住酷刑而出卖了别人，从此生活在罪恶的阴影之中。过去政治迫害的经历，使他成为一个愤世嫉俗的人，但最后他克服恐惧，巧施计谋，成为打败蒙特罗叛军的关键人物。他是在看到别人受刑致死的冲动之下做出决定的。他为萨拉科的欧洲社会做出的自我牺牲，主要是为自己的

---

① 约瑟夫·康拉德：《诺斯托罗莫》，刘珠还译，译林出版社，第10页。
② 同上书，第346页。
③ 同上书，第426页。
④ 同上书，第425页。

精神赎罪,也是出于对高尔德太太的忠诚和友好,而不是对她丈夫政治信仰的赞同。

康拉德在其作品中对东方男性形象的书写,实质上反映了全球化语境下西方强国的自15世纪以来的根深蒂固的殖民意识,不能据此就认为康拉德对东方世界持有偏见,要全面解读康拉德的思想,应当避免只言片语,应当综合他的全部作品来看。在他1898年创作的小说《青春》中,对东方极尽赞美之词:"从此我懂得了东方的魅力;我看见了神秘的海岸,平静的海水;我看见了那些棕色民族居住的土地,在那儿复仇女神悄悄地埋伏着,追赶并扑向许许多多企图征服它们的异族——那些自夸有智慧有知识有力量的民族。"[①]不仅如此,在他的其他作品中也有许多对东方民族同情的叙述。

康拉德小说的世界是一个极其复杂的世界,在这一世界中,一切都存在于同一空间,相互作用,把各种对立的思想集中于同一平面上来描写,不做纵向顺序的思考和排列,这些都是复调小说的典型特征。约瑟夫·康拉德在其作品中描写了许多帝国主义语境下的东方男性形象。赛义德在其东方主义研究中论述了西方如何将东方置于其意识结构中,视东方为"他者",通过话语霸权建构一个完全是西方对立面的"东方":缺乏理性、撩人色欲、暴政专制、异端邪教,由此证实西方文明是体现理性、道德、正义的优越文明,从而可以堂而皇之地对东方实行殖民统治。旧的殖民体系在二战以后崩溃瓦解了,新兴的民主国家在全球纷纷建立。但是西方强国的旧的殖民思维仍然阴魂般在全球游荡,新殖民主义时代的许多问题只不过是旧殖民时代问题的翻版。因而,研究这个问题有很强的现实意义,正如祝远德所言:"康拉德时代英国面临的许多问题,就是我们今天必须面对的问题。"[②]

其实,康拉德作品中的欧洲绅士也是怀有逃避主义观念的男性。2000年,琳达·德莱顿(Linda Dryden)在其专著《约瑟夫·康拉德和帝国罗曼史》中提出:"海丽娜·克莱恩(Heliena Krenn)认识到了康拉德作品中的早期马来小说的重要性,她考察了康拉德的林格三部曲对帝国、种族、女性的表述。许多评论家注意到了康拉德小说中的罗曼史因素,但是直到安德鲁·怀特(Adrea White)的《约瑟夫·康拉德与历险传统》的面世,很少有研究关注罗曼史因素是如何融入康拉德作品的,以及它们对康拉德作品中的帝国主义表达的特殊作用。克莱恩和怀特的著作为康拉德早期小说研究打开了新天地,而且为评估

---

① 约瑟夫·康拉德:《康拉德海洋小说选》,薛诗绮编选,百花文艺出版社,1994,第45页。
② 祝远德:《他者的呼唤——康拉德小说他者建构研究》,人民出版社,2007,第4页。

罗曼史在马来小说中的意义开辟了新的方法。"①"帝国罗曼史代表的是简单的逃避主义（escapism）：它的吸引力在于能够把读者从日常的琐碎中解脱出来，使他们沉浸到简单的充满异域风情的罗曼史中去，是装饰了爱国高调和帝国历险热情的逃避主义。"② 19 世纪晚期，康拉德的同时代人也获得了关于帝国的经历和知识，并以此为小说的基础。这是一个贸易和冒险的时代，帝国在扩张，为国民带来巨大的财富，这些国民都有帝国意识。"英国绅士是整个 19 世纪罗曼史的中心人物。"③"朗文版的哈格德（Haggard）小说大量的男主人公都说明，无论他们的服装和表现出来的状态如何，他们都是非常有男人气概和高贵的。这就是帝国罗曼史对在帝国追逐财富的男人的想象。就康拉德而言，他对英国绅士的构建是非常有争议的，但却是他帝国历险小说的核心。《吉姆爷》中的绅士布朗和《胜利》中的绅士琼斯，他们都自称是绅士，这样就和各自的对手吉姆、海斯特有了亲缘关系。正如我们所见，威廉斯就像他向妻子乔安娜证明的，也把自己想象成是 19 世纪晚期的绅士。最重要的是，吉姆把自己想象成绅士：他相信马洛是绅士，吉姆就断言道：'我也是绅士。'但是，从跳船事件来看，他根本不是。"④"通过'绅士'这个词来理解康拉德本人及其作品，我们必须追溯骑士（chivalry）思想的复活，并演变为 19 世纪晚期的罗曼史和历险小说中的绅士行为。这就有助于在意识形态上澄清用绅士来作为帝国罗曼史中的英国男性的表征。"⑤《吉姆爷》的主题和形式上都具有帝国历险小说的特点，这是不证自明的，比《奥迈耶的愚蠢》和《海隅逐客》更加明显。即便是他最早的小说也能体现出康拉德对罗曼史和历险文类的思考。就像米莱斯（Millais）的画作所表现的，在 19 世纪晚期英国人的意识里，帝国是浪漫的；它代表的是异域风情以及历险。对帝国的占领和记忆（retention）都是为了确证英帝国的'伟大'和人民的优越感。以帝国为背景的小说家没有谁能够忽略这些观念；大多数小说家都选择延续这种观念，康拉德是 19 世纪末期质疑这种支撑帝国主义的价值观和设想的最早的小说家之一。以或明或暗的方法，康拉德有意识地使用帝国罗曼史这个文类来迫使读者对帝国的伟业和英雄人物进行重新评估。有时，他这样做时也会设法质疑传统的对帝国公民的反应；偶尔地他也会支持对'土著'公

---

① Linda Dryden, *Joseph Conrad and Imperial Romance* (New York：Palgrave Macmillan, 2000), p. 1.
② 同①2.
③ 同①16.
④ 同①17.
⑤ ibid.

民的看法,特别是女性。"①

休·克利福德爵士(Hugh Clifford)②是康拉德的朋友,而且两人长期保持通信关系。克里福特曾经在婆罗洲、非洲、西印度工作多年。他知道这些地区进入康拉德作品的原因。他在《康拉德的天赋》中说:"康拉德作品中的场景和氛围与现实完全相符。"③在休·克利福德爵士看来,康拉德的作品"在英国文学中是独一无二的。具有特别的、引人注目的原创性。它们的主题、独特性,就像它们表现的思想和行为方式一样。问题在于在某种意义上他广泛地描写了全世界的共同属性,或者是世界每部分的共同属性。但是,从一开始读者就强烈地感觉到个人的视角、一种对生活的特殊的看法、一种不同于英国人常见的作品的建构想象、对某一类人的心理的深入理解,以忧郁的力量以及直率的真诚体现出作品的真实性。与问题本身相比表现形式更加突出,更具有原创性。和其他的用英语来写作的作家不同,在某种程度上真可以看作发现了我们这个语言的新用法"④。康拉德在 1895 年出版的《奥迈耶的愚蠢》和 1896 年出版的《海隅逐客》描写的都是婆罗洲东海岸的生活,主人公都是荷兰人。"在剖析这些白人的时候,康拉德取得了极大的成功,孤独、破落、忧郁的奥迈耶,因为刻薄、微小的抱负,而使强烈的利他主义(altruism)情感愈演愈烈。他(奥迈耶)是一个生命——但就像是由机械操纵的木偶——陷于失败的泥潭却又无力自拔,非常虚弱、有人性弱点,却又可爱的人,他的悲剧故事深深打动了我们。同样,威廉斯,这个被驱逐的人,有这样的人存在简直令人难以置信。他对于揭示真理起着关键作用。对他的堕落的分析有力而又无情。这两本书中对东方人(The Orientals)的描写都不成功。我认为他们很有趣,不是因为他们是真正的亚洲人(Asiatics),而是因为他们代表的是亚洲人给欧洲人留下的敏感的、富有想象力的印象。康拉德见过他们,了解他们,但是他只是像其他白人一样从外部去看他们。他从未真正走进这些棕色人种的生活。"⑤"1898 年,由 5 篇短篇小说构成的故事集《不安的故事》和《'水仙号'的黑水手》面世。前者具有康拉德早期作品的全部特点,其中《克莱恩》和《潟

---

① Linda Dryden, *Joseph Conrad and Imperial Romance* (New York: Palgrave Macmillan, 2000), p. 195.
② Hugh Clifford(1866 – 1941) was a British colonial administrator.
③ Robert Hamner, *Joseph Conrad: Third World Perspective* (Washington, D C: Three Continents Press, 1990), p. 4.
④ 同③11 – 12.
⑤ 同③15 – 16.

湖》这两个故事，对东方世界做了精彩的描写。然而，专家认为这两个故事对亚洲人的心理描写是不充分的。相反，从《'水仙号'的黑水手》中，我们第一次感觉到康拉德的写作功力。就'情节'来说，这部小说是失败的，但是也证明康拉德创作并不是仅仅依赖建构故事的能力。故事发生在从孟买绕过好望角到英国的航程，人物都是英国商船队的海员，从头到尾连个女人的名字都没有，主人公是装病的黑人。故事情节已经到了无法再简单的程度，小说的成功完全是靠康拉德的写作天赋。"①

"弗洛伦斯·克莱蒙斯（Florence Clemens）在马来西亚生活的时间比康拉德还要长，是首批确认康拉德作品中材料真实性的人。查阅了有关这个地区的地点、人员、事件、书籍，她证明了康拉德的见闻和信息的可能来源。"②"正如预料中的那样，最早关注康拉德东方小说的人大多数是来自英国和美国的殖民者。康拉德首先要面对是《国家》杂志的带有偏见的评论：'婆罗洲是研究猴子的地方，不是人。'西方侨民1896年在新加坡的《海峡时代》杂志也发表了相似的评论，这在汉斯·凡·马勒（Hans van Marle）的文章中有所体现。"③

---

① Robert Hamner, *Joseph Conrad: Third World Perspective* (Washington, D C: Three Continents Press, 1990), pp. 16-17.
② 同①4.
③ ibid.

第六章　跨文化语境中的《艾米·福斯特》研究

自人类形成家族或部落的理念以来,本族与异族的差异就引起了人们的关注。早在古希腊时期人们就开始在文学作品中描写跨文化语境中的人物身份焦虑和文化冲突。到康拉德进行创作的 19 世纪晚期,航海业的发展更是使人们惊叹道,与其说海洋把世界分隔开了,不如说海洋把世界联系起来了,跨文化交际业已成为人类生活的常态。二十年的航海生活使康拉德有机会行走于不同的文化形态之间,作为流散作家的他对跨文化交际有着独特的感悟,并最终将其文本化于自己的作品中。来自不同种族、不同肤色、不同地域,操持不同语言的人,共同成为康拉德每部作品的客体"在场"。从跨文化交际学的角度来看,康拉德的小说大多反映的是西方殖民者在殖民地与当地人的跨文化交际活动,而康拉德的《艾米·福斯特》的独特之处在于故事发生的场景是在西方中心主义盛行的英国。阅读《艾米·福斯特》时,我们应当注意到康拉德的写作意图并不止于书写异质文化间的冲突引发的人间悲剧,康拉德真正想警醒人们的是文化冲突表象背后隐藏的现代社会中人的伦理道德的沦丧对人际交往所产生的恶劣影响。约瑟夫·康拉德在《艾米·福斯特》中从一个医生的视角叙述了外乡人扬柯·拉古尔因海难流落到英格兰的偏僻临海小镇后的悲惨命运,揭示了现代社会中人性异化以及伦理道德缺失才是文化交际中异质文化之间所产生冲突的社会根源,批判了当时盛行于欧洲的西方中心主义对跨文化交际的危害。

第一节　跨文化交际中的文化冲突

康拉德在小说的开端花费很多笔墨来描写一个偏僻临海的英格兰村庄,"堤坝外头是一大片曲曲弯弯、光秃秃的卵石海滩,海滩有好几英里长,开阔匀称,布瑞泽特村就在中间,黑黝黝地背衬着海水,像树丛中冒出来的塔尖;再往外,矗立着灯塔的柱子,远远望去,不比一支铅笔大,这就到了陆地的尽头"①。但是灯塔的存在,说明这个地方尽管偏僻,但已不是什么世外桃源。现代航海事业的发展,已经将它和外部世界联系到了一起。布瑞泽特村子到处显示出一派田园风光,"一片宽阔、低浅的谷地,绿色的牧草和树篱把这块土地染成紫色的深景,线条平滑,一直伸延到尽头"。通过这样的描写,康拉德为读者营造了安宁祥和的氛围,一切都充满勃勃的生机,仿佛这里是人间天堂。然而,异乡人扬柯·拉古尔在布瑞泽特村的悲惨经历却说明这里是不折不扣的人间地狱。

异乡人扬柯·拉古尔因为海难流落到这里,并与当地英国人产生了激烈的文化冲突,最终在有可能生存的情况下绝望地选择了死亡。扬柯原本是个朴实善良的农民,因为想发财,受了美国人的欺骗,变卖财产做路费前往美国淘金。无奈所乘的船只在布瑞泽特村附近沉没,唯一的生存者扬柯历经了万般痛苦和磨难最终流落到布瑞泽特村。康拉德在作品中感叹道,过去从海难中"逃出来的人没有淹死,却常常痛苦地饿死在不毛之地;有的人惨死,有的人当奴隶,度过危险的岁月,那是因为同他们一起生活的本地人怀疑、厌恶或者害怕这些异乡人"。那么流落到经过工业革命洗礼的英国社会境况是否会有所改观呢?自认为已经进入文明社会的英国人当然不会把扬柯当作奴隶来卖掉,但这并不意味着扬柯在这里就有生的希望。布瑞泽特村海岸边的灯塔,原本是对航海人的指引,让他们在黑暗中看到前进的道路。船沉没以后,扬柯靠着鸡笼的浮力,向灯塔的方向游去,原以为那儿有生的希望。他在发生海难的当晚冒着风雨爬到蜷缩在树篱下避风的几只绵羊旁边,然而,不懂人性的绵羊却无法理解扬柯的心情,被他的到来吓得四处逃散。他很高兴听到绵羊在黑夜中咩咩哀叫,因为这是他上岸以后听到的第一个他熟悉的声音。但是,在他和当地人接下来的接触中就没有任何值得高兴的地方了,扬柯的到来给他自身和这里的所有人都带来了无尽的困扰。

布瑞泽特村民和扬柯的最初接触集中体现在一个"怕"字上。扬柯到来的第一个晚上,西柯尔布鲁克的渔民听到扬柯敲打茅屋墙壁的声音,扬柯的本意无非是为了求救。尽管他听不懂当地人的语言,但是当地人的粗鲁而愤怒的声音,还是把扬柯吓得逃走了,他在狂乱之中被吓得逃离这个村庄,爬上陡峭的诺顿山。对当地人来说,因为濒临海岸,又有灯塔的存在,夜半有人上岸求救,应该不是什么新鲜事。因而他们对扬柯的求救报以呵斥,应该不是第一次这样做,这说明他们对异乡人的求救历来都是将其拒之门外。

---

① 约瑟夫·康拉德:《康拉德小说选》,袁家骅等译,赵光启选编,上海译文出版社,1985,第140页。

如果说此刻的扬柯在黑夜中具有可能的威胁性，当地人对他进行呵斥是可以理解的。那么，布瑞泽特村一个搬运工人在第二天清早看见已经昏过去了的毫无威胁的扬柯安静地躺在路边草地上，睡在一阵又一阵的大雨里，仍然心里害怕，上去看了一眼又缩回去，而不是积极地加以救助，那就是让人难以理解了。就连正在接受教育的诺顿的学生们见到扬柯冲进学校，也吓得要命。应该是很有爱心的女老师也没有给予扬柯任何的同情，反而责骂他是个"面容可怕的人"。"怕"集中反映两种文化交汇时双方的心态。因为语言和外表的差异，使得当地人惧怕扬柯。在社会学中，学者将人们对待陌生或新奇的事物的态度分为两种类型：好异型和恶异型。深受古希腊以来的意识形态的影响，欧洲人对异文化的态度属于后者。

布瑞泽特村民和扬柯的最初接触还集中体现在一个"打"字上。布拉德莱先生运牛奶的车夫说扬柯从万茨家路旁拐角的地方跳出来，想抓住他的马缰绳。他劈面给了扬柯一鞭子，把他打倒在泥里，而且还觉得扬柯那狼狈的样子很有趣，嘲笑扬柯倒下去的速度比跳过来快。作为运牛奶的车夫，他从事如此重的体力活，身体应该是非常强壮，孤身一人的扬柯其实对他构不成任何威胁。其实，扬柯不过是想叫马车停下来，他急于希望同别人取得联系以求得帮助。他鄙视地把扬柯叫作"长毛的吉卜赛家伙"。吉卜赛人的祖先是祖居印度旁遮普一带的部落，大约公元10世纪以后，迫于战乱和饥荒开始离开印度向外迁徙，他们没有固定的居所，而是以大篷车为家和交通工具，以卖艺为生，在一个个城市间游荡，逐渐成为世界闻名的流浪民族，游走在世界各国的边缘。吉卜赛人自流浪以来，处于社会底层，备受各国歧视和压迫。但是即便扬柯真的是吉卜赛人，对他进行无故鞭打也是不道德的。可怕的是这个车夫打完扬柯还到处炫耀，说明当时的西方社会并不认为这种行为是可耻的。他的行为也反映了西方中心主义者对他者文化的极端排斥。

康拉德在《艾米·福斯特》中，还描写本应纯真无邪的三个男孩的看似无知却震撼人心的行为。有三个男孩后来承认，他们朝一个滑稽的流浪汉扔过石头，那流浪汉全身湿泥，在灰窑旁边一条又深又窄的胡同里悠悠逛逛，好像喝醉了的样子。年幼的男孩当然无法区分扬柯是否是异乡人，他们向扬柯扔石头，不过是因为扬柯看起来像个流浪汉。孩子在社会中本是弱者，但是在他们看来流浪汉的地位比他们还要低，因而他们可以毫无顾忌地欺负他。可见年轻一代已经传承了老一辈人缺乏同情弱者的价值体系，他们的价值观其实是西方社会固有的价值观的延续。通过对孩子们行为的书写，康拉德似乎在向读者做出可怕的预言：社会不仅现在如此冷酷无情，将来仍将如此。

如果说孩子的行为是出于无知，那么身为母亲的费恩太太打扬柯，则完全是出于无情。当她看见扬柯跨过哈蒙德家猪栏的矮墙,东倒西歪地直奔着她走来,嘴里发出咿咿呀呀的声音。费恩太太用推车推着孩子,叫他走开。扬柯当然无法听懂她的话,他还是往前走,而且越走越近。她鼓起勇气用一把伞打在他头上,接着不敢回头瞧一瞧,推着车子一阵风似的飞快地往村子里跑,跑到第一家房子前才停了下来。费恩太太的行为显得非常滑稽甚至于近似荒诞。如果她觉得扬柯接近她是个威胁,她本可以立即远离扬柯,又何必去用雨伞打扬柯的头呢? 她身为母亲,母性本应使她成为世界上最有爱心的一类人,然而面对扬柯的困境她没有表现出丝毫的爱心。她有勇气去打扬柯,却无勇气给他以关爱。她声称打完后,不敢回头瞧一瞧扬柯。其实,不用看也可以想见扬柯的窘态。她的行为只能说明她的人性中缺乏最起码的善良与同情。

哪怕扬柯真的是动物,哪怕他真的就是"长毛的吉卜赛家伙",人们以这样的态度对待他也是可怕的。"扬柯在这里所遇到的,是一个社会群体对一个外来异类的拒斥,而这个异类的'危险',实际上仅出自这个社会群体中人们的想象。"①在扬柯和布瑞泽特村民的跨文化交际中,我们看不到扬柯对当地文化有任何威胁,我们看到的只是他被动地挨打,没有做任何的反抗。在一系列的事件中,我们可以看到扬柯并没有做出任何对他人产生威胁的行为。他更多的是仅仅作为客体而存在,更像是一面镜子,每个人在他面前显现出了自己的内心世界。尽管扬柯心地纯洁,心眼儿好,但布瑞泽特村民无法理解和明白。扬柯为了生活在这里认真劳动,还救了一个小孩。他的这些善行并没能够改变人们对他的看法。"这个遇难的人像是被移植到另一个星球上,同他的过去相隔着无边无际的空间,他的未来又无从卜测。"其实他除了外表和语言与当地人不同外,本质上并没有区别。不要说接纳他这个人,就连他又快又热切的说话方式都使大家惊讶,当地人因此称他为"一个激动的魔鬼",这样的称谓带有明显的贬低和歧视。对扬柯而言,这里的村民身为自己的同类,并不比那几只羊更显亲切。康拉德通过书写布瑞泽特村各色人等对待扬柯的恶劣行径来揭示隐藏于人性中的恶的一面。正如萨义德所言:"康拉德的故事与小说在一个意义上再现了高度帝国主义事业的侵略性表象。"②因而,在康拉德的作品中我们看不到真正意义上的跨文化交流,最多只能说不同文化间的交际,因为交流必须以人格的平等为基础。康拉德将扬柯放置在了与四周格格不入的语境中,更加凸显了两种文化差异所导致的交融困难。通过描写布瑞泽特村民对扬柯的"怕"和"打",反映了

---

① 吕伟民:《认同与接纳:康拉德及〈艾米·福斯特〉》,《郑州大学学报》2003 年第 4 期。
② 爱德华·萨义德:《文化与帝国主义》,李琨译,生活·读书·新知三联书店,2003,第 267 页。

以西方中心主义为核心的强势文化对他者文化的压抑,表达了康拉德对当时社会对弱者缺乏最基本的怜悯之情的担忧。

第二节 跨文化交际中他者文化的融入尝试

面对强势文化,生活的苦难促使扬柯通过改变自己以期逐步融入当地的主流文化。他不仅改变了自己的外表,把在家乡时习惯的长头发剪短了,以至于走在村子里,跟当地人似乎没有什么区别,而且还努力学说当地话。在康拉德的作品中,我们也可以读到许多西方殖民者流落到其他文化群体中,但我们看不到他们会因此而改变自己的外表,或使用他者的语言,因为他们坚信自己的文化优于当地的文化,他们坚持以自己的方式来生活,坚信自己的语言代表着文明。在《艾米·福斯特》中,虽然扬柯可以用当地的语言和当地人进行交流,但他说当地话时特有的外国腔成了一种特殊的抹不掉的印记,布瑞泽特村的人们仍然不愿接纳他。扬柯在车马站的酒吧间里喝了一点威士忌,唱起他家乡的情歌来,但是当地的几位知名人士喜欢在晚上安安静静地喝啤酒。他们呵斥扬柯,叫他别唱,使他感到很难受。他想表演家乡的舞蹈给别人看,但这也引起了当地人的反感。一个正在那里喝酒的赶车人甚至骂出声来,愤然把手中的半品脱酒倒在酒吧间里。老板不得不过来干涉,他的酒吧间不需要什么"杂技表演"。他试图向老板解释,却被大家用武力赶出酒吧间,还打肿了一只眼睛。在这些西方中心主义观念根深蒂固的当地人看来,代表扬柯家乡文化的歌舞,只不过是不入流的"杂耍"而已。这样看来,扬柯被布瑞泽特村民拒绝并非仅仅因为外表和语言的差异,而是来自"人们更多是划定自己的'地盘',拒绝'异文化'的随便来访,并且满怀着对'异族人'的憎恨与敌视"[①]。而且这种憎恨与敌视常常是自然而然的,不需要任何的由头,这使得扬柯努力融入当地文化的愿望成为不可能。

在扬柯为自己的不幸和悲惨感到痛苦时,别人却无意于去体会他的痛苦,人们憎恨他,仅仅因为他是外乡人。在这个看似人间天堂的地方,尽管他毫无恶意,不过是在向人们乞讨,却遭到人们的暴打。在他的家乡,大家即便不给你什么东西,对乞丐说话总是和

---

① 潘一禾:《西方文学中的跨文化交流》,浙江大学出版社,2007,第2页。

气的,更没人会教唆孩子去向恳求同情的人扔石子。他发现这儿的男人火气都这么大,女人都这么凶,他灰心极了,仿佛是到了世界的末日。"末日感"是现代主义文学的主基调。康拉德通过描写充满敌意的世界来表达他的怀疑主义和悲观情绪,他似乎有意将艾略特关于个人对其命运负责的观点与哈代的宿命论交织在一体,并赋予其新的内涵。似乎"冷漠顽固,谨小慎微,求全责备,市侩实际,缺少幻想,虚假伪善,这些特点在任何国家的中产阶级身上都不难发现,但在英国它们却成了民族的特点"①。

在这里有如噩梦般的生活给扬柯留下的模糊的恐惧,使他想起大海就害怕。或许在他看来,原本给他希望的大海现在却给他带来了灾难,要不是因为受骗而想跨海去淘金,他就不会落难至此,就不会经受肉体和精神的双重折磨。他现在已经无路可走,他不想去美国了,因为他已经明白世界上不存在遍地黄金、只消你弯腰一捡的地方。但他也无法回家,一方面因为他的家很遥远,一贫如洗的他根本无力回家;另一方面家里人为了给他筹集路费,卖掉了一头母牛、两匹小马和一块土地,他现在两手空空,根本无脸面对亲人。其实使得扬柯陷入了进退两难的困境的真正原因并不是大海,而是进入现代社会以后人们理念的改变。和扬柯的远在中欧山村的故乡相比,临海的布瑞泽特村民更早受到了物质主义的影响。作为现代主义作家的康拉德认识到,物质主义的本质是利己的,物质文明有抑制人的生命本体,扼杀人性甚至毁灭人类的危险。在现代主义文学中,物质世界往往成为人类生存危机的制造者,大自然也是丑恶的,物质文明造成了人类精神的虚无感、威胁感和恐惧感,造成人与人之间无法沟通甚至彼此残杀。

扬柯坚持在这里活下去的一个重要原因是他原以为和当地人有共同的宗教信仰,一定会得到帮助。他常常忍不住偷偷地看几眼史威弗小姐腰上拴的那个铁十字架,它使扬柯知道自己是生活在基督教国家,因为他相信信仰基督的人是善良的,上帝会给他力量在这个陌生的国度活下去,这使他心里觉得放心一些。但是,史威弗小姐腰上拴的已经使那个铁十字架只不过是个摆设,人们对基督的信仰只具有象征意义。人们并没有因为扬柯和他们拥有共同的信仰而给他以兄弟般的情谊。尽管基督教教义宣称所有信徒皆为兄弟,但是这些和他一样信仰基督教的当地人没有能够成为他的兄弟,他只能把这几棵树当作兄弟,将内心的苦闷向这几棵树诉说。这儿的悲惨经历使他无法压抑自己的浓浓思乡之情,在他看来这里的一切都和家乡的不一样,一切都格格不入。只有史威弗房

---

① 岳峰:《旅行写作与身份认同——E. M. 福斯特小说中"联结"的最终尴尬》,《外国语文》2009年第1期。

前一小块草坪上三棵古老的挪威松使他想起他的家乡，这几棵松树和他家乡的一样，在他看来这几棵松树就像他亲兄弟似的，他有时会在天黑以后把前额靠在一棵松树上哭泣，自言自语。以树为兄弟这个情节反映了扬柯内心世界的极端孤独，在他的周围生活着这么多的人，可是却无法进行沟通和交流，他们对扬柯的情感并不比一棵树来得更多。通过这个情节的书写，康拉德批判了在跨文化交际中作为强势一方的狭隘，以及人文关怀的缺失才是发生文化冲突的根本原因。

第三节　跨文化交际中的爱情悲剧

面对扬柯的遭遇，在所有的当地人中，只有艾米·福斯特会为扬柯的悲惨命运而可怜巴巴地哭泣，她两只手拧来拧去，显得焦躁不安，她咕哝地叫人们"别这样！别这样！"艾米·福斯特不赞成别人攻击扬柯，坚信他"并无恶意"。但这并不意味着她真正理解扬柯，她这样做只是出于她的怜悯之情，出于她对人性善的坚持。扬柯晚上睡不着觉的时候，他老想到在这块陌生的土地上给他第一块面包的艾米·福斯特。在扬柯看来，她不凶，不发火，也不害怕。在他的记忆中，"她这张脸是他唯一能够理解的脸，比不得其他所有的人的脸，神秘莫测，闷声不响，像死人似的，含有活人无法理解的东西"。正因为艾米·福斯特的恻隐之心，才使他有了生的希望，才使他没有割破自己的喉咙，顽强地在这个世界上活下去。扬柯觉得自己已经找到了他的黄金，那就是艾米·福斯特的心。

在扬柯看来，艾米·福斯特拥有一颗金子般的心，见了别人的痛苦就软化。康拉德在小说的开篇就着力描写艾米·福斯特的善良。她那双泪汪汪的近视眼会满是同情地看一只被夹子夹住的可怜的老鼠。她会跪在潮湿的草地上帮助一只蛤蟆摆脱困境。艾米·福斯特不仅善良，还安心于一种恬淡的生活。她安心于天天看同样的田地，同样的洼地，同样的高地；看那些树木，一排排的灌木；虽然她长年累月地面对农场上的那些人，但她不觉得厌烦。她空闲时会帮母亲做家务，再回到农场干活。"这就是她的休息、她的变化、她的消遣。"她好像从来不想要别的东西。这一切都在告诉读者"节制而理性的艾米·福斯特尽管相貌平平，但是性情却是近乎完美的"。但是，她却因为私生女的身份而倍受歧视，生活得并不如意，十五岁就被迫到史密斯的农场去帮佣。因而她对弱者的同情更多的是出于惺惺相惜之情。

扬柯和艾米·福斯特的爱情从一开始就因为扬柯是异乡人而遭到所有人的反对。人们以各种微不足道的、不称其为理由的理由,将他们的婚姻视为"可憎"。村里的老太婆个个表示反对。史密斯威胁扬柯说,如果再在农场附近见到他,就打破他的脑袋,但是扬柯对此毫不理会。史密斯甚至对艾米·福斯特说,她要是嫁给这个头脑肯定有毛病的人,她一定是疯了。尽管如此,黄昏时分,艾米·福斯特一听到果园外面传来的扬柯的神秘忧伤的曲调,就会撂下手上的活儿跑出去找他。史密斯太太更是过分地骂艾米·福斯特为不要脸的荡妇。但是他们的爱情经受住了这些考验。艾米·福斯特对他们的批评不吭声,独行其是,好像耳朵聋了似的。在艾米·福斯特的心目中,扬柯长得很好看,身材很有风度,仪表上有山里人某种粗犷的气概。扬柯没有注意到她的长相平常,他为她富于同情心的高尚品质所俘虏。当地人如此反对艾米·福斯特和扬柯结合,并不是因为艾米·福斯特的条件特别好,仅仅因为扬柯是异乡人而已,反映了他们对异质文化的拒斥。更令他们担忧的是,这两个人的结合,意味着扬柯代表的外来文化将要永远在这里扎根,这是他们难以容忍的。

康拉德通过书写扬柯婚后的曲折生活表明文化差异不会因为婚姻而削弱,反而可能因为两个人的紧密联系而使矛盾愈加尖锐。小说中的人们对婚后的扬柯的态度并没有因为他和艾米·福斯特的结合而改变,更没有因此而接纳扬柯为他们中的一员。在扬柯的孩子出世后,他在车马站庆祝,又想唱歌跳舞,再一次像婚前一样被人阻止。人们甚至对艾米·福斯特嫁给这样的男人表示同情,其本质是对扬柯的蔑视和排斥,将其视为怪物。但扬柯不在乎他们的敌视态度,因为在他看来,"艾米·福斯特会理解他,他可以唱歌给她听,用他家乡话说话,慢慢地教她如何跳舞"。在他看来,心爱的人理解自己比什么都重要,而且艾米对他的接纳也是他在这儿活下去的理由。

可事实说明扬柯再一次犯了错误,他完全误解了艾米·福斯特的爱。她对他的爱,更多的是出于女性的怜悯,而不是出于真正意义上的爱情。她并不真正理解他,也没有真正接受扬柯,或者说她接受的是扬柯这个人,但却不包括他的文化。她不仅反对他对孩子低声哼着他家乡的母亲们对婴儿哼的曲调,也反对他晚上大声做祷告。这说明艾米·福斯特不仅不能接受他的生活方式,也不能接受他的宗教活动。妻子的不理解使他把生活的希望寄托在孩子身上。他盼望孩子可以慢慢地和他一起大声祈祷,就像他小时候在家乡跟着自己老父亲背诵一样。尽管他不明白妻子为什么会反对他的所作所为,但是他相信这一切都会过去的,因为他坚信艾米·福斯特不仅心肠好,而且富有同情心。

然而,他对艾米·福斯特的印象纯粹是幻觉。当扬柯生病时,艾米·福斯特却表现得冷酷、凶狠,毫无同情心。他想喝水,没想到她既不说话,也不动弹。扬柯翻来覆去呻吟,不时抱怨,只是增加了她对这个陌生男人的恐惧。她断然拒绝了医生希望让扬柯睡到楼上去的要求,说明她并没有真正接受扬柯。扬柯因为又发烧又生气,又沮丧又惊异,想绕过桌子去抓她,她干脆打开门,抱着孩子逃了出去。是什么原因使得艾米·福斯特弃病重的丈夫而去?吕伟民将艾米·福斯特的这个行为归因于他们之间的语言差异,认为是因为扬柯"在高烧中不自觉地说起了他本民族的语言,这使得他的妻子,心地善良、一直爱着他也为他所深爱的艾米·福斯特突然产生了陌生与恐惧心理,因而逃离他而去"①。陶淑琴则将艾米·福斯特的离去归因于"大众舆论使艾米也对他产生了既恐惧又厌恨的心理,艾米也开始歧视他的文化,仇视他的文化"②,进而使她深信"扬柯,这个异教徒,外乡人,是一个不祥之物,谁接近他就会给自己也带来灾难"。这两种说法都是非常牵强的。在扬柯生病以前,艾米·福斯特已经和他在一起生活了很长时间,在这个过程中扬柯也常常说自己的语言,因而她对扬柯所用的语言应该不陌生,至少不会因为扬柯的语言而吓得逃离。陶淑琴将艾米·福斯特的离去归因于大众舆论,也是值得商榷的。因为他们结婚前,许多人已经以各种理由对她进行了劝阻。其实,艾米·福斯特这个人物在小说中以她怀有的怜悯之情而代表着人类的道德底线。康拉德是在告诉人们,你可以不懂对方的语言,你也可以不理解对方的行为,但是你不能对对方没有怜悯之情。艾米·福斯特在扬柯生病最需要人照顾时离去,这个行为在本质上突破了人类的道德底线,是对人性中善的放弃,这使得扬柯生的希望彻底破灭而走向死亡。

艾米·福斯特的离去,对扬柯而言,仿佛是"猎人的矛已经刺进他的灵魂里面去了"③。面对自己的悲惨结局,他用愤怒、刺人的声音向上帝质问:"为什么?"可听到的回答却是一阵大风和嗖嗖的雨水。扬柯的质问反映了他对人类的道德与良知的绝望。他带着无尽的失望和悲痛离开了这个他曾经抱有希望和幻想的世界。作为一个避难者,他逃脱了大海的吞噬,却无法融入这片看似平和恬静的土地,死于自己内心的"孤寂绝望的特大灾难之中"④。作为全能叙事者的肯尼迪医生明白地告诉读者,虽然他的身体在暴风雨的露天里熬了一夜,身体还是经得住的。扬柯并非死于疾病,而是死于对生活的绝望。他完全有能力回到屋子里,免于雨水的浇淋,以求生存。但是,对生活的绝望,使他不愿

---

① 吕伟民:《认同与接纳:康拉德及〈艾米·福斯特〉》,《郑州大学学报》2003年第4期。
② 陶淑琴:《文化冲突——论〈艾米·福斯特〉的主题》,《大众文艺》2009年第7期。
③ 约瑟夫·康拉德:《康拉德小说选》,袁家骅等译,赵光启选编,上海译文出版社,1985,第169页。
④ 同上书,第170页。

再生活在这个世界上,因而扬柯最终其实是死于自杀。扬柯以死表达了他对异质文化交际中的所表现出的人性异化的绝望。为了求生,他在风雨中满怀希望来到这个陌生的世界;为了求死,他又在风雨中心碎地离开了这个令他绝望的世界。这既是康拉德对扬柯死因的总结,也是对现代社会症候的总结,从而使作品的意义超越了对扬柯·拉古尔个人命运的书写。

综上所述,康拉德生活的时代,航海业的迅速发展使得人们可以很方便地游走于不同的文化之间,来自不同国度的个人之间的交往其本质上反映的是民族间的跨文化交际。康拉德着力描写跨文化交际中的文化冲突而不是文化融合,旨在提醒人们,由于人们的自私与狭隘,对他者文化持有自然的敌视与仇恨,先决地从人性恶的角度来看待他者文化,使得跨文化交际只能作为"交际"而无法成为"交流",使得跨文化交际不仅是一个"现象",更是一个"问题"。在《艾米·福斯特》这部短篇小说中,康拉德落笔虽然止于布瑞泽特村,但是通过书写扬柯·古拉尔在一个貌似人间天堂的英格兰小村庄的悲惨经历,关照了跨文化交际中双方的心理表达,洞察了现代人心中遍存的心结,预言了人们可以逃避自然的灾难,却无法逃避内心的"孤寂绝望的特大灾难",进而揭示了当时盛行于欧洲社会的鄙视一切他者文化的西方中心主义其本质是现代人的伦理道德的沦丧。

第七章　康拉德家国情怀研究

常常有学者为约瑟夫·康拉德没有继承父辈的革命事业而困惑。也许,在他们看来,波兰已经是山河破碎,其父已经为祖国的解放而献身,作为革命者的后代,康拉德就应该像父亲那样去战斗。其实,要理解康拉德的真实想法,研究他的生活经历和作品文本可以给我们有力的启示。约瑟夫·康拉德没有像其父那样成为波兰民族解放的志士,选择了侨居英国从事写作,终成享誉世界的文豪,但是在他的作品中仍然表现出对政治的深切关注。本章旨在从政治"他者"与地缘政治两个角度来解读康拉德的政治思想,分析康拉德在其作品中如何表现波兰民族解放志士因为脱离实际而成为波兰人民眼中的政治"他者"以及波兰如何因为特殊的地理位置而成为地缘政治的牺牲品。"所有作家都是他们所处的文化和历史环境的产物,康拉德也是如此。和他的同时代的人相比,康拉德具有更多的国际背景。"[1]"对小说的革新使政治问题也能够进入他的小说。尽管那时在整个西方都对殖民事业持有支持的态度,但是康拉德却常常表现出对殖民主义的严厉批评。"[2]"其他的政治作家都把自己的作品看作传播政治观点的工具。康拉德的政治小说的作用却在其他方面,和他作品中的政治观点交织在一起的是个体的生活,而且康拉德总是对个体的命运表示同情。结果就是不断地拒绝政治,无论是革命还是保守,因为在康拉德看来所有的政治都是把个体作为手段而非目的。具有讽刺意味的是,康拉德的政治小说都是拒绝政治和政治活动的。"[3]

---

[1] John G. Peters, *A Historical Guide to Joseph Conrad* (Oxford: Oxford University Press, 2010), p. 3.
[2] 同[1]5.
[3] 同[1]5-6.

第一节　康拉德作品中政治"他者"形象研究

　　康拉德虽然没有像父亲那样亲身投入波兰的民族解放运动,但是在创作中他时时会不经意地阐述自己的政治观点。康拉德的作品中充满了流亡意识,我们可以读到很多"被误解"和被放逐的边缘人。其原因在于出生在波兰的康拉德,幼年时因为其父阿波罗·科泽尼奥夫斯基参加波兰民族独立解放运动被沙俄政府流放到俄国北部,康拉德的母亲带他毅然随父亲前往。然而,他父亲的革命热情不被外人所理解,就连约瑟夫·康拉德的舅舅也认为康拉德的父亲和母亲是奇怪的人,更不用说别人了。在父母双亡以后,康拉德由好心的舅舅抚养,在以后的岁月里他和舅舅一直交流很多。舅舅对像他父亲这样的理想主义者的不满也对康拉德的人生观产生了深远的影响。对他这段成长经历的了解有助于我们理解他的作品。

　　在康拉德的作品中,《罗曼亲王》这部作品最能反映康拉德对革命者的看法。小说的主人公罗曼亲王因妻子的亡故而陷入悲痛的深渊,不能自拔,终日神志恍惚。但是,当1831年波兰独立革命爆发后,他抛弃丧妻的痛苦,全情投入波兰解放运动。可是,他为民族解放事业而奋斗的热情并不被波兰人所理解,在经历了先入监狱后被流放的悲惨命运后,就连他所深爱的女儿都无法理解他的革命热情,认为他无法对事情做出正确的判断,在别人的眼中他更是形同怪物。在小说的开篇康拉德就指出,"由于我们的人道主义者都具有高雅的情趣,他们认为爱国主义只是一种野蛮风尚的残余,因而它在今天已经是一种不怎么体面的感情了"[①]。其实,在细读罗曼亲王的命运以后,可以发现罗曼亲王的命运正是康拉德父亲这样的革命者的人生经历的写照。他们怀有人道主义,在别人看来只是高雅的情趣;他们的爱国主义热情只是野蛮风尚的残余,而这一切都成了不怎么体面的感情。罗曼亲王的形象照应了康拉德父亲在别人心目中的形象,康拉德的父亲为波兰解放奋斗了一生,可是这一切在康拉德的舅舅等人看来不过是理想主义者的空想。《罗曼亲王》这部作品体现了康拉德对父亲一生的总结和反思。在康拉德看来,仅靠他父亲这些少数人的努力是无法挽救波兰的命运的。康拉德在他的许多作品中都赞扬像他

---

① 约瑟夫·康拉德:《康拉德小说选》,袁家骅等译,赵光启选编,上海译文出版社,1985,第114页。

父亲这样的满怀理想的英雄人物,但同时也对他们深陷理想主义,在孤独中独自战斗的做法表示怀疑。

出身于名门望族的康拉德的父亲热心于波兰独立革命。在康拉德4岁时,即1861年的11月,他的父亲因为参加波兰独立革命而被俄国政府逮捕,投入华沙城堡。但是,俄国政府并没有找到他从事政治活动的证据,仅仅指控他捏造罪,于是在1862年6月将其流放到俄国北部的沃洛格达。康拉德和母亲爱娃·科泽尼奥夫斯基一起前往。因为流放地的恶劣环境,爱娃的健康状况迅速恶化,于1865年4月18日病逝。此后不久,康拉德的父亲阿波罗·科泽尼奥夫斯基感染肺结核,身体很快就垮了,并于1869年孤独地病逝于家中。这对于时年12岁的康拉德而言无疑是个沉重打击,并且留下了创伤。就像他在许多作品中描写的英雄人物那样,他的父亲虽然为波兰独立运动抛弃了家庭,牺牲了妻子,但他的革命热情并不被他人所理解,一个为祖国解放战斗一生的英雄在一个晚上孤独地死去,被人抬出去悄悄地安葬了。这段人生经历在年幼的康拉德心中留下了阴影。

在康拉德的作品中,许多看似强大的人物,都免不了流亡他乡,最终黯然死去的命运。《黑暗的心》中具有非凡才能的库尔兹流亡于丛林之中,最终孤独地死于船舱中;《海隅逐客》中满怀抱负的威廉斯流亡于孤岛之上,最终死于情妇的枪口下;《我们的人》中的公认的能人诺斯托罗莫最终死于光线幽冥的病房中。约瑟夫·康拉德不是被"误读"为"异国故事和海洋传奇的讲述者",就是被看作"最奇怪的人"[1]。从这些人物的身上,我们或多或少地可以看到康拉德父辈的身影。他们是彻底的理想主义者,为实现自己的理想而不顾一切。通过对小说中这些人物的悲剧命运的书写,康拉德清楚地表明了他不认为仅靠父辈的革命热情就可以改变现状。甚至于有时革命就意味着不仅给自身而且也会给自己周围的人带来苦难。在他的《生活笔记》中,康拉德写道:"当我们目睹一个人在光天化日下被蹂躏于车轮之下,痛苦地翻滚身体的时候,是不是更多唤起了我们对于真实情感的呼唤,更多对于恐怖主义的义愤和对于劳苦人民的怜悯呢?"[2]在康拉德看来,"在世界历史发展的进程中,没有任何一个人可以成为正义的化身,因为人是如此渺小、如此不堪一击"[3]。这也解释了为什么康拉德不愿像父辈那样

---

[1] 胡强:《康拉德政治三部曲研究》,中国社会科学出版社,2008,第232页。
[2] 约瑟夫·康拉德:《生活笔记》,傅松雪译,江苏教育出版社,2006,第163页。
[3] 同上书,第271页。

疯狂地从事革命活动。

  谈到约瑟夫·康拉德，爱德华·W.萨义德认为，"我觉得读的不是我自己的故事，而是以一种萦绕不去、令人入迷的笔法，把我生命的点点滴滴聚合而写成的故事。自那之后我就上钩了。我认为，他不只是伟大的小说家，而是伟大的寓言作者。他具有一种特殊的视野，而我每次阅读时那种视野都会加强，以致我现在阅读他时都几乎难以承受"①。他认为约瑟夫·康拉德有"奇怪的流亡意识"，并且提供给读者"那种流离失所之中奇异而多彩的感受，特别是怀疑的感觉，尤其是有关认同和定居的那种怀疑的感觉"②。康拉德正是常常通过"戏中戏"的"陌生化"手法使读者时刻感觉到其作品中人物的边缘感。他的这种边缘意识反映在他的政治观中则集中体现为，"波兰一直把西方强国当作最可信赖的朋友，在政治上这可能无疑是一种安慰的幻想，并且这个国家一直都处于这种幻想之中"③。

  在康拉德看来，像波兰这样的弱国，想依靠西方强国取得独立简直就是幻想，是绝无可能的。各帝国表面上鼓吹要维护正义，实质上要维护的是其自身的利益。因而弱小的波兰在欧洲其实已经被边缘化，成为各帝国任意瓜分的鱼肉。因而，年少的康拉德必定是已经感到父辈的深陷理想主义的革命事业是不可能成功的，甚至于在许多人看来是荒唐可笑的，和他小说中的人物一样，都会以失败而告终，在肉体上和情感上被彻底摧毁。但是，正如虞建华先生所言："康拉德的目的不是让人们被动地去接受小说中悲剧式的人生观，而是唤醒读者去发现历史所提供的经验。"④康拉德在其作品中对人物的"流亡意识"的书写反映了他对波兰命运的关切，通过对作品中的微观人物命运的书写管窥了当时欧洲的政治格局。

---

① 薇思瓦纳珊：《权力、政治与文化——萨义德访谈录》，单德兴译，生活·读书·新知三联书店，2007，第104页。
② 同上。
③ 约瑟夫·康拉德：《生活笔记》，傅松雪译，江苏教育出版社，2006，第255页。
④ 同上书，第12页。

第二节　康拉德地缘政治思想研究

在康拉德的许多作品中我们都可以读到康拉德的政治观以及怀疑主义、虚无主义等社会思潮。在其作品中,"康拉德并没有随意地构想出一个单独存在的、称之为政治的生活领域;相反政治一直是他创作的有机组成部分,也是他描写人与社会关系时的关注重心"①。在《罗曼亲王》中,有个波兰人说,"那个民族(波兰)与其说是活着,不如说是在苟延残喘"②。这也是康拉德对自己祖国的看法。康拉德的独特之处在于他将国家间的侵略归结为是道德上的腐败。在他看来,19世纪以战争拉开序幕,战争导致了反对当权者腐败的革命。20世纪好像也是以战争作为起点的,那是由道德腐化作为导火索所引发的战争。塞得瑞克·瓦茨在评述《黑暗的心》时认为这部作品是"一个出人意料的预言文本","康拉德在以如此机敏和含糊描写日常问题时,预测了许多二十世纪的急务"③。

康拉德四岁随父母被沙皇政府流放,由此造成的颠沛流离的童年生活使他对俄国产生了无比的厌恶和仇恨。在《黑暗的心》中,他对荒诞不经的俄国青年形象的书写,折射了康拉德对俄国人的厌恶。"他穿的衣服原来也许是用棕色的荷兰棉布做成的,可是现在打满了补丁,色彩鲜明的蓝色、红色和黄色的补丁",他的样子使人"想起了我在什么地方见过的一个滑稽形象"④。这会是什么地方呢?读者很容易会想到他幼年时随父母流放的俄国。

康拉德在他的《生活笔记》中,更是直白表达了他对俄国的愤恨,"沙皇俄国的幽灵一直飘荡在欧洲人的心头,成为挥之不去的阴影"⑤。康拉德认为"俄国的独裁专制制度是和欧洲以及亚洲的君主制度不同的,它完全和它们相背离。当然我们也不可能毫无理性地把俄国的这种专制主义的缘起定位在不道德的邪恶淫乱、厄运之上。这种专制主义既

---

① Douglas Hewitt, *English Fiction of the Early Modern Period*, 1890 – 1940 (London: Longman Group UK Ltd., 1988), p. 38.
② 约瑟夫·康拉德:《康拉德小说选》,袁家骅等译,赵光启选编,上海译文出版社,1985,第114页。
③ J. H. Stape, *Joseph Conrad* (Cambridge: Cambridge University Press, 2000), p. 45.
④ 康拉德:《黑暗的心》,黄雨石译,人民文学出版社,2002,第157页。
⑤ 约瑟夫·康拉德:《生活笔记》,傅松雪译,江苏教育出版社,2006,第169页。

不属于欧洲血流,同时也和东方血统无关。它好像是无本之木,无源之水,在现实中找不到它存在的缘由。它唯一能让我们记忆深刻,使大家敬畏惊奇的是它品格中的非人道主义特质"①。

康拉德对俄国不仅是失望,而且是极端的仇恨。他认为"如果我们对俄国的文学、宗教、行政、思想作一番全面考察的话,就会做出如下判断:今天的俄国政府已经完全丧失对于未来人道主义的感知力,因为从一开始俄国政府就以最残酷的事实、最卑鄙的手段蹂躏破坏了一切最美好的人类情感,自尊、真诚、正直、操守"②。不仅如此,"我们可以用一个不是很科学的字眼儿来反映俄国的社会现状,或者也还可以用它来不定期地对俄国的未来作相关联想,这个字眼儿不是很清晰,但是绝对很重要,这是让我畏惧,不让我们心怀希望的一个词,那就是:革命"③!在康拉德看来,俄国已经不可救药,必须进行彻底的革命。众所周知,俄国后来的历史正如康拉德所言爆发了苏维埃革命。

康拉德在《黑暗的心》中,描写了一个典型的德国人形象库尔兹。库尔兹的后面始终跟着一帮土著黑人打手。借助于他们的手,库尔兹将反对他的黑人的头颅放在自己门前的一排柱子上。对此,康拉德禁不住感叹德国的"天才人物大都具有一种容易使人着迷的力量,不管是对于多么糟糕的人来说,他们都有办法使这些人匍匐在他们的脚下,甘为他们所役使,并且他们具有相当强的组织能力,可以随时激昂人的意志,哪怕是最平庸的人也会受其鼓舞,全力以赴"④。通过对库尔兹形象的描写,康拉德告诉他的读者,德国并不像想象中的那么强大。它意图控制全世界的梦想必定会因其自身的灭亡而结束。

《黑暗的心》中的库尔兹和俄国年轻人这两个典型人物,他们之间以兄弟名义结盟,也不能避免相互间的竞争。这验证了俄国、德意志和奥地利三大帝国之间的结盟,是"建立在互相欺骗、互相怀疑的基础之上,他们之间的聚合力渐渐脱节,走向衰落。他们为了共同的利益结盟,又为了各自的利益走向分裂"⑤。康拉德在他的《生活笔记》中写道,也许是天生背叛的内在倾向,普鲁士的弗里德里希·威廉一世采取了欺骗的手段来进行他的伟业。表面上,他有意与波兰结转为友邦,并与这个共和国签订了结盟的协定,但协定

---

① 约瑟夫·康拉德:《生活笔记》,傅松雪译,江苏教育出版社,2006,第189页。
② 同上书,第191页。
③ 同上。
④ 同上书,第307页。
⑤ 同上书,第199页。

的墨迹还没有干,他竟用低劣的手段无耻地撕毁了协定,公然违反了协定的规定,用这种放纵来满足自己本性中的极端的偏好。在康拉德看来,德国人看起来冷漠但非常符合逻辑性,德国人用黑格尔、尼采的理念阐释他们之所以这么做的原因。他们所发动的战争是针对世界上的劣等民族的,即使充满着罪恶,也要完成他们的伟业。康拉德认为,正是在尼采的唯意志论的鼓舞下德国人不断地冲锋、屠杀。"此情此景仿佛到了但丁笔下最惨无人道的地狱,如此下去,人类终将会对一切都丧失勇气、丧失希望、丧失义愤,一切都随波逐流,任其沉入没有尽头的漆黑的绝望深渊。"①

第三节　康拉德政治叙事研究

1994年,克里斯托弗·J. 布克辛斯基在《海上工作:康拉德小说中的生态、劳动和视野》一文中写道:"解读康拉德的小说,把它们看作对都市工业化以及现代科技的回应,这些都来源于康拉德对自己文化与科学的、技术的、文学的、个人的能力之间关系的思考,能力不仅指运动,也包括静止的能力。康拉德以象征的手法来描写他的工作与休闲,特别是他笔下的许多情节都和他的水手生涯有着密切的关系。"②布克辛斯基认为"康拉德的作品涉及那个时代的生态政治问题",因而,他要讨论建立生态文学批评的可能性,也就是要在人类与地球的历史关系中来讨论文学文本。"康拉德的人生经历使他在这方面具有优势,作为帝国的水手,他亲历了都市工业对传统的原生态文化的侵袭。作为19世纪的水手,他是最好的见证人。"③从政治角度探讨了四个问题:其一,康拉德的劳动生态视野。"康拉德在《大海如镜》中明确地区分了两种语言:技术语言和艺术语言。技术语言用于帮助人们在自然界工作。艺术语言则是充满了审美和情感,帮助人们展望世界的美好,使他们并爱上这个世界。康拉德的充满宗教感的神秘的语言属于后者,是艺术语言。他谈论'神'和'阴影'的语言使我们感受到自然的美,并进而爱上、崇拜、运用自然。在康拉德看来,水手的语言是'最完美的语言',既是技术的也是艺术的。"④在

---

① 约瑟夫·康拉德:《生活笔记》,傅松雪译,江苏教育出版社,2006,第169页。
② Christopher John Buczinsky, "Work at Sea: Ecology, Labor, and Vision in the Novels of Joseph Conrad"(PhD diss., Northwestern University, 1994).
③ 同②2.
④ 同②11.

布克辛斯基看来,"康拉德关于水手的美学思想可以用工业主义批判来解读。对康拉德而言,19世纪下半叶的运输机械化以及管理官僚化,都是西方的、科学的、工具理念在权力方面的体现"①。卡罗琳·麦茜特在著作《自然之死》中认为,这种形而上的表达方式,最初是来源于科学革命时期的体现在弗朗西斯·培根和勒奈·笛卡尔等人著作中的反映自我意识的、哲学的表述。其二,《"水仙号"的黑水手》中的不平等负担以及工业进步的朝圣者。《"水仙号"的黑水手》在布克辛斯基看来是"政治保守的种族主义小说"②。在康拉德的所有小说中,"主人公在工业社会中进行的独立自主的努力都归于了失败。这些努力也象征着他们对工业化带来的污染以及个人和国内卫生状况的关注"③。在《"水仙号"的黑水手》中,康拉德认为有两种类型的工作:在人们居住的"陆地"的工作,在野外的"海上"工作。第一种是室内的办公室工作,和语言与数字有关,被认为是干净的。第二种是室外或野外的工作,主要是体力的,与自然有关,被认为是肮脏的。这些表述主要是来自"水仙号"上船员对"绅士特征"的讨论④。19世纪中产阶级也能够像"贵族"和"绅士"那样生活,因而,其中一个船员就直接把"绅士"定义为"钱"。当他们到达伦敦以后,去领工资时,每个人都很自然地换上了干净的衬衣。其三,《黑暗的心》的技艺怀念。在康拉德的小说中,无论是故事的叙述方式,还是"奈莉"号上水手之间的对话,还是马洛所讲述的故事,都充满了"对先前工作方式的怀念"⑤。康拉德做水手时处于帆船时代,后来汽船的广泛使用,导致了船长和水手的大量失业。"随着蒸汽动力的发展,英国的造船商能够制造出吨位更大的船,这样对船的数量的要求就小了。"⑥其四,《吉姆爷》中对浪漫历险的怀念。康拉德把工作当作浪漫的历险。"在《吉姆爷》中以全新的小形式恢复了消逝的浪漫。和布朗绅士的斗争去除了吉姆在'帕特那'号上的不快。完成《吉姆爷》的创作之后,康拉德就放弃了把怀旧和卫生作为处理工业机械化和官僚机制的手段。"⑦

2009年,马修·奥利弗的《荒诞的英国:民族衰弱及后帝国想象》一文提到:长期以

---

① Christopher John Buczinsky, "Work at Sea: Ecology, Labor, and Vision in the Novels of Joseph Conrad"(PhD diss., Northwestern University,1994).
② 同①65.
③ 同①66.
④ 同①75.
⑤ 同①110.
⑥ ibid.
⑦ 同①211.

来,荒诞想象一直被用作政治和社会批评的工具。"怪物"这个词普遍被用来表示社会不可接受行为或者国家的敌人,"只是这种表达完全是下意识的、无从考证。用荒诞、怪物的形象来进行强有力的社会批评(无论是下意识的还是有意识的)就暗示了在道德优劣之间做了切分"①。奥利弗在论文中阐述了《间谍》中荒诞叙事的主体地位。"后帝国荒诞引发的关键问题——政治批评的实践价值是什么?——也是批评家讨论康拉德作品的关键问题之一。"②钦努阿·阿契贝认为康拉德是十足的帝国主义者,爱德华·萨义德也把康拉德看作帝国主义的代理人,称他为用"西方的眼光来看西方之外的世界",使他的双眼被蒙蔽。"也有相反的观点认为康拉德不过是在批判英帝国主义(民族身份),他们完全走向了两个极端。他们忽略了康拉德不是批评英国的物质结构而是为了颠覆和削弱帝国的话语结构。这在《间谍》中最为明显,用荒诞来削弱官方的国家身份的语境,这个身份承载着帝国的权力,拥有英国民族身份的话语权。"③"这样,康拉德通过描写受害人的高尚情操,不仅批判了帝国主义,而且创造了一种新的民族中心主义,肯定了道德的力量,考察了帝国的罪恶。因此,后来有许多作家书写后帝国主义的荒诞,虽然康拉德的书写有其缺陷,但没有人像康拉德这样成功地揭示并消解了英帝国的话语霸权。"④

2001 年,曼恩-侯·罗的博士论文《同情的背叛:自我塑造与 20 世纪初期的文学》旨在通过一系列的文本细读作为案例研究,"选择了四组作家,每组都代表一个类别:自然主义、现代主义、区域与移民、感伤主义。讨论每组所代表的探讨同情的角度,分别是:阶级、种族、性别和情欲,从而使讨论同情成为可能和必要"⑤。罗探讨了康拉德的《"水仙号"的黑水手》中的自恋,他认为由此引发的焦虑揭示了人们的种族和性别意识,体现了现代主义的特点。《"水仙号"的黑水手》中自恋式的叙事方式表明"康拉德认为同情不是利他的,而是利己主义的、自我本位的,这种观念使得康拉德遵循了对同情的长期以来的

---

① Matthew Oliver, "Grotesque Britain: National Decline and the Post-imperial Imagination"(PhD diss., The University of Wisconsin-Madison, 2009).
② 同①42.
③ ibid.
④ 同①95.
⑤ Mun-Hou Lo, "Sympathetic Disaffections: Self-formation and Literature at the Turn into the Twentieth Century"(PhD diss., Harvard University, 2001).

怀疑的传统"①。罗认为康拉德在作品中初期反对同情,而且到目前为止,对他的方法还缺乏认识:首先,康拉德认为同情就是某种自恋;其次,康拉德把自恋归结为是对种族他者的同情。罗在论文的这部分分析了这些特点,而且,更重要的是,他暗示:"康拉德对当时的自恋话语的运用导致其作品中产生了同性恋主题,康拉德对不同种族间的同情感,改变了小说的焦点——'种族主义'问题——从种族身份(racial identity)转变为种族身份确认(racial identification)。"②

2012 年,斯蒂芬妮·J. 布朗提交的博士论文《现代主义作家康拉德、伍尔夫、刘易斯、乔伊斯作品中的市民社会》,在解释"新现代主义研究"这个术语时,引用了道格拉斯·茂和瑞贝克·L. 沃克维兹的观点,认为"现代主义研究应当注意现代的主体不仅仅指消费者,还包括市民、选民和海外侨民——他们可以多种方式组织起来参与政治,他们的自我意识已经被植入在他们影响下形成的政治状况中"③。基于对现代主义这样的认识,布朗在自己的博士论文中探讨了这四位现代主义作家如何在 20 世纪最初的 10 年中,在自己的作品中塑造市民形象以及对市民形象的认识。"他们的作品探讨了第一次世界大战前后棘手的政治危机,包括社会主义劳工政治的兴起、女权运动的骚动、无政府主义者、其他'激进'政治团体、殖民统治的内在张力、国内政治文化的转型,以及最终导致战争的社会和政治暴动。因为这些问题都非常棘手,所以在这些作品中都表现出了对进步话语的怀疑。"④布朗探讨的四位现代主义作家"在表达自己怀疑的同时,以对市民阶层的兴趣作为自己的分析和审美的策略,带有乌托邦式的冲动,这就使得四位作家的作品又具有了不确定性"⑤。"《间谍》读起来就像是间谍小说中的辛辣讽刺",但是,布朗认为"讽刺遮盖的是对政治的严正关切"⑥。小说和 1894 年法国无政府主义者马丁·布丁意图炸毁格林尼治天文台有一定联系。在《间谍》中,康拉德选择 19 世纪最后 10 年中威胁社会稳定的两个问题,作为自己的政治问题思考的切入点。首先,国际无政府主义和恐怖主义是

---

① Mun-Hou Lo, "Sympathetic Disaffections: Self-formation and Literature at the Turn into the Twentieth Century"(PhD diss., Harvard University, 2001).
② ibid.
③ Douglas Mao and Rebecca L. Walkowitz, The New Modernist Studies (PMLA: The Changing Profession, 2008), p. 737.
④ Stephanie Jean Brown, "The Citizen and the Modernists: Conrad, Woolf, Lewis, and Joyce"(PhD diss., University of Virginia, 2012).
⑤ ibid.
⑥ 同④47.

两个不同的威胁,但是康拉德和当时的许多作家一样,把两者结合在一起考虑。其次,妇女地位的提升。前者到 20 世纪初期已经开始降温,后者则在英帝国引发了更大的焦虑。"①布朗认为,"康拉德小说无政府主义方面的审美策略形成一种模式,就是对这些不同但又存在某种联系的事件做出道德判断"②。看起来康拉德作品中对无政府主义进行的是耸人听闻的漫画式的描写,这就解释了为什么他反对把《间谍》解读为严肃的政治文本。"事实上,《间谍》是深入地讨论了个人如何在国家事务中恰当地发挥作用,就像围绕副警长、教授、温妮、探长、艾特尔雷德爵士展开的情节所展示的那样。结果使得这本书必定要从无政府主义的现实状况和大众想象的五花八门的无政府主义形象进行解读。《间谍》把无政府主义者的自我评价和大众心目中的形象进行了割裂,为的是强调现实中的无政府主义者的软弱无力,因为他们无法操控大众的话语,而且在主流文化中他们呈现出的也是一种破坏性力量。"③

综上所述,通过分析康拉德的成长经历和他的作品,我们就可以理解为何康拉德没有像他父亲那样成为革命志士,决然离开祖国而漂泊于他乡,选择在写作中抒发自己的情怀,表达他对邻邦列强的愤恨和对祖国命运的关切。

---

① Stephanie Jean Brown,"The Citizen and the Modernists: Conrad, Woolf, Lewis, and Joyce"(PhD diss.,University of Virginia,2012).
② 同①50.
③ 同①50 - 51.

第八章　康拉德"出世"哲学思想研究

康拉德最初构思的《胜利》是短篇小说,但在写作的过程中最终将其发展为一部长篇小说。最终作品和手稿相比,人物、情景和场景更加含混,更加富有寓意,更具象征意义。斯高兹曼(Scotsman)认为《胜利》和康拉德早期作品的不同之处在于这部小说的寓言性,"小说的主人公与歹徒在太平洋孤岛上相遇的本质是不同的精神力量在这群人身上的体现"[①]。本书通过分析小说中主人公厄索尔·海斯特"出世"人生观的失败,探讨康拉德晚年对"出世"与"入世"两难之境的思考,进而揭示人物的悲剧命运的社会根源。《胜利》是约瑟夫·康拉德的最后一部长篇小说。康拉德笔下的"孤岛"是宏观社会生存法则与微观个体心灵的具体象征,既体现了工业社会与殖民过程的价值判断,又体现了主体心理的蓝图或格式。本书通过分析作品中人物从所谓的"文明社会"进入"孤岛"世界的语境置换管窥人性堕落的过程;通过分析故事情节,解读小说中人物关系的疏离;通过对微观心理的关照与探索,揭示精神世界的荒芜与孤独。

第一节　"出世"哲学

欧洲自文艺复兴以后,理性与科学取代了神在人们心目中的地位,个性解放和主体意识逐渐成为社会的主流思想。但是在物质主义的压力下,理性和科学并不能解决人们的信仰危机。康拉德在《胜利》这部作品中通过描写小说主人公厄索尔·海斯特的人生悲剧,探讨"出世"人生哲学的可行性。在父亲的影响下,海斯特坚持的人生观

---

① 康拉德:《胜利》,李成仔译,台北联经出版事业公司,1985,第 114 页。

包括以下四个方面内容：① 对世事冷眼旁观，而所观察的皆为事实，除掉事实，什么也不值一顾。② 莫思想，因为要思想，人就不快活了。③ 莫与人结下尘缘，无论是事实上或是情感上的缘；谁要结下尘缘，谁就完了，他的心境已经开始败坏了。④ 摒弃一切行动，拍马舞刀之余，伤人总免不了①。海斯特的人生观表现为彻底的"出世"，概括起来说就是不思想、不结缘、不行动、对一切事物冷眼旁观，自觉地以他者身份，超然地游离于世俗社会之外。他的这种人生观其本质是对欧洲长期以来的逻各斯中心主义的否定，不再相信人类可以通过理性来认识世界，坚持以直觉来达到忘我和自失的境界。

厄索尔·海斯特的人生观来自其哲学家父亲。海斯特的父亲是瑞典人，因对祖国的现状不满和愤世嫉俗，而侨居英国。他当年是位思想家、作家，而且深谙世故，"他开头是很渴求福乐的：伟人的福乐、凡夫的福乐、愚人的福乐、圣贤的福乐。悠悠六十多载，他在我们这个浊世上挨着过，是文明历来所铸成的最疲累、最不安的灵魂，是为了要失望与痛悔而铸成的。他有其伟大之处，因他所受的愁苦，凡夫俗子是充分体会不到的"②。老海斯特不幸的一生，使他产生了厌世的人生观。海斯特在18岁毕业后陪伴在父亲身边，这是他父亲生命的最后三年。作为思想家的老海斯特尽管有这种厌世的人生观，但无奈已入暮年的他当然无力去实践自己的人生哲学，唯有将自己的思想写到书里去。在这段时间里，老海斯特正埋头于他的最后一部著作，"尽管老海斯特已认为人类不值得享受精神上、理性上的绝对自由"③，但是在临终前，他仍希望通过这部著作替人类争取这种权利。康拉德强调老海斯特的身份是思想家、作家，而且深谙世故却对人生如此地悲观，旨在说明人类对这个世界已经失去信心，对理性产生怀疑。

老海斯特的厌世的人生观不仅体现在他的书里，而且影响了现实生活中的年轻的海斯特。与父亲做伴的三年不仅使海斯特"对人生产生莫大的怀疑"，而且他还学会了自我反省。海斯特的父亲在临终前再三嘱咐他对世间事要"冷眼旁观——莫作声"。海斯特不仅遵循父亲的嘱咐，而且他做得更彻底。如果说老海斯特的思想仅仅表现为"厌世"，那么年轻的厄索尔·海斯特则是彻底的"出世"。他七思八想过后决定四处飘荡，"他并非单指理智上的飘荡，或情感上的飘荡，或精神上的飘荡。他是概指理智上、情感上、精

---

① 康拉德：《胜利》，李成仔译，台北联经出版事业公司，1985，第439页。
② 同上书，第95页。
③ 同上。

神上三者的飘荡,以及名副其实的那种身心的飘荡"①,最终独居于南太平洋的三巴仑岛上。他坚守父亲的遗训,他独善其身,对谁都不动感情,保持一定的距离,只是偶尔才离岛外出。海斯特"拿这个作对付人生的护身符",认为只有"这样才无愧为老父亲的儿子"。"有人或因纵酒,或因习恶,或因克服不了品格上某些弱点,最终沦为流浪汉,海斯特却是在信念的驱使下,严严肃肃地,深思熟虑过后——沦为流浪汉。"他希望通过这样的生活方式彻底与世隔绝。

海斯特认真地实践着父亲遗留给他的"出世"人生哲学,独居在三巴仑岛上,围绕在他周围的是温热的浅海,经常造访他的只有云的影子。海斯特心中既无友也无敌,弃世独立,但他又不能做到像隐士那样离群索居,只顾寂然不动,而是从来不安居一地,依着计划浪迹天涯,并用过客的冷眼来看此变幻的尘世。这些年来他待人彬彬有礼,却又让人难以接近,一般人都视其为"怪人"。抱着这样的信条,他长年独自一人游历于各岛之间,最远到过非洲的几内亚,虽然在人们的心目中他是个怪人,但倒也生活得平安。可见,他的这种人生观在实践的过程中有很大的问题,离群索居使他成为别人心中的"他者",而不安寂寞又使他成为自己内心孤独的"他者",因为作为现实的人,他内心仍然有成为社会一员的渴望,所以他的人生哲学在外在和内在两个方面都存在矛盾。

海斯特没有认识到他想和现实世界隔绝是完全不可能的,在生活中总有些事物将生命个体和外部世界联系起来。在他的周围唯一有点生气的一座活火山,"既是他的伙伴也是他灭亡的原因,因为后来索姆堡正是以这个火山为地标指引琼斯等歹徒找到这里,毁了海斯特和莉娜"②。这也解释了他的"出世"人生哲学,即周围的人和物都有可能给他带来痛苦。他和莫里逊以及莉娜结交的悲惨结局,似乎也印证了这一点。海斯特从世间隐退,即不是为了加强自己的权势,也不是为了自我保护,只是出于理想主义哲学的超然和对世俗的抗拒。但是"由于这种隐退是理想化的而且不是出于私利,因此他无法拒绝世间受难人要求帮助的呼唤,最终不免会牺牲自己的隐退原则,和受难者纠结在一起,最终带来恶果"③。

讨论海斯特,必须考虑康拉德创作海斯特这个人物形象的原因。"海斯特在许多方

---

① 康拉德:《胜利》,李成仔译,台北联经出版事业公司,1985,第96页。
② John Batchelor, *The Life of Joseph Conrad* (Oxford, UK & Cambridge, USA: Blackwell, 1994), p. 227.
③ Stephen K. Land, *Conrad and the Paradox of Plot* (London: Macmillan Press, 1984), p. 192.

面都是康拉德本人的真实写照。《胜利》反映了萦绕在康拉德心头的对知识分子时常陷入思考,却行动不足的忧虑。特别是他们运用印象主义的想象来描绘外部世界的境况。海斯特形象的书写反映了康拉德本人总是从远处观察世界,而不是投身其中。康拉德作为孤儿,被驱逐的民主运动分子的儿子,从一个外国人的角度去观察英国文化,发现"出世"人生观是那么具有诱惑力。康拉德在《胜利》的出版说明中提到:"海斯特的超然的态度已经使他失去了坚持己见的习惯,我并不是说他没有勇气在心理和生理上坚持,而是就问题本身而言,关键在于如果没有他那样的沉思,机智的心灵加上行动可以使一个人在生活、艺术、犯罪、美德甚至于爱情等各方面都很优秀。因而,沉思是完美的天敌。我不得不说沉思这个习惯是文明社会中最有害的习惯。"①

海斯特希望从社会习俗和行为方式中引退。但是他毕竟是现实世界的一员,因而他无法真正从世俗社会中退去。海斯特对自己缺乏了解,他完全生活在虚幻的自欺之中。面对激烈竞争的现代经济社会,海斯特以超然"出世"的态度面示众人,并把这种态度作为自己最后的避难所。他好像在坚持自己的"冷眼旁观"原则,但是他并真正没有做到。"外部事件就像催化剂般释放出他内心被压抑的情感"②,使他毫不犹豫地放弃了自己的原则。他热心帮助莫里逊,积极投身热带煤炭公司的业务,又因情欲的吸引将莉娜带回三巴仑岛。这些都说明在海斯特冷漠的外表下隐藏着他内心的激情和冲动,海斯特没有能够认识到自己内心仍具有的对他人的怜悯和对自我情欲满足的需求。

第二节 怜悯的悲剧

海斯特的问题在于没有能够坚持自己的出世原则,对莫里逊的怜悯使他抛弃了自己的原则又回归到现实世界。当他在帝汶大街上碰到走投无路的莫里逊时,他违背了父亲的遗训,灾难也就接踵而至。当时莫里逊的船在帝力镇被葡萄牙海关扣压,并处以罚款,眼看因为交不出罚款,船只就要被没收,这时他遇到了海斯特。"罚款的数额之小,除了

---

① 康拉德:《胜利》,李成仔译,台北联经出版事业公司,1985,第 2 页。
② Daniel R. Schwarz, *Conrad: The Later Fiction* (London: Macmillan Press, 1982), p. 66.

海斯特任谁听了都会惊叫起来。"①可是作为商人的莫里逊因为平日里对当地的土著穷人慷慨大度,此刻自己穷得实在拿不出这点钱,可见莫里逊和海斯特一样都是理想主义者,无法想象到自己可能会遇到的困境。海斯特对莫里逊的遭遇动了怜悯之心,愿意不求任何回报帮他交罚款赎出船。当听到海斯特愿意帮助他时,"莫里逊目瞪口呆,伸手过肩头去摸索垂在背后的眼镜索;拿到眼镜,急着戴上眼去。他仿佛在期待着海斯特身上的白色热带常服变成长及趾的闪亮长袍,肩膀上又长出一对庞大炫目的翅膀"。在莫里逊的心中,海斯特就是"神派来的使者",在他最困难的时候出现在他的面前,给予他帮助,而且不求任何回报。莫里逊忍不住"想跪下来"②。莫里逊的惊讶说明,在这个世人皆俗的世界里,人人都以经济利益来考量自己和别人的关系,像海斯特这样不为私欲而帮助别人,已像天使般难得一见。

但是海斯特的善行并没有带来好结果,一系列的厄运接踵而至。海斯特出于善意帮助莫里逊是无可厚非的,如果他到此为止的话,并不会给他带来什么麻烦。问题在于海斯特还参与了莫里逊的殖民活动。和《黑暗的心》中的库尔兹一样,他理想地认为这种活动能够促进社会的进步,对这个地区而言尤其如此。乐善好施的莫里逊无力偿还海斯特,又为海斯特的义举所感动,所以当莫里逊三巴仑岛创办热带煤炭公司时,便赠给海斯特相应的股份,海斯特自然就成了公司的"热带区经理"。正当一切顺利时,回欧洲办理业务的莫里逊却神秘地染上大伤风而死去,至于为何会染病无人知晓。此后,尽管海斯特极力经营,公司不久还是清盘了。不仅如此,这件事还给他带来了坏名声。在镇上开旅馆的德国人索姆堡却到处传播谣言说是海斯特害死了莫里逊,单纯的海斯特对此却是浑然不觉。索姆堡对海斯特的嫉恨最初是毫无道理的,仅仅是因为海斯特不常光顾他的旅馆。尽管海斯特坚持自己的出世原则想极力避免和世俗社会纠葛,但是他的行为却违背了自己的原则,这样的烦恼是不可避免的。他向戴维森坦言:"我给事实弄够了。"莫里逊的死本和他没有关系,但是他却觉得"他的良心更受到无情的责备;他满心歉疚,自觉莫里逊之死是他一手造成的"。海斯特反思了自己的行为,和康拉德作品中许多主人公一样,采取更为严格的出世行动,失败后独自从世间隐退,他一人独守三巴仑岛,但与其说他是在留守公司的财产,不如说他是在逃避现实。

海斯特的问题在于他在出世与入世的意念两极间摇摆不定。"拯救莫里逊揭示了海

---

① 康拉德:《胜利》,李成仔译,台北联经出版事业公司,1985,第15页。
② 同上书,第16页。

斯特对外部世界和自我的理解纯属幻觉。"①海斯特帮助莫里逊的行为既背叛了自己的冷眼旁观,不结尘缘原则,又背叛了自己的思想原则,他反思自己的失败,使自己陷入无尽的痛苦之中。康拉德通过书写海斯特的遭遇向读者揭示了他悲观主义的人生观。尽管海斯特纯洁得犹如天使,但仍不免世间的痛苦,更不用说普通的凡人。在《胜利》中,索姆堡太太做得似乎很成功。在别人看来,"她是个'它',一具机器人,一个不折不扣的傀儡,只会偶尔点头、傻笑"②。但这不过是她的伪装,她巧妙地在不动声色中帮助海斯特和莉娜脱离了索姆堡和赞贾科莫的控制,同时也化解了自己的危机。她能够和索姆堡这样的恶魔一起毫发无损地生活好多年,本身就说明她充满了智慧,她的智慧在于能够理性地处理现代社会中以利益为基础的人际关系。

《胜利》中的海斯特被康拉德塑造为超凡脱俗的自然人,仅凭自己的善意的怜悯之情来处理纷繁复杂的人际关系,殊不知"索姆堡和赞贾科莫的行为以及葡萄牙官员意欲拍卖莫里逊的船都证明,人际关系和社会环境都已经因为一切皆以经济利益考量而改变"③。海斯特拯救莫里逊的悲剧结局说明,"海斯特的礼貌与柔和的人生观代表的是社会的传统价值观"④,是人们理想中的美德,一旦遇到现代社会中的丑陋的堕落的道德,就显得软弱无力且退缩不前,使得悲剧成为不可避免的结局。

第三节　情欲的悲剧

如果说拯救莫里逊是出于怜悯,那么拯救莉娜则不仅仅是出于怜悯,更包含了男女之间的情爱,驱使他再一次放弃了自己的出世原则,导致自己最终走向毁灭。海斯特在岛上独自待了一年半以后,他尘缘并未了,又出来了,在旅馆的音乐厅邂逅乐团的姑娘莉娜。起先是她受人欺凌的遭遇再次引发了海斯特的恻隐之心,对于来索姆堡宾馆演出的莉娜而言,乐团生活的悲惨经历,再加上旅馆老板索姆堡垂涎于莉娜的美色,对她虎视眈

---

① Robert Hampson, *Joseph Conrad*: *Betrayal and Identity* (New York: St. Martin's Press, 1992), p. 234.
② 康拉德:《胜利》,李成仔译,台北联经出版事业公司,1985,第41页。
③ Daniel R. Schwarz, *Conrad*: *The Later Fiction* (London: Macmillan Press, 1982), p. 60.
④ ibid.

眈,时常在语言和行动上对她进行骚扰,已使她对生活陷入绝望。"索姆堡的敌意、失德、欲望和贪婪反映了那个时代的本质。"①"虽然小说的背景不是伦敦,但《胜利》作为康拉德的最后一部作品,分析的仍然是当时欧洲的文化。"②索姆堡的宾馆反映了人们被囚禁于绚丽的纷扰的世界,莉娜的困境反映了当时欧洲人的普遍的无奈而又无助的心态,渴望走出围城,却又找不到出路。原本强壮的莫里逊神秘地死在这儿,莉娜也在这里度过了自己悲惨的童年。伦敦的楼房就像是"希望之坟内的一座座墓穴"③。

当莉娜遇到海斯特以后,他"那沉静优雅的风度,却叫女孩子感到格外愉悦,倾慕不已。她从未见过这样的风度"。海斯特彬彬有礼的举止在别人看来是拒人于千里之外,然而,在莉娜的心目中,"她就是从来没有见过这种简单的礼数。这礼数把女孩子迷住了,这在他是十分新奇的体验,不易说得出,却分明很受用"④。海斯特和莉娜的共同之处在于在他们认识之前,都恪守自己的处世原则:独善其身。一旦他们相见以后,从未交过朋友的莉娜,感受到海斯特的情谊,"单单是那种新鲜的感觉也真够她兴奋了"。这就导致莉娜一见到海斯特,就哀求他想办法带她离开这里。

同时,莉娜的脸孔吸引了海斯特,在海斯特看来,在他有生以来所见过的女性的脸庞中,就轮廓之美而言,世间女子"无一及她"。在海斯特看来,"这脸有一种说不出的胆识,更无尽的悲苦"⑤,这深深吸引了海斯特。尤其是她"那惊人的音质降伏了海斯特"。海斯特认为像莉娜的"这样一把嗓子,纵使瞎聊也中听,纵使说最粗俗的话也叫人神魂颠倒"⑥。莉娜的女性魅力已经完全征服了海斯特,使得海斯特再一次忘记了自己的"莫与人结下尘缘"的原则,一下子跌入爱河。具有侠义精神的海斯特,尽管笃信人生应当"冷眼旁观尘嚣",却又一次忘记了自己的信条,忍不住要"拍马舞刀",冒险将她带往三巴仑岛。

他们在岛上生活得祥和而平静,海斯特独爱三巴仑岛的"迟去的早凉、那暗淡恋栈不去的晨光、那前夜是幽魂,以及那露湿而昏暗的魂儿的馥郁——留在明亮的天空和蓝色的海洋中间"⑦。但是这儿的水和光却让莉娜看了以后感到发晕,茫茫的海水使她想起圣

---

① Daniel R. Schwarz, *Conrad:The Later Fiction* (London:Macmillan Press, 1982), p. 60.
② ibid.
③ 康拉德:《胜利》,李成仔译,台北联经出版事业公司,1985,第182页。
④ 同上书,第82页。
⑤ 同上书,第77页。
⑥ 同上。
⑦ 同上书,第194页。

经中的洪水泛滥,她似乎预感他们的生活可能会有波澜。就海斯特而言,在"纯粹的骑士精神的推动下拯救了一个无助的受到伤害的女性,并和她结合在一起"①。将莉娜从索姆堡的宾馆带离本质上可以看作处于绝望之中的人类的拯救。这引起了索姆堡的嫉恨。后来琼斯一伙歹徒来到索姆堡的旅馆,胁迫索姆堡让他们在他的旅馆开设赌局骗钱时,索姆堡看出这些人是一股祸水。既为了保全自己也为了报复海斯特,他骗他们说海斯特是奸佞之人,动员他们去牟取海斯特藏在三巴仑岛上作恶得来的一批赃银。而面对这伙歹徒,海斯特禁不住感叹:"我如今不就落到妖魅盘踞之境吗?人岂是这些妖魔鬼怪的敌手?人该怎样去威吓它们、说服它们、抗拒它们、跟它们抗衡呢?我对天地间的真实已经完全丧失信念了。"②"我既没有力量,也没有信心。"③康拉德在小说中同时运用两种人物模式:海斯特代表的是心理现实主义,而以琼斯为首的三个歹徒代表的是诗化的象征主义。诺曼·派吉认为康拉德的这种手法是受了狄更斯的影响,但是《老古玩店》里的这两种类型的人物形象处于小说的两个不同的平面,而在《胜利》这部作品中,这两种类型的人物却是在正面交锋。

  F. R. 利维斯认为胜利应当是属于海斯特的,因为海斯特最终认识到自己怀疑主义人生观的错误,并对戴维森感叹道:"人若不趁年轻学学如何去望、去爱——并且信人生——哀哉!"贝恩不同意利维斯的观点,他认为胜利应当是属于莉娜的。在小说的结尾,康拉德通过书写莉娜死时"嘴唇上泛出神圣的光辉,气绝身亡",似乎在向读者明示小说《胜利》是指最终莉娜取得了胜利。但是诺曼·派吉认为:"双方在孤岛上的斗争中,莉娜试图去拯救海斯特,并为此献出了自己的生命。在临死前,她坚信自己不仅挽救了海斯特而且赢得了他的爱情。如果据此就理解为小说'胜利'是指莉娜的胜利的话,那么就太具讽刺意味了,因为莉娜的坚信是毫无根据的。"④他的判断是有道理的,面对濒临死亡的莉娜,海斯特"因深切怀疑人生而至此刻仍不能吐露心中热爱。他不敢碰她,她亦无力去搂住他的脖子"⑤。可见,直至生命的最后一刻,莉娜也未能亲耳听到海斯特向她表白爱意。面对莉娜的死,海斯特认识到莉娜为他所做的一切,莉娜对他的无私信任和理解,世上无人能做到,正是他对生活的极端怀疑导致了这场悲剧,他

---

① Stephen K. Land, *Conrad and the Paradox of Plot* (London: Macmillan Press, 1984), p. 192.
② 康拉德:《胜利》,李成仔译,台北联经出版事业公司,1985,第 368 页。
③ 同上书,第 370 页。
④ Norman Page, *A Conrad Companion* (London: MacMillan, 1990), p. 116.
⑤ 同②430.

最终在无尽的悔恨中点火自焚。可见,莉娜最终未能得到她想要的爱情,也未能挽救海斯特的生命。

当小说1915年6月准备正式出版时,康拉德为小说的标题是否用《胜利》犯难。当时第一次世界大战双方交战正酣,康拉德担心这个标题"会误导读者认为此书是讲战争的;康拉德又认为'胜利'二字似乎过分显赫堂皇,区区一部小说配不上"[①]。小说的书名最终仍定为《胜利》,但是对于"胜利"到底是指谁的胜利,西方的学者却有着不同的理解。其实,我们花费笔墨去讨论胜利到底属于莉娜还是海斯特是没有意义的。莉娜死亡的意义,并不在于是否能够挽救海斯特的生命,也不在于能否让海斯特说出他对莉娜的爱。意义在于,最终让海斯特认识到他的人生观的错误。海斯特最终的自焚,与其说焚毁的是海斯特的肉体,不如说焚毁的是他的怀疑主义的人生观。通过描写莉娜的死亡与海斯特的自焚,康拉德在告诉人们,在怀疑主义盛行的世界里没有人会是胜利者,怀疑主义人生观是人类的致命伤,它带给所有人的都是伤害。

马克·A. 沃莱格(Mark A. Wollaeger)认为,"当康拉德在世纪之交发表最重要的作品时,乔治·艾略特倡导的在心态的平静中保持对怀疑主义的限制已经不为大众所接受。在《吉姆爷》中她信任的'我们'变成了马洛的饱受批评的意图召唤把吉姆看作'我们的一员'的反复宣告"[②]。"和艾略特的温和的怀疑主义思想不同,康拉德的怀疑主义思想是激进的,就像魔鬼盘旋在人的脑海里。"[③]"康拉德坚持恰当的行为,责任、忠诚、荣誉,这使他和维多利亚时期的传统标准保持一致。但他也从波兰祖先那里继承了骑士精神。"[④]"然而,怀疑主义也使他产生不同的看法,'忠诚是神秘的而且信仰就像岸边的薄雾变动不居'。在不知不觉中离开,典型的怀疑主义需要各种安慰,在康拉德最好的作品中怀疑主义却总是和各种形式的避难所相冲突。在这方面康拉德和所有的怀疑主义者一样,求助于理性,认识到需要对怀疑主义进行制约。就像 T. H. 赫胥黎对笛卡尔的评论,'在建房的过程中,具有常识的人不会在没有居所的情况下,推倒房子重建'。"[⑤]沃莱格解释说:"康拉德的写作风格和他的叙事结构有关,在句法上来说就是并置,在叙事形式上来说就

[①] 康拉德:《胜利》,李成仔译,台北联经出版事业公司,1985,第437页。
[②] Mark A. Wollaeger, *Joseph Conrad and the Fictions of Skepticism* (Stanford: Stanford University Press, 1990), p.1.
[③] ibid.
[④] 同[②]1-2.
[⑤] 同[②]20.

是类比。在用巴赫金的对话理论来解释叙事形式和怀疑主义的关系之前,我想简单分析一下怀疑主义是如何影响康拉德的叙事风格的。"①沃莱格认为,"在怀疑主义的连续的不确定性所产生的乐趣中,来思考'宏伟景象'是康拉德叙事诗学的关键。虽然口语可以有意识地描述行为,但是康拉德常常避免通过话语的陈述来再现行为,同时他也对行为的价值产生怀疑,这就促使他把行为放在过去,通过完整的叙事来对行为进行反思,进而使马洛对历险故事的追叙成为对真相和价值的探索。随着作为故事情节的行为的减少,再现行为就成了对叙述者的关注,叙述者对行为的记录就实现了伦理价值的在场"②。这样,马洛在《黑暗的心》中的沉思就像产生了现代主义文学的特点。"巴赫金反对'对话'或者'多声部'小说,在这些小说中单个人物的视角是自发的,而对于'独白'小说而言,个体意识通常和作者的话语联系在一起,这就决定了整部小说的格局。某种意义上,康拉德小说的多声部成分是对怀疑主义的保护性反应。对他者心理真实性的质疑最终会陷入唯我主义的自我封闭,沉寂于自己的内心,或者是陷入无尽的自我对话中。康拉德在给小说的定义中直接指出其危害:'什么是小说?'他在个人记录中写道,'不就是确信我们的同伴的存在足以用它来把生活想象得比现实更清晰'。换句话说,怀疑主义本身拒绝预先关闭任何质疑,通过反对单一视角带来的潜在的教条主义来抵制独白。"③

与此同时,"怀疑主义的优点也有可能无法发挥作用。如果怀疑主义变得更加偏激或者更具有包容性,就可能以几种方式变为独白。如果只关注心灵本身,缺少唯我主义,那也会像马丁·德考得那样心理残疾,或者是偏激而使康拉德小说中的人物充满活力"④。《进步哨所》的凯尔兹杀死卡莱尔以后,凯尔兹一下子从自我的心魔中解脱出来,对自己原有的思想观念都有了重新认识,突然明白了世间的对与错、是与非。坐在被他杀死的卡莱尔旁边,凯尔兹突然获得了新的智慧。这正是怀疑主义偏激的表现,使凯尔兹这个一贯的碌碌之辈,突然得到了升华。故事本可以有不同的发展,但是凯尔兹在精神错乱的情况下对天下事却有了清醒的认识。"受了莫泊桑的影响,康拉德在反讽的诱使下把对事实的揭露转向凯尔兹的精神失常,凯尔兹智慧上升的结果就是想到了自己的

---

① Mark A. Wollaeger, *Joseph Conrad and the Fictions of Skepticism* (Stanford: Stanford University Press, 1990), p.21.
② ibid.
③ 同①22-23.
④ 同①23.

死亡。"①至于《在西方的目光下》,"康拉德表达了对政治动机的不信任,进而怀疑公众的理想主义。他的眼光已经超越了个人,他把政治看作意识形态的系统影响"②。在 1911 年 10 月 20 日给杰拉德·加奈特(Gerard Genette)的信中,康拉德说:"在这本书中我唯一关注的就是思想,没有其他。"③由此可见,对语言能指与所指的不信任而产生的怀疑主义观念,不仅是康拉德思想的重要组成部分,而且也在影响着康拉德的叙事风格,在故事情节方面则是产生一系列的悖论。

---

① Mark A. Wollaeger, *Joseph Conrad and the Fictions of Skepticism* (Stanford: Stanford University Press, 1990), p. 25.
② 同①184.
③ Frederick R. Karl and Laurence Davies(eds.), *The Collected Letters of Joseph Conrad* (Volume 4) (Cambridge: Cambridge University Press, 1983), p. 489.

第九章　康拉德悲观主义思想渊源研究

悲观主义对于康拉德而言不仅是一种思想观念，而且在其创作中发挥着重要作用。其理论来源有三：其一，源自热动力学的世界末日论。19世纪晚期的欧洲作家可以预见到世界末日必定是黑暗和寒冷，这种悲观主义思想在康拉德作品中表现为强调死亡、孤独以及人与人之间无法充分理解。其二，源自科学经验主义的决定论。科学经验主义在19世纪获得很高声望，导致对唯我主义的忧虑不断增长，在康拉德的作品中则体现为对自由意志的探讨以及对"白日梦"的描写。其三，康拉德的悲观主义思想还来源于他对人性的思考。康拉德认为世界充满了悖论，在人性方面则表现为"双重人格"，既有"哈姆雷特式"的被动，也有"堂吉诃德式"的非理性，同时由于人性中固有的邪恶，"堂吉诃德式"理想主义者的美好想象必将是"乌托邦"。J. 希利斯·米勒（J. Hillis Miller, 1928—2021）在《现实主义诗人》（*Poets of Reality：Six Twentieth-Century Writers*, 1965）中谈到约瑟夫·康拉德，他认为悲观主义世界观在康拉德的作品中几乎达到了虚无主义的程度。悲观主义（pessimism）作为哲学思想，是与乐观主义（optimism）相对立的、消极的人生观，认为恶是统治世界的决定力量，人生注定遭受灾难和苦恼；善和正义毫无意义，道德的价值只在于戕灭欲望。19世纪晚期欧洲的期刊、报纸和书籍对欧洲文明正在逐步衰退也表现出日益普遍的恐惧，许多维多利亚晚期作家不仅有悲观主义情绪甚至于产生对"世纪末写作"的迷恋。在19世纪的欧洲，随着科学技术的巨大进步，机器在各个领域得到日益广泛的运用，使得人类征服自然的力量得以增强，但同时人们也深感来自机器的压迫感。在认识论方面，人们常常把因果关系和决定论（determinism）相混淆，对这段时期的思想和文学都有广泛的影响。当人们从宗教的束缚中解放出来，开始思考人类的本质属性时，对人性中的消极因素充满了悲观与失望。这些观念成为康拉德悲观主义思想的来源，并且通过自己的文学书写做出回应。

第一节 "注定死于严寒"：源自热动力学的世界末日论

19世纪50年代，威廉姆·凯尔文（William Thomson Baron Kelvin，1866—1892）定义了热动力学第二定律：熵定律，认为宇宙中能够获取的热会逐渐消失，因为热从高温的物体向低温物体流动，最终会趋于平均。这个定律使人们联想到太阳不可能无止尽地燃烧，终会有烧尽的一天，人类终究会在阴暗和严寒中死亡，所以19世纪晚期的欧洲作家可以预见到世界末日必定是黑暗和寒冷的。1897年12月14日在给格林汉姆（R. B. Cunningham Graham，1852—1936）的信中，康拉德在谈到《"水仙号"的黑水手》（*The Nigger of the "Narcissus"*，1897）中的人物辛格尔顿时说："能影响到他的，只有自然的衰败，这种力量能够使太阳消亡，使行星一个接一个地消亡，最终使整个宇宙一片黑暗。他不思考，没有什么能够影响到他。"① 这种太阳终将消亡的观念显然引起了康拉德的悲观主义思想，认为在这个陌生的宇宙中，做什么都是徒劳的，最终都必定在黑暗和严寒中死去。1898年在给格林汉姆的信中，康拉德也说："宇宙的神秘在于给了我们光和土，可是这和我们没什么关系。人类的命运注定是死于严寒。如果你接受这个观点，它就是你无法忍受的悲剧。如果你仍然相信进步，那你就哭泣吧，因为你所得到的完美终将毁于严寒、黑暗和沉寂。"②

物理学和科学技术的权威性，使人们相信宇宙就是一部巨大的机器，人不是上帝创造的，也无法拥有不朽的灵魂，只是一部被赐予了良知的机器。进化论者T. H. 赫胥黎（Thomas Henry Huxley，1825—1895）说："我们是有良知的机器人。"③ 1888年布特兰德·罗素（Bertrand Russell，1872—1970）在他自己创办的期刊上如是说："我真希望自己相信生命的永恒，因为当想到自己只是一部被痛苦地赋予了良知的机器，我真感到难受。随着进化论思想的传播，《创世纪》（*Genesis*）就像是一个故事，表明人类和动物同在，

---

① Frederick R. Karl and Laurence Davies(eds.), *The Collected Letters of Joseph Conrad* (Volume 3) (Cambridge: Cambridge University Press, 1988), p. 432.
② 同①65.
③ Cedric Watts, *A Preface to Conrad* (Beijing: Peking University Press, 2005), p. 50.

这就冒犯了人类的尊严。"①凯尔文的热动力学第二定律的传播进一步打击了人类的尊严,"强调随着时间的流逝宇宙中所有的物体之间的温度差将会消除,保持一致。因此,太阳不会无止境地发出热量,最终会冷却,消失在宇宙中,热量也就会遭受严寒,死在地球上"②。这些科学发现影响着人们对世界的认识,也影响了康拉德的文学创作。

康拉德的悲观思想表现在其作品强调死亡与孤独,人与人之间无法充分理解,以及人生的诸多苦涩。在他的第一部小说《奥迈耶的愚蠢》(*Almeyer's Folly*,1894)中,主人公在幻想破灭后,沉溺于毒品来麻醉自己,仍然无法从内心的苦闷中自拔,最终选择自杀来解脱自己;《"水仙号"的黑水手》中的詹姆斯·威特死于背叛,作为这群人的主心骨辛格尔顿也认识到自己即将死亡;《黑暗的心》(*Heart of Darkness*,1899)中的库尔兹死了,马洛也是心怀苦涩;《吉姆爷》(*Lord Jim*,1900)中的吉姆被他曾经帮助过的土著头领杀死;《诺斯托罗莫》(*Nostromo*,1904)中,诺斯托罗莫被枪杀,德考得自杀,高尔德夫人也面临幻想破灭;《间谍》(*The Secret Agent*,1897)中,温妮刺死了丈夫,然后跳海自杀。即便是在康拉德的晚期作品中,已经常表现得不那么凄凉和屈服,但是死亡意象依然在其作品中反复出现。在《机会》中,船长安桑尼溺亡;在《胜利》(*Victory*,1915)中,莉娜被枪杀,海斯特在燃烧的房子里自杀;在《流浪者》(*The Rover*,1922)中,老佩罗尔在一次致命的航行中牺牲。在康拉德的短篇小说中,谋杀和自杀也很常见。死亡常常是人们在被误解、受到挫折或幻想破灭后,致命的最后一击。康拉德所描写的孤独不仅仅是指个体的身体上的孤独,或是船上的一群人被海洋所包围,或是被丛林包围的哨所,而是指隐藏于人群中或婚姻中的内心世界的孤独,人与人之间的关系已经被自我从内部腐蚀。在其作品中,没有什么婚姻是幸福的。《福克》(*Falk*,1903)中的赫曼和他妻子舒适的家庭生活,也因他们的小资产阶级的陈规陋习而饱受叙述者的讥讽。康拉德很少提及为人父母的乐趣、家人重聚的快乐以及社会庆典,因为康拉德的想象中充满了迷茫、分离和欲望的冲突。锡德里克·瓦兹由此感叹道:"相较于狄更斯(Charles Dickens,1812—1870),在康拉德的作品中,我们看不到狄更斯展示给我们的温馨、亲切和喜庆,也看不到被乔治·艾略特(George Eliot,1819—1880)看作人性胜利的人际交往中的柔情时刻。"③"再回过头来看看 D. H. 劳伦斯(David Herbert Lawrence,1885—1930),我们可以发现

---

① Cedric Watts, *A Preface to Conrad* (Beijing: Peking University Press, 2005), p. 50.
② 同①50-51.
③ 同①46.

康拉德作品中缺乏劳伦斯所展示出来的自然的、奇迹般的、有效的活力，以及个人情感的丰富和本能的深度。但是康拉德有他自己的表述，他对此亦曾字斟句酌。康拉德的世界观显然比其他小说家更为荒凉，且更具自我防卫性。让人印象深刻的是他于作品中展示的是在宏大而神秘的外部环境中，个人显得如此脆弱而渺小。在《阴影线》中，船长陷入漆黑的夜晚；在《诺斯托罗莫》中，德考得面对空旷无边的大海和天空，孤身陷入一个小岛；在《黑暗的心》中，马洛被丛林所包围，平静的丛林似乎就是要击败入侵者。"①这样的描写无不透露出孤独与悲观。

康拉德在作品中着力描写的是微观的个人孤独，而故事的背景却是中立的或是具有威胁性的宏观世界，这两者形成了具有象征意义的对比，会使我们想起托马斯·哈代的作品。但是，和哈代相比，康拉德作品不仅故事中的地点和人物更具有全球性，而且主题范围也更加广阔，进而形成了更庞大更复杂的政治、哲学和心理学观察网络。有学者指出"他们的悲观主义侧重点不同：哈代侧重于反映命运对无辜者和敏感者的无情折磨；康拉德则侧重于对人类的自负进行奥古斯都式的描写。他们悲观主义思想的共同之处在于，两者都指向超越了个人体验的宏观背景。这两个作家都强烈地感觉到曾经被认为是对人类充满仁爱的上天(the heavens)，现在变得苍白甚至充满敌意"②。同时，这两个作家都怀有强烈的后达尔文主义意识，认为面对自然灾害时人类的内部斗争是自然灾害的组成部分。两者思想中均蕴含反理性原始主义(anti-rational primitivism)成分，都相信：无知是福，难得糊涂。

考察康拉德悲观主义思想来源，首先应当注意到康拉德是一个意志自由的艺术家，有选择的自由。对他来说，"有时悲观主义可以看作是个策略，想要发出一种不满的声音，来反对过高的乐观主义语调"③。我们考察了康拉德传记以后，就会发现他从开始写小说起，就发现悲观主义是如此有诱惑力。原因在于：康拉德成长在被围攻的波兰；父母早逝；多年的航海生涯，先是作为一个波兰人生活在法国人中，后又作为一个波兰人生活在英国人中。即便结婚成家，萦绕在其心头的依旧是难以消除的孤独感。这表现在其小说《艾米·福斯特》中，一个斯拉夫人因为遭船破遇险而流落到英国的海岸小镇，后历经磨难，娶一个天真的农村姑娘为妻。但是，在他发高烧时，却被这个女人抛弃了。他用自

---

① Cedric Watts, *A Preface to Conrad* (Beijing: Peking University Press, 2005), p. 46.
② ibid.
③ ibid.

己的民族语言说想要喝水,结果那个女人被他的奇怪语音吓跑了,而他最终死于孤独和绝望。该故事部分来源于康拉德对自己度蜜月时发烧的回忆,他遗孀杰西(Jessie Conrad,1873—1936)在回忆录中写道:康拉德发了一周的高烧,以至于大部分时间他都处于精神混乱状态。看到他躺在铺有白床单的床上,脸通红,牙齿闪亮,目光闪烁,令人印象深刻。当听到他以一种奇怪的声音自顾自地嘟哝(他必定以为自己在说波兰语),不能猜到他的心思,也听不懂一个字,对一个涉世未深的年轻姑娘来说,真的感到害怕,康拉德此刻的感觉必定是悲观和绝望。

康拉德的这种悲观情绪在 19 世纪晚期其他作家的作品中也有所反映。威廉·A. 马丁(William Alejandro Martin)认为,《吉姆爷》中的马洛"使我们从中看到了事实的真相。吉姆的自杀其实是受虐后的反应,马洛的意义在于起到关键的诠释作用,让我们认识到吉姆的自杀和维勒克·温妮一样,都是自主行为"[1]。这种启发式力量的转换在 E. M. 福斯特(Edward Morgan Forster,1879—1970)的《霍华德的庄园》(*Howards End*,1910)中同样存在,巴斯特和维尔克斯的脆弱则是来源于他们情感和想象力的缺陷。联系起来看,我们就会发现道德败坏的悲剧转换为巴斯特死得毫无价值恰恰是海伦生活的真实写照。"劳伦斯的作品则不断地重复康拉德作品中的情节""伍尔夫(Adeline Virginia Woolf,1882—1941)的'拯救'作品,也将先前看不见的雅各变为真实的存在,换句话说,在读者的心中雅各已经成为形而上的真实。这些作家都是通过描写悲剧性的氛围来创作悲剧"[2]。康拉德在提醒我们文学的净化作用,"艺术中对生活充满希望,并不代表生活就是美好的,康拉德坚持认为'生活不可能是美好的'"[3]。康拉德的悲观主义思想不仅是康拉德对外部世界的主观体验,而且是对 19 世纪欧洲社会思潮的回应。

---

[1] William Alejandro Martin,"'And I Make It Real by Putting It into Words':Masochism in the Modern British Novel"(PdD diss., McMaster University,2004).

[2] ibid.

[3] 同[1]195.

第二节 "我是唯一的现实":源自科学经验主义的决定论

19世纪晚期在科学经验主义的影响下,决定论思潮在人们认识世界的过程中发挥着重大作用。康拉德对决定论的接受表现在强调外部世界的不可认知性,进而认为生活就像是"白日梦"。决定论(determinism)就是相信一切都是命中注定的,自由只是幻觉。唯我主义(solipsism)作为一种哲学思想,主要观点为:我是唯一存在的,意识就是我对自身的主观反应,客观事物是我对外界的感知。唯我主义作为知识论或形而上学的主张,指出关于心灵以外任何事物的知识都无法被证明。

一方面,每个人都在宇宙及其因果规则的操控之下;另一方面,每个人又在黑暗的未知世界里有着自己的意识。这两个相互对立的概念在19世纪晚期均比较盛行,都来源于经验主义的影响。科学经验主义(scientific empiricism)通过假定和证明大量的因果规则,向不能区分因果关系和强制力的人们灌输,每个人都要受这些规则的制约。唯我主义也同样来源于经验主义的影响,认为所有有价值的知识基础都必须通过我们的感知来证明,但是知觉可能会使我们产生错觉,这样就会动摇我们一切确定的基础。科学经验主义在19世纪获得了很高的声望,导致对唯我主义的恐惧不断增长,甚至于产生不可知论。持不同观点的哲学家对世界的非实在性做了不同的表述,弗里德里希·威廉·尼采(Friedrich William Nietzsch,1844—1900)就提出:"真理是一种幻想,人们已经忘记了它们就是幻觉。"[①]亚瑟·叔本华(Arthur Schopenhauer,1788—1860)也转向了唯我主义,他强调"所有事物的脆弱、自负和梦幻般的性质"。[②] 他们的思想对19世纪的欧洲以及康拉德都产生了重大影响。沃尔特·佩特(Walter Pater)曾于1885年发表哲理小说《享乐主义者马利乌斯》(Marius the Epicurean,1885),他通过马利乌斯这个人物形象意图告诉我们,人类对外部世界的理解是被动的,生活就像做白日梦一样。康拉德于1897年读了这本书并深受影响,在其作品中通过对白日梦的反复描写,来反映人们面对现实生活的无能为力,仿佛一切皆为命中注定。

---

① Cedric Watts, *A Preface to Conrad* (Beijing: Peking University Press, 2005), p. 80.
② ibid.

决定论还常常和自由意志结合在一起进行考量。自由意志和决定论作为哲学上长期探讨的问题已经被许多重要的思想家讨论过。与此相关的还有因果关系问题、伦理与法律关系问题、自我意识问题。在哲学上，这个问题有三个思考路径：自由主义(libertarianism)、硬性决定论(hard determinism)、软性决定论(soft determinism)。对决定论"硬"和"软"的区分来自威廉·詹姆斯(William James，1842—1910)的《决定论的两难之境》(*The Dilemma of Determinism*，1884)。尽管自由主义者和决定论者对詹姆斯倾向于自由意志的观点并不完全赞同，但是他提出的术语至今仍在使用。硬性决定论者就是指不相容主义者(imcompatibilist)：他们认为自由选择与外部世界引发的选择是不相容的。我们所有的选择都是由外部引起的，所以自由选择是不存在的，因此我们没有道德责任。硬性决定论"硬"在其结论上：没有自由意志就没有道德责任。硬性决定论的观点在19世纪晚期非常盛行，成为帝国主义分子在世界各地杀人劫掠的借口，康拉德在文学创作中对此进行了严厉的批判。软性决定论者认为选择及其产生的行为是由外界引起的，但不意味着就是不自由的。因此，软性决定论者是相容主义者(compatibilist)。在他们看来，自由意志和道德责任与外部引发的选择是相容的。由此可见，软性决定论者的观点是自由主义者和硬性决定论者的结合：他们像自由主义者那样承认自由意志，认为人类应当为自己的行为负道德责任；他们也像硬性决定论者那样相信所有的选择都是由外部引起的。软性决定论者最主要的观点在于，反对不相容性主义者认为的对由外部原因引发的选择不必承担道德责任。"通过考察康拉德的哲学、文化以及历史背景，可以证明康拉德是相容主义者。"[①]也就是说，康拉德认为每个人都需要为自己的选择负道德责任，这是康拉德文学创作的理论出发点。

持这种态度的典型作家，如维多利亚时期的乔治·艾略特等人，他们调和自由意志与决定论，认为只要我们的行为不是被强制的(coerced)那就是自由的。康拉德的立场是坚持相容性主义，这是维多利亚晚期/现代主义早期作家的典型特点。在他的作品中，每个人以在自由意志的前提下都对自己的行为负有道德责任，同时又有内在或外在的因素使他没有能够承担起道德责任，这样就形成了一种无法调和的(unresolved)张力。我们可以看到不相容性主义对三种立场的区分都可以在康拉德的作品中找到。首先，将硬性决定论和怀疑主义结合在一起来思考人类发现自身和宇宙真理的能力。其次，采用了19

---

① Ludwig Schnauder, *Free Will and Determinism in Joseph Conrad's Major Novels* (New York: Rodopi B. V., 2009), p. 15.

世纪晚期具有决定论思想的进化论者的观点，比如 T. H. 赫胥黎。康拉德没有像自由主义者那样把进化和发展看作自由意志，而是看作一种失控的状态：如果把随机看作世界的一部分，那么世界就是不可认知（unknowable）和变化无常的（capricious）。这就导致康拉德在其小说中有时会诉诸激烈的非决定论（indeterminism）或者唯我论，也就是他的第三种立场：我们的外部世界没有秩序；万事的起因是不存在的；我们的行动是没有目的的，因此人类的存在是荒诞的；知识的唯一来源是我们的孤独意识。通过这种模式化（paradigmatic）分析来解读康拉德的《黑暗的心》《诺斯托罗莫》《间谍》中反复出现的主题，例如外部力量对个体行为的妨碍，物质达尔文主义中的道德观念与道德责任，都可以证明康拉德三种立场的思考是切实可靠的。在康拉德看来，恐惧感是真实的，他告诉格林汉姆："有时我失去了真实感，现实产生了噩梦般的效果。"①他在说出冷酷的事实：一切都是幻觉。这种极端的主观对康拉德的许多作品的创作产生了重大影响。《黑暗的心》中康拉德借马洛的口说："我们在生活中也和在梦中一样。"②康拉德还喜欢引用卡尔德隆（Pedro Calderon de la Barca，1600—1681）的话：生活就是梦。在康拉德的小说中叙述者习惯性地具有讽刺意味地使用"幻想"来指称理想、思想、观察和情感，在《诺斯托罗莫》中甚至爱情也被看作最大的梦幻，这些都反映了康拉德对人类认识世界可能性的悲观。

和他的文学作品不同，康拉德在给朋友的书信中对自己的悲观主义思想表达更为直接。有时他把宇宙看作强硬、无情的机器，这是宿命论的范式。有时他也把个体看作幻象中的孤独意识，这是唯我主义的范式。在给柯林汉姆·格林汉姆信中，康拉德说："被比作机器的宇宙比空气还要稀薄，比闪电还要短暂，实在是难以把握。追求改革、美德、知识、美感的热情，只不过是对外在事物的徒劳坚持，就像担心在一群盲人中穿着破旧的衣服，没有人会注意到。生活不了解我们，我们也不了解生活，我们甚至不了解自己的思想。忠诚是神秘的，信仰就像岸边的薄雾变化不定。"③康拉德的这段话带有浓厚的个人感情色彩，是康拉德对自己主要观点做的抒情性表述，甚至带有咒语的意味，反映了康拉德极端的悲观主义思想有时甚至会进入不可知论的状态。

---

① Cedric Watts, *A Preface to Conrad* (Beijing: Peking University Press, 2005), p. 81.
② 约瑟夫·康拉德:《黑暗的心》，黄雨石译，人民文学出版社，2002，第 77 页。
③ Cedric Watts(ed.), *Joseph Conrad's Letters to R. B. Cunningham Graham* (Cambridge: Cambridge University Press, 1969), p. 65.

第三节 "人性无法改进":理想主义者的乌托邦

康拉德的悲观主义思想还体现在他对人性的思考。康拉德认为世界充满了悖论,在人性方面则表现为"双重人格",既有"哈姆雷特式"的被动,也有"堂吉诃德式"的非理性。在康拉德看来这两个方面都是有害的,均影响人们的行动力。同时由于人性中存在固有的邪恶,"堂吉诃德式"理想主义者的美好想象必然是"乌托邦"。虽然康拉德的悲观主义孤独感来源于幼年的生活环境和此后的航海生涯,但是文化因素也强化了他的这种感觉。悲观主义是19世纪中期到20世纪早期诗歌的主流,从丁尼生(Alfred Tennyson,1809—1892)的《悼念集》、马修·阿诺德(Matthew Arnold,1822—1888)的《多佛海滩》到艾略特(T. S. Eliot,1888—1965)的《荒原》,都充满了悲观主义情绪,其根源在于宗教信仰的下降(部分是因为科学兴起的缘故),从而导致了西方人内心世界迷茫感和分裂感的增加。康拉德的许多作品都带有悲观主义色彩,悲观主义能够在文本中产生反讽甚至虚无主义的艺术效果,还伴随着对一些非常古老的传统道德的确认;这种悲观主义中还暗含了极端皮洛怀疑主义(Pyrrhonism),这种怀疑主义(scepticism)彻底到抛弃对一切有疑问的怀疑,甚至对怀疑主义的价值也产生怀疑,怀疑主义使康拉德成为一个充满悖论的作家。伊格尔顿(Terry Eagleton,1943—)在《批评和意识形态》(*Criticism and Ideology*)中就提出,事实与价值的分裂,理想与现实的分裂,事物与精神的分裂,自然与意识的分裂是康拉德作品的普遍现象。"康拉德的写作反映了19世纪与20世纪亟须思考的问题。他处于维多利亚晚期和现代主义文化的交汇期,他既是浪漫主义的又反浪漫主义,既保守又颠覆。在道德和政治上,在心理和哲学上,他都可以成为具有探索性和挑战性的作家,但同时在很多方面他又是保守的。"[①]阿尔伯特·杰拉德(Albert Gerald)在其著作《小说家康拉德》中指出,康拉德作品中的悖论或双重性使其作品充满了张力,这些张力隐藏于令人兴奋的故事和场景中,故事的细节充满了生动性,人物既让人同情又让人反感。康拉德的文学作品是一个极其复杂的世界,把各种对立的思想集中于同一平面上来描写,存在于同一空间并且相互作用,这就使其作品具有了复调小说的特征。

---

① Cedric Watts, *A Preface to Conrad* (Beijing: Peking University Press, 2005), p. 42.

自 19 世纪中期起，宗教信仰在欧洲人的心中逐渐消融，人们不再相信道德有绝对的客观标准，其在文化上的结果就是塞万提斯（Miguel de Cervantes Saavedra，1547—1616）笔下的堂吉诃德不仅仅是读者喜爱的人物形象，更多地被看作现代理想主义观念的象征，因为堂吉诃德代表的理想主义明显脱离了客观条件的约束。欧洲在 19 世纪后期产生了"堂吉诃德崇拜"，对塞万提斯作品的翻译也呈现出倍增状态，文学作品中或现实生活中追求理想主义的人往往被称为"堂吉诃德式"。在一些俄罗斯著名作家的作品中，我们也可以见到"堂吉诃德崇拜"。陀思妥耶夫斯基（Fyodor Mikhailovich Dostoevsky，1821—1881）作品中的"多余人"面对困境往往会有两种完全相反的反应：一种是"哈姆雷特式"的被动，另一种是"堂吉诃德式"的非理性。屠格涅夫（Ivan Sergeevich Turgeneve，1818—1883）采用了哈姆雷特/堂吉诃德的对立两分法来分析当时人们的心理状态。特别是他 1860 年的讲座《哈姆雷特和堂吉诃德》很有影响，对于人们关注现实中的这两类人起到了推动作用，讲座的内容于 1894 年在英国以单行本的形式出版。屠格涅夫在讲座中提出，哈姆雷特和堂吉诃德代表了人性中两个与生俱来的极端，或者说是人性中固有的两个弱点。莎士比亚笔下的哈姆雷特是个心存怀疑的拖延者，代表的是怀疑的自我，因为陷入沉思而缺乏行动力。与之相反，堂吉诃德是个积极行动者，代表的是易受骗的理想主义者，虽然有行动力却常常被误导或欺骗，他心中的巨人不过是风车而已。屠格涅夫通过对立两分法来分析人类性格的做法，在康拉德的作品中则转换为对人物"双重人格"的描写。

康拉德在 1903 年 12 月 5 日给威尔斯维奇（Kazimierz Waliszewski，1849—1935）的信中说："无论在海上还是陆地上，我的观点都是英国式的，但是不能由此就得出我是英国人这样的结论。因为这不符合事实。就我而言，双重人格（homo duplex）具有多种意味。"[①]康拉德向这个生活在法国的波兰同胞表明，自己用英语来描写英国人，并不意味着精神上就脱离了波兰。从更广阔的背景来说，康拉德本人的双重性还表现在他既是水手也是作家，既是道德家也是道德怀疑论者，既是公众人物也是私下里的反讽者，既有着亚伯的思维却又有着对该隐的同情，这些相互对立的因素之间形成的张力（或是和谐）构成了康拉德本身。与这封信件同期完成的康拉德作品有《诺斯托罗莫》和《间谍》，在分析这些作品时对双重人格就会有新的理解，那就是"人类与其他物种的不同之处在于能够理

---

① Frederick R. Karl and Laurence Davies(eds.), *The Collected Letters of Joseph Conrad* (Volume 3) (Cambridge: Cambridge University Press, 1988), p. 89.

性思考。这种差异既赋予了人类特权,也给人类带来了痛苦。思考使得我们在海湾边能够区分是什么与可能是什么"①。而对康拉德这样的作家而言,"他们离海湾最近,能够感知它的深度和宽度,他们是艺术家和梦想家"②。

在康拉德看来,现实生活中的每个人身上都具有双重人格。"我们中谁不是双重人格呢?我是说我们的灵魂自童年起就爱沉思。一直都具有双重性,行动与意图,梦想与现实,它们总是相互破坏,相互侵占。"③康拉德的人生经历也证实了这一点,所以他非常清楚自己的理想与现实相去甚远。他非常欣赏屠格涅夫在文学创作过程中对作品中人物性格的准确把握,屠格涅夫的作品正体现了哈姆雷特/堂吉诃德的对立两分法,这和康拉德本人的经历以及他作品中人物的双重性格都非常契合。这样,我们就可以理解因为康拉德固执地坚持从事航海事业,他的家庭教师称他为"不可救药的、毫无希望的堂吉诃德"。在康拉德的自传性散文集《个人记录》中常常可以看到堂吉诃德的身影;康拉德也常常被他的婶子指责为"沉思的哈姆雷特"。康拉德在文学方面最亲密的朋友柯林汉姆·格林汉姆也常常被他称为"堂吉诃德"。可见康拉德对"哈姆雷特式"和"堂吉诃德式"人物类型的情感是非常复杂的,很难用"爱"或是"恨"如此对立的词汇来描述。

哈姆雷特/堂吉诃德的对立两分法被康拉德广泛应用于其作品中人物性格的塑造。许多人物可以被看作"堂吉诃德式"的,因为他们的价值观显得不合时宜或和他们生存的环境格格不入,或是因为他们信奉的理想主义,具有虚妄性或偏执性。在《奥迈耶的愚蠢》《海隅逐客》和《拯救》中,这两个因素对作为历险者的汤姆·林格而言,他的美好愿望不仅给自己,也给别人带来了辛酸、苦难甚至是死亡,他明显就是堂吉诃德的化身。在《拯救》中,德奥卡瑟称林格为"在海上犯错的不道德的西班牙绅士"。在康拉德的几部主要作品中,都显示出追求理想的行动是"堂吉诃德式"的。不仅因为行动与严酷的现实相背离,而且因为追求理想的人在献身理想时表现得精神错乱。《诺斯托罗莫》中的德考得说:"凡事皆徒劳无益:堂吉诃德和桑丘·潘莎,孔武又拜金,爱情至上又古板正经,为一个观念不惜铤而走险,却又愠怒地接受形形色色的腐败。"④康拉德对"堂吉诃德式"人物的情感是矛盾的。浪漫主义传统认为孤独和理想主义有很高的价值,促使康拉德对这些

---

① Frederick R. Karl and Laurence Davies(eds.), *The Collected Letters of Joseph Conrad* (Volume 3) (Cambridge: Cambridge University Press, 1988), p. xxiii.
② ibid.
③ ibid.
④ 约瑟夫·康拉德:《诺斯托罗莫》,刘珠还译,译林出版社,2001,第128页。

人物抱有同情心。但是各种奥古斯都式的和启蒙运动的传统(要求平衡、节制和社会性)又促使他对狂热的和极端的行为表示怀疑。在《诺斯托罗莫》中对查尔斯·德考得的描写,就体现了康拉德的矛盾性。德考得逐步走向偏执得到了清晰的勾画,康拉德显然对他的行为持否定的态度,但是对他的行为中所包含的勇敢、正直和荣誉感也给予了尊重。

康拉德描写了许多"堂吉诃德式"的人物,但是他描写得最集中的,最具有代表性的却是其短篇小说《罗曼亲王》中的主人公罗曼亲王。他身上兼具哈姆雷特和堂吉诃德两种特点。妻子病逝后的沉思以及后来在爱国热情激发下的莽撞,导致最终结局的凄惨。虽然他有许多热心助人的故事,"纯朴的智慧、高度的荣誉感、严格遵循在人前人后正直不阿的观念,始终如一地指导着他的行动"[①]。如此高尚完美的人却最终被他人视为怪物,就连他最疼爱的女儿也不相信他"能够对人做出正确的评价"[②]。康拉德在作品中反复书写这样的悖论,就是要揭示当时人们价值观念的改变,以罗曼亲王为代表的利他主义已经成为完全没有市场的"乌托邦",以他女儿为代表的新生代的观念已经完全被物质主义和利己主义所占据,这也反映康拉德在面对人性无法改进时的悲观心境。

康拉德能够以作家身份持久存在,很大程度上和他的双重性有关。他能够使其作品既反映又质疑相互对立的文化成见。和同时代的其他作家一样,康拉德受他那个时代盛行的社会思潮的影响,在自己的作品中对这些社会思潮做出回应,作为作家,他们回答的方式就是运用更加清晰的联想和更加丰富的想象。因而要理解康拉德及其作品必须考虑他创作的时代背景,从不同视角,运用恰当的方法。这个方法就是"是什么和为什么"。也就是问"什么是康拉德作品的显著特征,为什么会这样?""是什么情况允许或促使了这些特征的发展?"讨论康拉德悲观主义思想,需要考虑他的人生经历甚至于更广泛的文化因素。同样,讨论他的政治观就不仅仅涉及他的波兰背景,而且要涉及19世纪晚期西方世界的帝国主义热情。同时,科学观念对哲学和文学产生了重大影响:经验主义方法引发的决定论有助于形成文学中的"多余人"形象,这就促使康拉德(像许多其他作家一样)来思考人生所要面对的选择的核心内容,是被动的理想(哈姆雷特式),还是非理性的行动(堂吉诃德式)。

"堂吉诃德式"的理想主义者无法逃避人生的悲剧,其根源就在于人性中固有的邪恶,这不仅是康拉德的忧虑,而且在他的文学创作中也发挥着重要作用。沃纳·布吕歇

---

① 约瑟夫·康拉德:《康拉德小说选》,赵启光译,上海译文出版社,1985,第138页。
② 同上书,第139页。

尔(Werner Bruecher)将康拉德和赫塞(Hermann Hesse,1877—1962)进行了比较研究,比较的基础就是"康拉德和赫塞都对'邪恶'有长久的思考,两位作家对这个概念的思考已经跳出了传统意义上的价值体系,而是把它看作心智完整的现代人必须理解的生活原则"①。"对'邪恶'的定义是随着康拉德和赫塞作品中人物自我意识的不断提高,以及逐步意识到个体的道德发展是特定社会状况与伦理道德的综合体现而不断改变的。康拉德和赫塞作品中的那些纯朴的人们认为邪恶是无法描述的、恶毒的,是整个世界和他人所固有的;但是随着他们逐步成熟,他们就能够渐渐意识到邪恶是人性的一部分,包括他们自己。这种认识通常会引发各种各样的冲突和危机,对主人公的发展形成阻力,促使别人试图去改造他们,以及他们的外部环境。如果改造成功了,邪恶就会转化为个人成长和社会发展的积极力量。然而,康拉德和赫塞都认为邪恶会妨碍人的全面发展。他们认为应当让主人公接受生活的挑战,把邪恶当作个人成长的工具,克服无法面对现实的心理障碍,逐步成熟起来,接受自己的社会义务和道德责任。"②因为康拉德和赫塞都相信和平与秩序不会主动到来,除非人们了解自我并建立内心世界的和谐,因而,毫不奇怪,他们都坚决反对东正教和极权主义政府。他们指出过度的宗教和政治保守主义,通过传统的方式向人们灌输已经过时的价值观,在蓄意或无意间妨碍了人们伦理意识的发展。康拉德在作品中毫不犹豫地批评了过度压抑的、腐败的、消极的社会政治组织体系,而赫塞却不太愿意在作品中探讨类似的主题。

  康拉德的悲观思想有其社会根源,在自己文学创作中也展开了广泛的讨论,但是我们不能就此认为康拉德是悲观主义者。康拉德在题为《对亨利·詹姆斯的赞美之辞》(*Henry James—An Appreciation*,1905)的文章中,对自己从事文学创作的目的进行了说明:"过去我们曾经经历若干失败,飞船高空坠落,草原上的草地也曾因干旱而枯萎,但那已经成为过去式了。此后,人类将以不屈不挠的顽强斗志来抵御痛苦和磨难,人类眼中无畏的胜利之光将比太阳的光辉更加明亮。对于艺术创作也是如此,即使我们每个人再卑微渺小,好似砂粒,但是也要努力找寻属于自己的那片大地和天空,发出自己的声音。上帝赐予我们表达的勇气和力量,赐予我们反观自身的智慧——这些都成就了我们的艺术。"③康拉德直接地或下意识地向我们表达了对世界末日的恐惧感,对文明和野蛮

---

① Werner Bruecher, "The Discovery and Integration of Evil in the Fiction of Joseph Conrad and Hermann Hesse"(PhD diss., University of Arizona,1972).
② 同①4-5.
③ 约瑟夫·康拉德:《生活笔记》,傅松雪译,江苏教育出版社,2006,第21页.

之间斗争的恐惧,对人类的理性被非理性残酷地压抑的恐惧,对无限的空虚在等待每个人的死亡的恐惧。然而,康拉德的可贵之处在于他并没有停留在恐惧,而是把文学艺术作为战胜恐惧的手段,他认为小说家的创造性工作可以比喻为在黑暗中所做的拯救性工作。康拉德在《对亨利·詹姆斯的赞美之辞》中提出:"假定有这么一群人,充满活力,相约去看天空中最后一抹光亮,倾听那微弱的、妙不可言的天籁之音,那么,我们当然可以断定,这群人一定是艺术家。"①

总之,约瑟夫·康拉德思想的生成和发展离不开欧洲思想资源的浸润,但其特殊的人生经历铸就了他独特的视野,使他能够对当时盛行的各种社会思潮进行反思。经过文艺复兴、启蒙运动以及浪漫主义思潮的洗礼,19世纪的欧洲思想界发生了重大变化。当人们在为科技带来的巨大进步而欢呼时,康拉德却以悲观的态度警醒人们注意"科技新神"对人的控制以及"进步话语"背后隐藏的危机。19世纪欧洲人的思想已经从宗教的桎梏中解脱出来,开始思考人类的本质属性,康拉德在文学创作中着力描写了人性中固有的缺陷,反映了康拉德在面对人性无法改进时的悲观情绪。康拉德的悲观主义思想是19世纪欧洲社会思潮的产物,他在文学创作中对此做了大量的描写,但是这并不意味着康拉德是悲观主义者,其目的在于希望人们能够认清外部世界以及自身存在的消极因素,最终从执迷不悟和生之痛苦中解脱出来。

---

① 约瑟夫·康拉德:《生活笔记》,傅松雪译,江苏教育出版社,2006,第23页。

第十章 思想家还是作家:康拉德传记研究

约瑟夫·康拉德是 19 世纪晚期 20 世纪初期英国非常有影响力的作家,其思想与文学创作在学术界引起广泛的关注。在许多问题上,不同历史时期、不同地区的学者因为立场不同,而产生争议。身为波兰人,最终定居英国,加入英国国籍,用英语进行创作,以及多年的航海生涯,使康拉德具有地道的"离散作家"身份,多重的文化身份使他能够深刻地体验到社会发展过程中的问题,从而产生问题意识,并通过自己的写作对这些问题进行思考。尤其是在全球化日益深入的当下,康拉德作品中体现出的多重文化的交流与冲突,具有特别的思想价值。西方学者对于康拉德到底是作家还是思想家,长期争论不休。康拉德一生文学作品很多,对于他的作家身份,是没有争议的,主要的焦点在于,康拉德到底是不是思想家。本章从康拉德传记角度来探讨这个问题。

第一节 康拉德的三生三世

出于对康拉德的怀念,他的家人先后出版了三部康拉德传记。1926 年,他的妻子杰西·康拉德出版了《我所知道的康拉德》,为我们理解康拉德提供了一些有用且有趣的信息。例如,书中提到有一次和杰西和康拉德外出旅行,康拉德突然生病,在高烧的过程中,康拉德竟然讲起了波兰语。他遗孀杰西在回忆录中写道:康拉德发了一周的高烧,以至于大部分时间他都处于精神混乱状态。看到他躺在铺有白床单的床上,脸通红,牙齿闪亮,目光闪烁,令人印象深刻。当听到他以一种奇怪的声音自顾自地嘟哝(他必定以为自己在说波兰语),不能猜到他的心思,也听不懂一个字,对一个涉世未深的年轻姑娘来说,真的感到害怕。这个情节不禁使人联想起康拉德在短篇小说《艾米·福斯特》中对扬柯这个人物形象的描写。虽然是康拉德的妻子,但事实上,杰西·康拉德提供的关于康拉德的信息中有部分与既往事实相矛盾,让人不得不用怀疑的眼光去看待这本书。

1981年,康拉德的儿子约翰·康拉德出版了《约瑟夫·康拉德:时光记忆,父亲的往事》,书中回忆了康拉德从1909年到1924年的家庭生活,但这毕竟只是一本从儿子的角度对康拉德的回忆录,更多的是反映康拉德作为父亲对儿子的教育和关怀,其中的学术价值非常有限。但是书中对康拉德和爱德华·加奈特、理查德·柯勒、F.M.福特、柯林汉姆·格林汉姆、J.B.平柯等文学圈朋友的交往过程做了许多细节描写,的确可以为康拉德研究提供一些有益的帮助。约瑟夫·康拉德和F.M.福特同为19世纪晚期20世纪初期英国的重要作家,两人在康拉德家中合作创作了一些作品,但最终却分道扬镳,老死不相往来,在英国文学圈被引为憾事。约翰·康拉德在这部传记中对他们交往的后期阶段,发生在1912年前后的交往做了记录。根据约翰·康拉德的回忆,福特在康拉德家会指挥杰西·康拉德为他做事,约翰·康拉德抱怨道:"我真的被激怒了,他用那种不为他人着想、自私的态度对我母亲。他显然没有意识到我母亲腿脚不便,膝盖长期疼痛。""我真的无法理解母亲怎么能够忍受他如此的无礼。"①"当康拉德和福特对于使用哪个词汇或短语产生分歧时,他们就会把各自的想法告诉母亲,让她来做判决。不用说,我父亲几乎每次都是对的,但是奇怪的是有好多次她都支持了福特的观点。我真的相信母亲是想基于公正支持父亲,但是出于其他方面的考虑,她没有这样做。但我每次阅读《继承者》和《罗曼史》时,我都能感受到词汇背后的就像暴风雨就要来临似的愤怒。"②从中我们可以看出康拉德对于自己和福特的合作真的是深感不快,进而对这两部作品的创作产生了影响。"福特从来没有成为我们亲密的朋友,我记得在康拉德和福特交往的后期,在福特的一次来访后,父亲对母亲说:'他想和我再合作写一本书,但是在我看来这已经不可能了。'"③这些内容在杰西·康拉德出版于1935年的关于康拉德的另一部传记《康拉德和他的社交圈》也有所反映。

真正能够让我们从康拉德的人生经历来洞悉康拉德文学创作的,还是弗里德里克·R.卡尔(Frederick R. Karl)出版于1979年的《三生三世:约瑟夫·康拉德传》,在康拉德

---

① John Conrad, *Joseph Conrad: Times Remembered* (Cambridge: Cambridge University Press, 1981), p. 67.
② ibid.
③ 同①68.

的众多传记中,这部作品的资料最为翔实,对包括康拉德在波兰生活在内的相关资料都做了认真的考证,可以说是对康拉德做了全方位的分析,因而也就成为研究康拉德的必备书目。这部传记的另一个特点是以时间为序,把康拉德的人生经历与写作生涯紧密结合在一起考察。卡尔同时也是9卷本《康拉德书信集》的编者,这部书信集共涉及康拉德书信4 000多封,"在这部传记里使用了1 500封此前从未公开的书信里的材料,是此前他人所撰写的康拉德传记中从未涉及的。这些信件当然不会有轰动效应,但是为康拉德生活提供了证明材料使其保持完整。虽然这些信件不能为康拉德的早年生活提供精确的信息,但是的确为他的写作生涯的每个方面都提供了信息"①。对于传记的名称为什么叫作三生三世(three lives),卡尔解释说"其中的两生是清楚的,就是指康拉德是水手和作家身份,但是我又增加了第三个,就是康拉德的波兰身份。在这本书里我花费了很大的笔墨来描写康拉德在波兰的16年生活,我认为康拉德在这些年的生活里经历了太多,足以使其成为康拉德生活中的独立部分。这段时期的生活没有什么实在的东西,但是为我们理解他后来的各方面的活动提供了信息,是他思想、依靠、记忆、噩梦的源头。康拉德是个英语作家,因为他用英语进行写作;但同时他也是波兰作家,虽然他从未用波兰语进行写作;在某种程度上,他还是法国作家,虽然他没有用法语写作"②。"在许多方面,康拉德是现代人和现代艺术家的代表。在30岁之前,他是一个放逐者、流浪者、边缘人,他证明了现代人多方面的感受(sensibility)。尼采在《查拉图斯特拉如是说》中谈到'最后的人',个体只关注自己的生存,他的价值体系将会变得非常微小而琐碎。'他的族群'会像跳跃的甲虫一样在他心中根深蒂固,得以永生。作为漂泊在外的人,康拉德拒绝尼采所讽刺的最后的人的'跳跃的甲虫'哲学。康拉德在边缘找到了自己的生存之道,作为一种存在,使自己能够生存而且生存得很好的哲学。"③

---

① Frederick R. Karl, *Joseph Conrad: The Three Lives* (New York: Farrar Straus & Giroux, 1979), p. xiii.
② ibid.
③ 同①xiv.

第二节　作为海洋梦想家的康拉德

继 1926 年约瑟夫·康拉德的妻子杰西·康拉德的《我所知道的康拉德》之后,杰拉德·让-奥布里(Gerard Jean-Aubry)发表于 1927 年的两卷本《约瑟夫·康拉德:生活与信件》是学界认可的撰写真正意义上的康拉德传记的最初尝试,但是由于奥布里将传记材料和书信混合在这本传记中,导致线索不清,内容混乱,随着新的康拉德传记的出现,这本传记在学界很大程度上已经被弃之不用,鲜有人提及。1957 年,杰拉德·让-奥布里完成的法文版《海洋梦想家:约瑟夫·康拉德权威传记》,后由海伦·瑟伯(Helen Sebba)译为英文。该书的英文书名为 *The Sea Dreamer: A Definitive Biography of Joseph Conrad*,其中的"definitive"这个词在牛津词典中有多种解释,但是笔者认为"the most authoritative"这个解释最能代表让-奥布里的本意。在康拉德的晚年,让-奥布里和康拉德交往甚密,1923 年出版的康拉德长篇小说《流浪者》的扉页上赫然写着"献给杰拉德·让-奥布里",可见他们之间的友谊不是一般的深厚。让-奥布里为康拉德作品的法译以及作品在法国的推广做了大量的工作,并被康拉德指定为自己文学遗产的保管人,深得康拉德的信任。让-奥布里为撰写这本传记付出了巨大的努力,在传记的前言中,让-奥布里这样写道:"有人会指责我,为什么这部描写超越常人的作家的传记隔了这么久才与公众见面,我的回答是尽管在他的生前我就已经计划为他写一部这样的传记,特别是他的离世使我更加迫切地希望通过翻译向法国读者展示其作品的视野、多样性、力量、厚重。但是完成这个任务需要专心致志和万分小心,需要 20 多年的努力方能最终与大家见面。看一下书后的参考文献,你就会发现这本传记材料不仅内容丰富而且来源多样,其中大多数还没有公开发表,散落在不同的地方,在过去的这些年里,我逐步把与他复杂的人生经历相关的材料聚集在一起,难度也是可想而知。"[①]只是因为有如此的付出,在经历了 1927 年的失败之后,经过 30 年的积淀,让-奥布里再次提笔为康拉德写下这本传记,此时他已经是信心满满,在标题中直接用"Définitif"。

---

① Gerard Jean-Aubry, *The Sea Dreamer: A Definitive Biography of Joseph Conrad* (London: Novello & Co., Ltd., 1957), p. 7.

让-奥布里将康拉德的人生分为十四个阶段。首先介绍康拉德在波兰时期的生活（1857—1874 年），康拉德的波兰生活总体上是压抑的，当康拉德准备离开波兰时，"他带着解放的感觉离开了波兰，同时心中也有些忧伤，但是他不顾一切地去做自己想做的事，心中没有一丝的疑惑，在他 17 岁生日的前夜，标志着他在波兰生活的结束"[①]。法国生活时期（1874—1878 年），康拉德结束了三年的马赛和西印度群岛之间的历险生活，离开法国前往英国，时年 21 岁的他，踏上这个崭新的国度，当时他对英语几乎是一窍不通。青春时期（1878—1883 年），让-奥布里用康拉德的小说《青春》来描述康拉德这段时期的状况，"在他的记忆里留下了青春的最美好的记忆。那种感觉是如此的生动、充满激情、温暖，以至于当船长科泽尼奥夫斯基变为作家康拉德时，他只用几天就写就了精彩的故事《青春》，因为激动人心的浪漫的令人陶醉的充满历险的青春岁月，在记忆里仍然清新，仍然为它的逝去而遗憾"[②]。登陆与分离（1883—1886 年），1883 年 5 月 13 日，身为二副的康拉德·科泽尼奥夫斯基在新加坡登船返回利物浦。1886 年 8 月 18 日，康拉德获得英国国籍。1886 年 11 月 11 日，康拉德取得船长资格。与奥迈耶相遇（1887 年），康拉德在东南亚航行时，遇到一个逃跑的马来奴隶，他蜷缩在一只满是水的独木舟里，这个人后来被写进了《海隅逐客》和《奥迈耶的愚蠢》。船长（1888 年），康拉德成为停靠在曼谷的"奥塔哥号"的船长，这次的航海经历被写入了《阴影线》和《福克》。海上明珠（1888 年），康拉德以船长身份在东方航行。黑暗的心（1889—1890 年）刚果之行。陆海之间（1891—1894 年），1894 年 1 月 14 日康拉德离开"爱多瓦号"（Adowa），意味着彻底结束了航海生活。潮汐之间（1894—1896 年），在这段时间康拉德仍然想继续自己的船长职业，到 1894 年 5 月基本可以确定能够得到一个船长职位。1894 年 6 月初，他决定试试《奥迈耶的愚蠢》是否有机会能够出版。是做船长继续从事航海事业，还是从事写作？康拉德在这两件事之间犹豫不决，他通过抛硬币决定出版小说。"他的手稿最终落入一个年轻人的手中，他就是出版商费肖·盎温（Fisher Unwin）的审稿人——爱德华·加奈特，他是博学的大英博物馆书籍管理员加奈特先生的儿子。审稿人爱德华·加奈特立刻被这部小说迷住并为之倾倒。充满新鲜感的热带丛林，浪漫故事中的充满诗意的现实主义描写，引起了他的

[①] Gerard Jean-Aubry, *The Sea Dreamer*: *A Definitive Biography of Joseph Conrad* (London: Novello & Co. Ltd., 1957), p. 54.
[②] ibid.

好奇心并激发起了他想见见作者的愿望,他认为这个人必定具有东方血统。"①重负(1897—1904年),这段时间是康拉德创作的黄金时期,他不仅要承受巨大的工作压力,还要面对经济压力,他妻子因前后做了几次手术还需要他照顾,他本人也要经受痛风的折磨(1903年的11个月里就发作了5次)。那时康拉德白天要写《诺斯托罗莫》,晚上还要和F. M. 福特合作写作,其中的一些篇章后来收入文集《大海如镜》,总结了他的航海生涯,还写了一些介绍莫泊桑的文章,作为英文出版的故事选的前言。在西方的目光下(1905—1914年),这一时期康拉德在完成《诺斯托罗莫》之后筋疲力尽。1910—1914年是康拉德非常孤独的时期,他在完成《在西方目光下》以后病了几周。重访波兰(1914年),1914年6月底完成小说《胜利》后,康拉德恢复了正常的家庭生活,他们准备去俄国占领的克拉科(Cracow)。最后的岁月(1915—1924年),尽管感到疲劳,康拉德仍然坚持工作,还在从事小说《悬疑》的创作。他对朋友说:"我感觉自己比几个月前清醒,很快就可以工作了。"他不得不放下《悬疑》的创作,去写题为《传奇》的文章,作为他另外一卷文集《海洋回忆录》的一部分。在这卷回忆录中,康拉德希望再塑造一些和他一起航海过的人。让-奥布里的这部康拉德传记,以康拉德的航海生涯为中心,以时间为线索,论证翔实,材料切实充分。

在传记的结尾,描写康拉德离世过程时,让-奥布里满怀深情地写道:"前一天他写了几段,第二天早晨,星期天,1924年的8月3日,8点30分,从书桌前的椅子滑到了地板上,过世了。有价值的生命就这样结束了,尽管生命中经历了太多的不幸、疾病、冒险,但是却充满了无尽的敏锐的洞察力。"②让-奥布里对这个自己一生都非常崇拜的作家,做出了高度的,却又是发自肺腑的评价:"这个出生于波兰的英国作家,法兰西的崇高力量以及西方的悲壮胸怀铸就了他的文学才华,他不仅为自己赢得了想要的声誉,也为整个欧洲赢得了声誉。"③让-奥布里对康拉德的评价,使我们也联想到让-奥布里本人,他经历了1927年的失败后,经过30年的不懈努力终于成功地重新撰写了康拉德传记,其实也在为自己赢得想要的声誉。

---

① Gerard Jean-Aubry, *The Sea Dreamer: A Definitive Biography of Joseph Conrad* (London: Novello & Co., Ltd., 1957), p. 204.
② 同①286.
③ 同①260.

第三节　作为作家的康拉德

　　1990 年出版的美国兰卡斯特大学欧洲语言与文化系英法关系研究专家依福斯·赫武埃(Yves Hervouet)的《约瑟夫·康拉德的法国面孔》,从英法关系角度探讨了康拉德其人其作的法国渊源,内容丰富,材料翔实,是康拉德研究又一必不可少的参考书目。该书主要有三个部分:其一,康拉德的法国文学与文化背景。其二,康拉德的文学创作与法国作家的渊源。其三,康拉德对法国哲学与美学的传承。这部著作完成于 1982 年的 7 月至 12 月之间,赫武埃因癌症死于 1985 年 6 月 24 日。根据该书前言作者林德赛·纽曼(Lindsay Newman)回忆,赫武埃生前和癌症斗争了两年多,因而可以推定,赫武埃生命的最后阶段"就是克服自身的困境和病痛来修改和润色这本书"[1]。纽曼特别强调"依福斯·赫武埃这个严谨的学者在书中提供的证据无论是文本还是当代人的评述,都是客观的。他没有想过这些阐释有可能会损害康拉德的声誉,因为在最后一章第三部分他清楚地表明,具有创造力的作家都会吸收其他作家的成果,把其他作家的成果作为自己创作的基础"[2]。"对康拉德而言,无论从民族还是从家庭来说,都和法国文学传统有着非常密切的关系。正如康拉德本人所说'在欧洲的所有国家中波兰和法国的联系是最多的'。作为波兰贵族的一员,或者说是地主阶层,康拉德老早就熟悉法语是毫不奇怪的。就像俄罗斯的贵族一样,波兰贵族阶层在整个 19 世纪的文化交流中使用的都是法语。"[3]康拉德对法国文学的掌握还来自他父亲对法国文学的翻译。"F. M. 福特也确认康拉德从 1874 年 10 月到 1878 年 4 月在马赛的法国船队服务期间阅读了大量的法国文学作品。康拉德从 1878 年 4 月到 1894 年 1 月在英国商船队工作期间不仅大量阅读英语作品,而且对法国作家的作品做了深入的阅读。"[4]就像福特说的那样:"到康拉德开始写作的时

---

[1] Yves Hervouet, *The French Face of Joseph Conrad* (Cambridge: Cambridge University Press, 1990), p. viii.
[2] ibid.
[3] 同[1]7.
[4] 同[1]8.

候,他不仅仅是阅读,而且开始研究 19 世纪法国文学大师的文学思想和写作技巧。"①康拉德在和朋友的通信中多次谈到福楼拜,康拉德在 1892 年 4 月 6 日给波拉多斯卡(Poradowska)的信中就谈到,自己对古斯塔夫·福楼拜(Gustave Flaubert)的《包法利夫人》有着长期的强烈的兴趣。"福特认为更重要的是康拉德也承认自己采用了和福楼拜同样的写作方法,'康拉德认为在作品中保持好的节奏的习惯可以从研究模板(model)中习得,他自己的好习惯就是来自对福楼拜作品的反复阅读'。"②尽管很多人认为康拉德的创作受了法国文学,尤其是福楼拜的影响,但是康拉德本人却是拒绝承认的。在信中,康拉德说:"你说我受了《包法利夫人》的影响,但事实上我是在完成《奥迈耶的愚蠢》以后才读的《包法利夫人》,对于福楼拜的其他作品亦是如此。""我不认为自己能够向他学到任何东西。他所做的只是打开了我的眼界,激发起了我的竞争意识(emulation)。我们可能会向巴尔扎克学习,向福楼拜能学到什么呢?"③尽管康拉德否认,但是评论家们依然认为康拉德的早期创作风格是受了《包法利夫人》的影响。

  康拉德从来没有否认自己对莫泊桑的仰慕。1904 年 5 月,在为艾达·高尔斯华绥翻译的法国作家选集《〈伊维特〉以及其他故事》写的充满激情的序言中,康拉德对莫泊桑的艺术给予了高度赞扬而且宣称自己对他的作品"长期以来非常熟悉且一直受其鼓舞"④。亚瑟·西蒙斯证实:"在康拉德的案头就摆放着打开的莫泊桑的作品,以及其他法国作家的作品,这就解释了康拉德'风格问题的争论'。最明显的是康拉德在 1903 年 8 月 22 日给达芙瑞(Davray)的信中承认有时模仿了莫泊桑的风格。"⑤"阿纳托尔·法朗士似乎对成年康拉德有着深刻的影响。"⑥"在 1908 年下半年到 1909 年上半年的时候,康拉德在自己的《个人记录》中,把法朗士称为'法国口才最好的散文家'。康拉德 1919 年 8 月发表的长篇小说《金箭》受到了媒体的责难,因为这本书的风格变化很大似乎,让人难以相信和《吉姆爷》是同一作者。康拉德想到了法朗士,向他的代理人 J. B. 平柯自我宽慰道:'阿纳托尔·法朗士写了《红百合》(*Lys Rouge*)(没有人想到他会写这样的作品),媒体也是

---

① Yves Hervouet, *The French Face of Joseph Conrad* (Cambridge: Cambridge University Press, 1990), p. 9.
② 同①14.
③ 同①12 - 13.
④ 同①13.
⑤ 同①14.
⑥ ibid.

给予了同样的评价'。"①"有大量的证据表明康拉德与法国作家之间的关系不限于仰慕,他其实受了许多法国作家的影响,特别是上面提到的三位。在过去的20年一切都渐渐明朗了,康拉德不仅仅是受到这三位作家的启发,而且明显地模仿甚至于是借用他们的方法。"②引起广泛关注的康拉德文学宣言——《"水仙号"的黑水手》的序言,完成于1897年的1月到8月之间,他的理论来源有许多,既有法国的又有英国的,特别是19世纪法国文学作家福楼拜、莫泊桑、法朗士等人的文学创作理论与实践,对他产生了重大影响。康拉德对"文学最重要的是使你看到"这个论断正是来自福楼拜。"康拉德用非常明确的语言阐明了福楼拜暗示的观点——'看'的能力不仅仅是指看到事物可视的一面。"③赫武埃通过对比序言和法朗士为莫泊桑的《文学中的我们的心灵》所做的评论,发现康拉德对此文有太多的借鉴。康拉德在序言中为什么会如此多地借用法朗士的评论呢?康拉德1910年9月在给E.L.桑德逊的信中写道:"我并不善于文学批评,更为糟糕的是,有可能产生误导。你知道我写作纯凭直觉的引导,并不善于表达自己的观点。"④伊恩·瓦特说:"康拉德是很好的文学评论家,却不善于写文学评论。"⑤"无论如何,事实上他的《'水仙号'的黑水手》的序言以及《个人记录》是他作为小说家顶峰时期的作品,表明康拉德始终觉得自己需要作家同行的引导,特别是这些杰出的评论家,例如派特、詹姆斯、福楼拜、莫泊桑,当然首要的是法朗士。"⑥

1994年,约翰·巴契勒(John Batchelor)的《康拉德的人生》一书首先介绍了康拉德的波兰生活尤其是其父亲对他创作生涯的影响,然后追溯了康拉德的航海生涯,最后分析了他不同历史时期的写作特点。巴契勒这样来安排结构当然是认为前两部分对康拉德的创作有着决定性的影响,从而愿意花费笔墨来对早已为大家熟悉的事实再进行一番论述。例如,其中特别提到了考珀尔尼克(Kopernicki),他是康拉德家的老朋友,是个医生,也是颅骨学专家,他在1870年至1873年之间曾经做过康拉德的家庭老师。康拉德舅舅波伯留斯基(Bobrowskie)希望康拉德在航海的过程中能为考珀尔尼克"收集土著人

---

① Yves Hervouet, *The French Face of Joseph Conrad* (Cambridge: Cambridge University Press, 1990), p. 15.
② ibid.
③ 同①138.
④ 同①144.
⑤ 同①145.
⑥ ibid.

的头盖骨,并且要标上头盖骨的主人和来源地,要康拉德收集头盖骨然后打包送到克拉科夫的头盖骨博物馆。毫不奇怪,康拉德拒绝了"①。由此可见,19世纪由于人类学的发展,在达尔文进化论思想的影响下,欧洲学者意图通过研究人类的头盖骨来证明欧洲人优于其他人种,从而为自己的殖民活动找到合理的根据。不仅如此,当时还产生了犯罪形态学,认为犯罪分子必定具有某种头型。这些都是康拉德无法接受的,他在《黑暗的心》和《间谍》中都有情节对这些伪科学进行了讽刺。

第四节　作为思想家的康拉德

雅克·伯绍德(Jacques Berthoud)在1978年出版的康拉德传记《约瑟夫·康拉德》中提出,"当一个作家酝酿、创作、修改一部小说时,这部作品可以说是他生活的一部分,也就是说他正在做的活动是许多构成他生活的行为中的一个。但是一旦他决定小说已经完成——实际上就意味着准备出版——这部作品的地位就不同了:它代表了作者生活的外化,必须和作者分离。它能否生存不是作者能够控制的——不是由作者决定,而是由读者决定。离开了作者以后,小说的生存取决于它能否进入读者的生活"②。就康拉德的《个人记录》而言,读过这本书的评论家认为,如果说自传的目的就是把一系列编年事件组合在一起,那么康拉德就应当被批评。"康拉德的传记作家乔斯林·贝恩斯(Jocelyn Bains)就认为《个人记录》'没有分析、没有探讨事件背后的真相';最支持康拉德的阐释者阿尔伯特·杰拉德(Albert Guerard)称赞《个人记录》是'一部艺术品',但是也承认它'非常的含糊'。"③伯绍德认为造成这种感觉的原因有两个:"首先是因为康拉德在《个人记录》的第五章对自己写作传记的动机的说明,表明像康拉德这样做是出于利己主义(egoism)动机——他的'野心在于追寻发迹'(aggrandizement)。"④"因此作家描写自己是

---

① John Batchelor, *The life of Joseph Conrad: A Critical Biography*(Oxford: Blackwell Publishers, 1994), p. 17.
② Jacques Berthoud, *Joseph Conrad*(Cambridge: Cambridge University Press, 1978), p. 1.
③ 同②5.
④ 同②6.

一件冒险的事,唯一的弥补方法就是纯粹的无私的美德。"①"第二个原因就是《个人记录》的结构。以传统的自传的眼光来看,这本书有许多不足之处,不仅因为它没有对康拉德做亲密的私人的揭示,而且只限于描写了一堆和编年无关的情节。"②但是伯绍德并不同意他们的观点,认为研究康拉德撰写《个人记录》的目的在于表明其文学创作的基础是长期的、不断的思考。伯绍德进一步阐释说:"我研究的出发点在于承认康拉德构思自己艺术作品的基础是对生活的洞察与视野,而非情绪化的笑声和眼泪;他在自己虚拟的'壮观的'世界里,在艺术和道德两个方面建立了自己的价值观;而且他不断地甚至于强烈地坚持把自己的作品和随意的传记性的材料分割开来。走近康拉德作品能够感觉到其中的言、行都尽在作者的掌控之中。对康拉德的这种认识使我发现康拉德是一个有着完整思想的人,和我们知道的某些批评家的评论并不相同。E. M. 福斯特认为康拉德从内到外都是虚无的雾,没有其他;C. B. 考克斯近来认为'康拉德作品中的思想没有发展'。但是,学者对康拉德的主流评论是强调他的掌控力和深厚的学识。我可以肯定地说无论我的观点是否能够让大家信服,如果我避开黑暗的形而上学,转而支持人类的理智,就不能忽视康拉德的思想深度,因为对我而言除此以外没有什么能够比这一切更加真实了。"③"而且,我可以毫不避讳地说,当我试着去探讨康拉德思想时,我发现与其说他是个作家,不如说他是个哲学家。文学作品不同于哲学著作(就像许多现代批评家宣称的那样)是因为它不关注思想,但同时又对思想感兴趣——同时又将思想融入作品中去。事实上,一部小说不使用系统的证据、合乎逻辑的证明,是不能成为一部理性的作品的,文学也不禁止小说家把生活中真正有价值的思想融入自己的作品中去。"④伯绍德的阐述既为康拉德做了辩护,同时也阐明了自己的学术主张,因而可以说这是一部有思想的传记。

伊恩·瓦特(Ian Watt)从康拉德1857年至1894年的在波兰、法国、英国早期的生活入手,于1979年完成了康拉德传记《康拉德在19世纪》,"很难评估康拉德反复发作的疾病和不稳定的神经对康拉德创作的终极影响"⑤。康拉德的妻子杰西·康拉德所写的传记最早关注了这方面问题,但是最充分地把康拉德的这一面作为主要特点来展示的是伯

---

① Jacques Berthoud, *Joseph Conrad* (Cambridge: Cambridge University Press, 1978), p. 6.
② ibid.
③ 同①186.
④ 同①186-187.
⑤ Ian Watt, *Conrad in the Nineteenth Century* (Los Angeles: University of California Press, 1979), p. 25.

纳德·梅尔（Bernard Meyer）。没有人会抱怨他们没有能够反映康拉德的天才的一面，人们仍然想知道康拉德是如何度过66年的人生，创作了大约20卷充满忧郁的作品，并且凭借对道德力量的追求在19世纪文坛占据着无与伦比的地位。"个人性格与创作成就之间存在明显的分离在作家当中并不常见。和萨谬耳·约翰逊（Samuel Johnson）非常相似，约翰逊和康拉德都没有直接写自己的内心世界，描写的只是我们的潜意识中被搅动、被破坏的情感，使我们能够体会到主人公内心的挣扎。"①瓦特的著作还分析了康拉德的《奥迈耶的愚蠢》《"水仙号"的黑水手》《黑暗的心》《吉姆爷》四部作品。介绍作品材料的来源，以及不同角度的解读，其中重要的就是从意识形态的角度分析了库尔兹的命运和维多利亚时期的社会进步。"无论如何，伟大作家很少代表他那个时代的意识形态；他们倾向于揭示其内在矛盾或者处理现实的部分本质。"②T. S. 艾略特1919年写道："康拉德先生虽然没有思想，但却有自己的观点，有一个自己的'世界'，虽然无法定义，但却是遍布他的作品，这是确定无疑的。"③伊恩·瓦特认为："虽然康拉德否认自己是思想家，但是他给我们的印象却是很有思想；虽然我们不能称之为哲学家，但是他却一再地向我们暗示他虚构的世界是在对现实世界进行伦理的甚至于是形而上的回应。"④

1898年1月，亚瑟·西蒙斯（Arthur Symons）质问康拉德的《"水仙号"的黑水手》和吉卜林的《勇敢的队长》，思想在哪里？西蒙斯的抱怨刺痛了康拉德，他先后在给三个朋友的信中问他们西蒙斯的抱怨是否公平。在伊恩·瓦特看来，"康拉德对《黑暗的心》的描述就清楚地表明他是在意识形态中构思这部作品的：'思想就在其中'"⑤。康拉德在给威廉·布莱克伍德（William Blackwood）的信中写道："不像《青春》中那么明显——至少没有以那样的方式呈现。《黑暗的心》批判的是欧洲人在非洲的教化工作效率低下以及欧洲人的自私。"⑥这封信写得很早，指出了故事的显而易见的反殖民主题。但是《黑暗的心》还包含了许多其他的思想，是康拉德意识形态的集中体现。伊恩·瓦特认为："康拉德写于维多利亚统治时期的作品是最具现代性的，是一个能够从多方面进行解释的悖

---

① Ian Watt, *Conrad in the Nineteenth Century*（Los Angeles：University of California Press，1979），p. 25.
② 同①147.
③ ibid.
④ ibid.
⑤ 同①148.
⑥ ibid.

论。因为其作品的主要构成要素离形成他世界观的个人经历太近,可能会妨碍外界对他的理解。"①康拉德从他的波兰经历中承袭了太多的现代性——或者是后现代性,为康拉德提供了当时西方作家中很少有人拥有的生活视野;孤独不仅仅放逐了康拉德,而且从迷失与疏离中提取了对道德抵制和确认的更深理解。和雅克·伯绍德相比,瓦特从康拉德的四部重要作品出发,进一步肯定了康拉德是作家更是思想家这个身份。

康拉德本人也非常关注文学作品的思想性,在和年轻作家交流写作经验时多次谈到思想问题。1895年10月28日在给爱德华·诺贝尔(Edward Noble)的信中,康拉德说:"你必须无情地、毫无保留地、无怨无悔地挤出你的每一份感知、思想和形象;你必须搜寻你内心的黑暗的角落,大脑中最遥不可及的洼地;你必须通过形象、魅力和准确的表达来寻找它们。而且,你必须怀着真诚的心,不惜一切代价去做。你必须这样做,才会使你在忙碌了一整天后感到筋疲力尽,所有的感知和思想都已经被掏空了。"②1897年12月23日在给亚瑟·托马斯·奎勒-库切(Arthur Thomas Quiller-Couch)的信中,康拉德说:"对于那些一直在追随你的描写忧郁的海洋的作品的人而言,你的信具有非常大的价值。这标志着努力已经看到了成功的希望。思想已经在洞穴的壁上投上了影子,迷恋者的有识别能力的眼光在它完全永远消失之前,已经看到它在消失、摇摆和变暗。"③在他著名的文学宣言——《"水仙号"的黑水手》的序言中,康拉德较为系统地阐述了自己对文学艺术的理解,他认为:"艺术本身可以定义为通过专心致志的努力去揭示世界上各个方面中隐含的多个或一个真理,对这个有形世界做出最正确的评判。"④"艺术家却是深入到人们的内心中去,在这个世界的形式和色彩中、在它的光亮和阴影中、在事物的各个方面以及在生活的种种事实中,去发现哪一样是基本的,哪一样是持久的本质东西,给人以启示和令人信服的要素,以及存在的真谛。艺术家在本质上和思想家、科学家是一样的,都追求真理并呼吁真理。思想家思考的是对世界各个方面的印象,科学家钻研的是客观事实。"⑤

综上所述,不同历史时期的康拉德传记,因为传记作者的身份不同,对康拉德表现出

---

① Ian Watt, *Conrad in the Nineteenth Century* (Los Angeles: University of California Press, 1979), p. 359.
② Frederick R. Karl and Laurence Davies(eds.), *The Collected Letters of Joseph Conrad* (Volume 1) (Cambridge: Cambridge University Press, 1983), p. 252.
③ 同②429-430.
④ Joseph Conrad, *The Nigger of The "Narcissus" / Typhoon & Other Stories* (London: Penguin Books Ltd., 1965), p. 11.
⑤ ibid.

了不同的关切。作为康拉德家人的杰西·康拉德和约翰·康拉德,他们关注是康拉德的家庭生活。尤其是约翰·康拉德撰写的传记,更多地体现了康拉德作为父亲对儿子的谆谆教导,从生活细节方面对孩子的培养。而作为学者的杰拉德·让-奥布里等人,他们引经据典,深入考证,围绕康拉德的人生经历和文学作品展开的康拉德到底是作家还是思想家的身份之辩,为我们准确理解康拉德以及康拉德作品提供了一条可靠的路径。

第十一章 康拉德文艺思想研究

约瑟夫·康拉德的文学创作始于维多利亚晚期,剧烈的社会变革导致社会异化程度在加深。作为英国现代主义文学的先行者,康拉德以其别具一格的文学创作反映了这个特定历史时期的时代特征,使得国内外学者产生浓厚的兴趣,纷纷从多个角度对其作品进行解读。康拉德不仅文学著作颇丰,而且也有许多关于文艺思想的论述。康拉德在多部小说的作者序中,表达了自己对文学创作以及文学艺术的理解,特别是在《"水仙号"上的黑水手》的序言中较为系统地阐述了自己的文艺主张。此外,他的《生活笔记》以及给朋友的书信中,尤其是在和出版社编辑的通信中也有许多关于其文艺思想的论述,其中就包括了对文学艺术真实性的思考,康拉德通过将文学艺术和历史学科之间的比较,回答了与文学艺术真实性有关的三个问题:文学到底能不能反映现实?如何反映?反映什么样的现实?结合19世纪欧洲的文艺思潮及时代背景来研究这些文献资料,探讨康拉德的文艺思想及其渊源,有助于避免对他的思想和作品的误读和误解。约瑟夫·康拉德作为现代主义文学的开创者,他不仅潜心于文学创作,而且对文艺理论也有着独到的见解。国内外学者对康拉德的思想及作品的理解可谓众说纷纭,有些观点甚至完全对立。其实要读懂康拉德的小说艺术,试着去理解他的文艺思想是不可或缺的。康拉德的文艺思想是多方面的,就其对文学艺术真实性的理解而言,其核心观点体现在以下三个方面:康拉德认为文学艺术对外部世界的描述比历史学科的记载更真实;作家以艺术书写历史真实的路径是书写自己熟悉的内容;文学艺术真实性的艺术内涵在于对人类的瞬间体验的记载。

第一节　文学艺术比历史更真实

作为作家,康拉德也不得不思考"为什么写作?"这个问题。萨特说:"有人认为艺术是一种逃避,也有人认为艺术是一种征服手段,双方各有自己的道理。可是人们可以逃去做隐士,可以躲进疯狂,也可以遁入死亡。人们可以用武器来进行征服。那为什么又非要写作不可呢?为什么人们一定得用写作来进行逃避或征服呢?"①萨特认为,"艺术创作的主要动机之一,当然是某种感觉上的需要,那就是感觉到在人与世界的关系中,我们是本质的""在作品与创作活动的关系中,作品变成非本质的"②。萨特的这些话很好地反映了康拉德对创作的理解,作品成为非本质,作为本质的是人(的情感)。

正如柯林武德所言:"一切历史都是当代史;但并非是在这个词的通常意义上,即当代史意味着为期较近的过去的历史,而是在严格的意义上,即人们实际上在完成某种活动时对自己的活动的意识。"③"因为历史并不是包含在书本或文献之中;当历史学家批评和解释这些文献时,历史仅仅是作为一种现在的兴趣和研究而活在历史学家的心灵之中,并且由于这样做便为他自己复活了他所探讨的那些心灵的状态。"④康拉德认为,因为文艺反映的是人类的内心世界的本质,所以艺术具有历史承载作用。对康拉德有深远影响的亨利·詹姆斯曾经说过:"小说家首先要成为一个历史学家,然后才是一个小说家、艺术家。要最大限度地再现现实,把最为真切的现实呈现在读者的面前。"⑤康拉德非常赞同这种观点,他将作家视为具有独特视角的历史见证人,"小说家们的内心深处都有着这么一个主题——并且还贯穿于整个历史编年之中——那就是在他们构建的艺术世界和王国内追寻快乐"⑥。和詹姆斯一样,康拉德认为作家对个体体验的书写具有历史承载作用,但他对文学作品的历史承载作用却有着自己的看法。

---

① 萨特:《萨特论艺术》,韦德·巴斯金编,欧阳友权、冯黎明译,广西师范大学出版社,2002,第129页。
② 同上书,第130页。
③ R.G.柯林武德:《历史的观念》,何兆武、张文杰译,商务印书馆,1997,第286页。
④ 同上。
⑤ 约瑟夫·康拉德:《生活笔记》,傅松雪译,江苏教育出版社,2006,第27页。
⑥ 同上。

他认为"文艺创作中的历史并不单纯是历史的再现,而是通过力透纸背的事实去触及社会历史中最为深刻的发展规律,用虚构的手法来穿插历史,使历史在字面意义上更加真实,正如詹姆斯先生所认为的小说比历史更加真实"①。因为小说作为一种艺术形式,康拉德将其最根本的宗旨归结为揭示事实的本质,而历史记载的只是事实的表象,因而小说会比历史更加真实。克罗齐认为:"历史学区别真实与不真实,而艺术并不区别它们。"②这是康拉德完全不能接受的。

康拉德认为小说要想成为艺术就"必须像绘画和音乐一样,是一种情绪对无数其他情绪的呼唤,而这些情绪中所带有的无比微妙而不可抗拒的力量给予过去的事件以真正的含义,并创造出一种当时当地精神上和感情上的气氛"③。这反映了康拉德的表现主义文学的"再现"思想,即要求作家透过经过艺术处理的社会现实,来展示隐匿于其背后的深度本质,是典型的"现象—本质"的两分观念,是对古希腊时代柏拉图的"原本—摹本"观的扬弃,将艺术理解为生命本体的诗化,是感性存在的诗意显现,而不是去意指实在的绝对本体。

不仅如此,康拉德指出对于人类的存在而言,文学作品所承载的历史意义超越了其他的一切形式。因为如果没有文学创作,"历史知识会成为呆板的、没有生气的材料的堆积"④,这就使得人类的许多经验大部分都会被湮没于历史的洪流之中,哪怕是最微弱的痕迹也不会留下来,将被后世的人们所忽视。只有通过作家的充满人性的真实记述,揭示出事件的本质,才能赋予历史事件以鲜活的生命。康拉德赞成小说应当成为作家本人对外部世界的体验的记载,但是他反对柏拉图的"摹仿"观,强调文学表现的应当是作家对外部世界的感知,康拉德认为在艺术家所建构的文学世界里,"一切材料都根源于自我独特的基点之上,其中包括他个人的挫折遭遇,乃至于死亡都作为历史进入他个人的真实记录"。将"诸如此类的各种真实感受相互交织融合在一起,真可以称得上是一项伟大而不朽的事业了。对于人生真实诚挚的记录,哪怕是出于蓄意的,有心为之的,只要怀着强烈的感恩之情,也总比漠然的心灵所感知的毫无意义的作品强得多,所以应该是值得

---

① 约瑟夫·康拉德:《生活笔记》,傅松雪译,江苏教育出版社,2006,第 27 页。
② R. G. 柯林武德:《历史的观念》,何兆武、张文杰译,商务印书馆,1997,第 275 页。
③ 约瑟夫·康拉德:《黑暗的心脏·水仙号上的黑家伙》,胡南平译,译林出版社,2001,第 110 - 111 页。
④ 同①。

褒奖的"①。康拉德用笔自由地表达、自由地抒发内心深处最为真实的信仰,用写作来安慰自己倍受奴役的心灵,同时也就是在真实地记录历史。也正是在这个意义上,他认为小说家首先要成为一个历史学家,然后才是一个小说家,因而作为历史学家的小说家必定是"历史知识的拥有者、保存者、解释者"②。

第二节　文学艺术书写历史真实的路径

　　面对错综复杂的外部现实世界,康拉德不像狄更斯和巴尔扎克那样关注外在的社会结构,而是更多地关注人类的情感世界,将目光转向精神世界中隐含的本质;即便是现代主义作家,也不可避免地写物质世界,但是其目的在于揭示与之相对应的精神世界。因为在他看来,世界的本质并不存在于客观的物质世界,而是隐藏在人类的精神世界中。因而,艺术家要表现的不是事件的本身,而是人们面对事件所表现出的情感。康拉德认为"所有艺术最主要的就是要呼唤感觉,而艺术家在用书面文字表达其目的时,如果其崇高的愿望是要激起深藏于内心的感情共鸣,也必须通过感觉来作出呼吁"③。

　　如何才能实现这个目的呢?康拉德认为文学艺术书写历史真实的路径是应当书写作家自己熟悉的东西。康拉德的作品题材多为航海和丛林,这些都来自他先前的航海生活,少数几部以城市政治斗争为题材的小说,也与他所熟知的父辈参与的政治运动不无关系。康拉德在书写个人体验的过程中,通过文本与心灵之间达成的契合,"运用象征隐喻是神话方式,追求艺术的深度模式"④,最终为抽象理念赋予感性形式,康拉德正是运用象征主义手法来揭示隐藏在行为表象背后的真实。他描写海洋是因为"在一艘船上发生的问题,与陆地纠葛完全隔离的状态使它带有特殊的力量和鲜明突出的色调"⑤。仅仅因为康拉德的小说常以海洋和丛林作为背景,于是有些评论家就据此把他的作品称为"海洋小说"或"丛林小说",这是康拉德最为反感的,他抱怨人们没有能够看出他想说的不是

---

① 约瑟夫·康拉德:《生活笔记》,傅松雪译,江苏教育出版社,2006,第3页。
② 同上书,第27页。
③ 约瑟夫·康拉德:《黑暗的心脏·"水仙号"上的黑家伙》,胡南平译,译林出版社,2001,第111页。
④ 蒋承勇:《世界文学史纲》,复旦大学出版社,2002,第339页。
⑤ 约瑟夫·康拉德:《大海如镜》,倪庆饩译,百花文艺出版社,2000,第205页。

海洋和丛林,他真正想言说的东西在海洋和丛林背景的背后。他将艺术的本质归结为"揭示世界上各个方面中隐含的多个或一个真理,对这个有形世界作出最正确的评判"①,肯定艺术创作是艺术家个人生活体验的反映并具有历史承载作用,艺术创作的目的就是要唤起人们注意到并感知到事物的本质,艺术家应当从自己的词语库中选择最具杀伤力的词语去实现自己的艺术目的。

康拉德肯定艺术家的创作离不开自己的生活体验,他在《生活笔记》文学部分指出,"艺术家的创作是其生活的体验的反映"②。而且他还强调"从创作经验来讲,每一位小说家都要有一个属于自己的创作领域,或大或小,这个倒在其次,关键是自己所熟悉和信仰的,而不仅仅是他所臆想的空间。在他所熟悉的领域内,一切都保有他个人的印记,具有自我的个性,还有别人不可探索的那一份神秘,然而它一定像它的读者的经验、思想和感觉已经熟悉的某种东西"③。他坚持作家应当在其熟悉的领域进行创作,从而使其文学作品具有独到的个性,但这种个性应当能够反映那个时代的社会意识形态的共性。他甚至认为,"即使是在最名副其实的小说中,我们也总能在小说的核心部分发现有关作家个人的部分事实,只要这种真实反映的是人们对人生旅途中的幼稚的戏剧般的热情"④。康拉德的写作实践反映了他的写作应当以作家的生活体验为基础的思想。"对于人类的存在,文学作品所承载的意义超越了其他的一切形式,这是毋庸置疑的。如果没有它们的真实记述,我们人类的许多经验大部分都会被湮没于历史的洪流之中,哪怕是最微弱的痕迹也不会留下来,将被后世的人们忽视。"⑤

康拉德指出在作家专心致志的努力中,"如果你有功力并且幸运,你或许能达到一种真诚明晰的效果,你所描述的遗憾或同情、恐惧或愉快的情景最终将在读者的心中唤起一种团结终将实现的感觉,一种在神秘的源头、在劳苦中、在快乐中、在希望中、在多变的命运中的团结的感觉——这种感觉把人们相互联系在一起,把全人类和有形世界联系在一起"⑥。在康拉德的许多作品中我们都可以读到,现代社会中人与人之间在日渐疏远,

---

① 约瑟夫·康拉德:《黑暗的心脏·"水仙号"上的黑家伙》,胡南平译,译林出版社,2001,第109页。
② 约瑟夫·康拉德:《生活笔记》,傅松雪译,江苏教育出版社,2006,第7页。
③ 同上。
④ 同上。
⑤ 同上书,第9页。
⑥ 约瑟夫·康拉德:《黑暗的心脏·"水仙号"上的黑家伙》,胡南平译,译林出版社,2001年,第111-112页。

以至于夫妻、父子天各一方;工业的发展意味着人们对自然的掠夺在加剧,而导致原本宁静的山林中不时传来放炮声,原本美丽的森林因矿产开发而变得千疮百孔;人们因为做了违背自己本性的行为而经受着精神上的折磨或者肉体上的惩罚。康拉德希望通过自己的文学书写来唤起人们内心的"团结的感觉",康拉德所说的"团结的感觉",可以理解为人与人、人与社会、人与自然、人与自我之间的和谐共生。他希望通过"这种感觉把人们互相联系在一起,把全人类和有形世界联系在一起"①。他认识到人类尽管处于不同的时间、空间或文化中,但情感是共通的。只有通过描述情感,才能跨越时空将"死者和生者、生者和未出世者联系在一起,把所有人类联系在一起"。"唯有这种思路,或者更准确地说是感情,才能在某种程度上解释故事所企图达到的目的,那就是在所有迷惑不解、头脑简单和沉默无言的那些无人关注的芸芸众生中,去描述几个默默无闻的个人生活中的一件激动人心的事件。"②

康拉德认为作家之所以必须这样做,是因为普通大众往往无法感知自己生活中事件背后的本质,往往只看到事物的表面现象,艺术家的作用在于"努力追求雕塑的造型线条、绘画的色彩运用和音乐的联想魔力才能放出光芒,瞬间照亮那些屡见不鲜的成年累月被随意使用的古老陈旧的词汇表面"③。唤起人们注意到并感知到事物的本质,摆脱自己意识的混沌状态,清楚地明白自己做了什么,在做什么,应该做什么,做了这一切意味着什么,可见康拉德还是笃信文学的教化功能的。在他的作品中,我们读到了太多的苦难,太多的死亡,《吉姆爷》中的吉姆,《诺斯托罗莫》中的诺斯托罗莫,《海隅逐客》中的威廉斯,虽然他们在自己生活的群体中都是令人景仰的人物,但是他们既无力实现自己的理想,又因无力抵挡外部世界的诱惑,而放弃自己的原则,最终死于非命。通过对这些人物悲剧命运的书写,康拉德意在激发人们内心的恐惧感;阅读他们的命运,读者未必知道自己该怎样做,但读者一定明白做了这一切意味着什么。康拉德就是通过书写的这些自己熟悉的人物形象和事件,向读者展现其中隐藏的真理。他经常会用"我们中的一员"这个词来提醒读者,他作品中的这些人物形象其实就生活在我们周围,他们的情感和我们的如此相似。

---

① 约瑟夫·康拉德:《黑暗的心脏·"水仙号"上的黑家伙》,胡南平译,译林出版社,2001年,第112页。
② 同上。
③ 同上书,第111页。

第三节　文学艺术的真实性在于记载人类的瞬间体验

在康拉德看来,艺术家要书写的就是感觉,书写微观个体对外部事件所产生的情绪。艺术家通过描写各种感觉来传递自己对外部世界的印象,进而引起读者在内心产生共鸣。康拉德把客观外部世界的研究留给了科学家,而艺术家则应当专注于人类情感世界的描绘,尤其是人们对外部世界的瞬间体验。在这方面,康拉德的文艺思想其实体现了浪漫主义文学的"再现"思想,要求的是"诗情"的真实而非"现实"的真实,是文学"再现"思想的"向内转",是从传统文学的对外部世界的"再现"转向对内心世界的"表现"。就情感的书写而言,不同于传统的现实主义作家,康拉德强调通过书写人物的瞬间心理体验,来唤起读者的情绪,让他们感知到现象背后的本质,康拉德认为作家应当"从无情飞逝的时间长河中截取生活中流动的一幕"作为任务的开端,在创作过程中,作家应当"带着感情和信仰去执行的任务是要在众目共睹之下以一种诚挚的心情,不加质疑、不加选择、毫无畏惧地抓住挽回的片断。去显示它的振动、它的色彩和它的形式,并通过它的活动、它的形式和它的色彩揭示它的真谛——揭露它鼓舞人心的秘密;在每一个真切的时刻中的紧张和激情"[①]。康拉德强调对生活片段的书写,体现了现代主义文学"化瞬间为永恒的创作倾向,通过捕捉人物瞬间的意识来反映生活的本质或永恒的真理"[②]。

在阅读康拉德的小说时,尤其是《吉姆爷》《诺斯托罗莫》等几部作品时,人们常常抱怨作品晦涩难懂,结构颠三倒四,叙事角度切换频繁。其作品中叙述的人和事往往是介于有形存在与无形存在之间,处于半明半暗的状态,仿若是发生在梦里,随着叙述者的意识在流动,有如梦呓般,"这样的小说与传统的'阅读期盼'相违背,使人无法直截了当'现实主义'地进行解读"[③]。但这却加强了它们的象征意义,"借助于象征隐喻的神话模式,使文学对生活的描写从表象走向本质,从表层走向深层,从现实走向超现实,从所指走向能指"[④],从而赋予作品以隽永的意蕴。康拉德的这种写作手法了反映科学时代文艺在西

---

① 约瑟夫·康拉德:《黑暗的心脏·"水仙号"上的黑家伙》,胡南平译,译林出版社,2001,第111页。
② 李维屏:《英国小说艺术史》,上海外语教育出版社,2003,第195页。
③ 约瑟夫·康拉德:《诺斯托罗莫》,刘珠还译,译林出版社,2001,第3页。
④ 蒋承勇:《世界文学史纲》,复旦大学出版社,2002,第339页。

方的现代转型,打破了传统文艺的单一的形而上的思辨文艺的格局,实现理想与非理性的完美牵手。在论及《"水仙号"上的黑水手》的创作时,康拉德指出:"我写这部小说时没有考虑艺术准则,也忘了所有的写作理论。准则和理论是死的,而我写作是直抒胸臆,是有生命的。我想表达的是我脑海中的真实的印象,呈现事物本来的样子。"①作家要想做到这一点是不容易的,"真诚努力地去完成这一创造性的任务,竭尽全力沿着这条道路向前,毫不退缩,不知疲倦,不怕责备,这是作家惟一正确的体现价值的途径"②。作家的任务是用文字的力量"让你们听到,让你们感觉到——尤其是让你们看见!"③对读者而言,康拉德认为如果艺术家成功了,"你们将凭你们的努力在那儿找到鼓舞、安慰、恐惧和魅力——这都是你们所要求的;也许还有你们忘记要求得到的真理的闪光"④。

康拉德在评述自己非常推崇的阿尔丰斯·都德时认为,都德在刻画人类情绪时没有遵照逻辑的顺序,他只是善于捕捉心灵的瞬间,把潜意识中流动的心绪加以灵感的阐述,以一种骑士精神,以一种太过真实的写作风格去书写知名演员,上层贵族,甚至于女皇陛下,褪去他们身上的光环,直指其弊,从不顾及上层社会不可侵犯的脸面,他的写作没有等级制度的差别,从不把他的写作基于凡俗的制度之上,毫不掩饰对乡村生活的流连,对下层群体生存状态的关注。康拉德本人的写作又何尝不是如此呢?康拉德将笔触指向芸芸众生中的小人物,去描写他们的悲与痛,因为在他看来"显然在地球上没有哪一个辉煌的地方或黑暗的角落不值得一看的,哪怕只是惊异和同情的一瞥"⑤。从殖民地臣民到王室贵族,不论人种肤色,不论宗教信仰,所有人的心灵他都去逐一翻阅,并将其中的阴暗面以怜悯之心认真地记录下来,这就是康拉德的小说。

有些小说家"往往对自己真实再现历史的能力表示怀疑"⑥,康拉德认为:"这是非常自然的事情;因为他们总是过多想象并且夸大了此项历史任务的艰巨。"⑦ 1895 年 11 月 2 日在给爱德华·诺贝尔的信中,康拉德说:"我说要写自己内心的观点,是指你自己内心的深处,而不是指把你作品中的人物的内心世界展示给大家看。袒露自己的胸怀,人们

---

① Frederick R. Karl and Laurence Davies(eds.), *The Collected Letters of Joseph Conrad* (Volume 1) (Cambridge: Cambridge University Press, 1983), p. 420.
② 约瑟夫·康拉德:《黑暗的心脏·"水仙号"上的黑家伙》,胡南平译,译林出版社,2001,第 111 页。
③ 同上。
④ 同上。
⑤ 同上书,第 110 页。
⑥ 约瑟夫·康拉德:《生活笔记》,傅松雪译,江苏教育出版社,2006,第 9 页。
⑦ 同上。

就能听到你要说的一切,这一切就能引起人们的兴趣。每个人的心中都有自己的真理。没有谁的世界观能够适合所有人。我始终坚持这个信条。那就是我的人生观,拒绝所有的程式化的教条,以及他人确立的原则。这些都是幻想的圈套。人与人各不相同。别人眼中的真理,在我看来只是惨淡的谎言。我从未想过跟你说的话再去说给别人听,但是我不想说那些看起来让我觉得虚假的东西。"①在这个问题上,康拉德和华兹华斯存在某种契合。华兹华斯说:"我记得亚里士多德曾经说过,诗是一切文章中最富有哲学意味的。的确是这样。诗的目的是在真理,不是个别的和局部的真理,而是普遍的有效的真理;这种真理不是以外在的证据作依据,而是凭借热情深入人心;这种真理就是它自身的证据,给予它所呈诉的法庭以承认和信赖,而又从这个法庭得到承认和信赖。"②华兹华斯不仅把诗的真理与历史学家的真理进行了比较,而且与科学的真理进行了对比。自然科学所处理的是客观的、实在的对象,当科学家建立的科学理论被证明能够有效地解释客观实在时,科学理论就具有了真理性,在某种意义上,这种真理也就是具有确定性的真理。艺术,无论如何客观地再现了外在的客观的东西,都不是为了有效地解释它所再现的东西。自然科学那样的真理性,显然在艺术和审美中是不存在的。与华兹华斯的观点相类似,康拉德也认为艺术家与思想家以及科学家都是在追求真理,但是,他们的方法不一样。

康拉德指出文学作品"只不过是一种人类自我能力鉴定的方式而已,不一定非得具有什么巨大、无与伦比的价值,但却是人类在自己的历史实践过程中对自我认识的最大肯定。因为有的时候,很多历史境况如果不经过书面记载,那么很多过程,比如人类童年时代所经历的真实际遇,这些最为独特和不可湮灭的东西就会跟随时代而消失殆尽"③。只有通过文学作品的记载,"它们才会留存于人类的记忆之中,经久不衰。历史上大量的诗歌、散文借助于上帝的光芒,就像璀璨的群星辉映大地;但是我想如果没有人类为之付出巨大的劳作和真情,没有伟大的人性贯注其中,它们也许将没有什么特别的意义了"④。

爱德华·W.萨义德在《康拉德所呈现的叙事》中提出,"旨在揭示作为作家的康拉德在其小说和自传写作中,有些事是不可能做到的。从他是作家的角度来看这一切就会变

---

① Frederick R. Karl and Laurence Davies(eds.), *The Collected Letters of Joseph Conrad* (Volume 1) (Cambridge: Cambridge University Press, 1983), p. 253.
② 伍蠡甫、胡经之:《西方文艺理论名著选编(中)》,北京大学出版社,1986,第50页。
③ 约瑟夫·康拉德:《生活笔记》,傅松雪译,江苏教育出版社,2006,第9页。
④ 同上。

得有趣,他描写现实,他的实际和理论水平已经超出了他要说的。在康拉德生活和写作的那个年代,康拉德在创作过程中对反讽的运用,体现了语言的欺骗性在人类历史中的重要地位,尼采、马克思、弗洛伊德都曾经研究过语言的次序对理解的重要性。康拉德写作小说的目的在于表现现实而不是再现现实。他把语言引入了文学创作,这是其他作家没有做到的,但语言却使他陷入困境。康拉德发现了语言的能指与所指之间的断裂(chasm)在加大"[1]。"康拉德的叙事特别关注正在叙说的故事的动机。这是自我意识的证明,感到有必要对故事的叙说方式做出判断。康拉德对讲故事的动机的关注和康拉德在《个人记录》中记载的自己刚从事写作时的状态是冲突的。对于自己从水手变为作家,康拉德没有做理论上的分析,康拉德说'我坐下来写作时,经过构思的书就完整地在我的脑海里出现了'。"[2]

"康拉德在创作生涯的晚期通过《作者序言》来梳理自己的小说,他觉得自己在作品中的叙事就像是一种随意的散发(gratuitous emanation)。他常常会告诉读者创作这个故事的原因。更多的是这些理由不过是有趣的轶事、个人经历,或者是报纸上的一个故事罢了。诺曼·谢里揭示的这方面的证据比康拉德还要多,不仅仅因为康拉德健忘且回避这方面的问题,而且因为康拉德专注于为自己所作所为提供合理性证明。我认为康拉德看重这点,胜过为自己作品的创作方法提供线索。因此,我们应当严肃地对待康拉德在《吉姆爷》的《作者序言》中所辩解的,马洛的叙事不过是旅行过程中一个晚上旅客轮流讲述的故事。这是一个令人感到奇怪的线索,但是康拉德认为对他而言,重要的是故事的戏剧性表达,他说明了故事是如何、何时被讲述的,这就可以证明故事在讲述之前就已经形成了一个整体。"[3]"因此可以非常肯定地说,康拉德把他的叙事看作动机、场景、方法、理性等诸多因素,因为偶然的、不可预知的、不可解释的原因混合在了一起。一方面,有时所采用的叙述方式是故事本身的需要;另一方面,故事本身似乎和故事叙述相反。这两者的相互作用——康拉德想要呈现的是故事的真实场景——使得康拉德的叙事方式显得与众不同。"[4]

综上所述,康拉德对文学艺术真实性的理解打破了现实主义文学专注于再现客观物

---

[1] Robert Hamner, *Joseph Conrad*: *Third World Perspective* (Washington, D C: Three Continents Press, 1990), p. 171.
[2] ibid.
[3] 同[1]172-173.
[4] 同[1]173.

理世界的传统,抛弃了逻各斯中心主义的创作套路,转向"形而下"地着力描绘个体的主观心理世界,通过书写人物的瞬间心理体验,来揭示现象背后的本质,这种观点实质上是欧洲19世纪"科学时代"的产物。在康拉德看来,艺术不仅表现情感,同时也体现真理,文学艺术的真实性要高于历史学科,其原因在于历史学科记录的只是外部事件,而文学艺术记录的却是人类在自己熟悉的事件中稍纵即逝的瞬间体验,书写的是微观个体对外部事件所产生的情绪,这是一种"诗情"的真实,也是最值得书写的历史真实。

结　语

约瑟夫·康拉德,于1895年发表自己的第一部作品《奥迈耶的愚蠢》。此时正处于英帝国的鼎盛时期,西方中心主义思想盛行。但是由于他"离散"作家的身份,使他能够从"他者"的视角审视欧洲社会,看到其繁荣表象下,人的异化以及人与人之间的疏离,从而导致人们内心世界的孤独与迷茫。在成为作家之前,康拉德身为水手,长期游走于东南亚和欧洲之间,他还曾作为殖民者深入非洲腹地,使康拉德具有全球视野。多重的文化身份和复杂的人生经历,为康拉德的文学创作提供丰富的素材,从丛林到孤岛,各色人等都出现在他的作品中。

康拉德和现代主义文学运动的关系在于他的独特性。当现代主义作家詹姆斯·乔伊斯、弗吉尼亚·伍尔夫在20世纪初至20年代这段时间进行文学叙事技巧的实验时,康拉德早于他们在19世纪末期就进行了叙事形式的实验。他通过倒叙(flash back)(《奥迈耶的愚蠢》《海隅逐客》)、视点(point of view)(《"水仙号"的黑水手》)、框架叙事(frame narrative)(《潟湖》《克莱恩》),来对传统叙事做微小的改变,增强了传统叙事的效果。不久,康拉德对传统的叙事形式做了进一步的增强,成为真正意义上的革新。从《青春》起,康拉德开始富有创造力地采用的叙事技巧被称为"延迟解码"(delayed decoding)(由伊恩·瓦特首先提出)。这个技巧首先出现在1896年的《白痴》当中(康拉德最早的公开出版的短篇小说),但是在1898年的《青春》中充分展示了效果,因为康拉德把它用作视点,为读者提供了即时(immediacy)体验,也就是将读者置于作品中人物的地位,以便让读者能够体验到作品中的人物做了什么以及做事的方法。英语不是他的母语,但是他用英语进行创作,现代主义写作手法的应用,再加上他作品中的异域风情,使他的作品一经发表,便引起了欧美读者的浓厚兴趣。

非洲丛林中白人殖民者之间的钩心斗角、黑人间的相互攻讦、海岛上海斯特的孤独徘徊、流落到英国乡村的扬柯的绝望,无不透露了康拉德内心世界的悲观主义情怀。从思想史角度看,康拉德悲观主义思想产生有其社会根源,是康拉德对"科技新神"和"进步话语"的反拨。对康拉德是不是思想家这个问题,西方学界存在争议。康拉德通过自己的文学创作、生活笔记等多种方式谈了自己对文学艺术以及社会各个方面的思考,他当然是思想家。他的作品被翻译为30多种语言,影响深远。许多作家都自称自己的文学创作受了康拉德的影响,特别是非洲作家,当然也包括我国作家老舍、鲁迅等。因此,康拉德不仅是思想家,而且是有影响力的思想家。

附 录

约瑟夫·康拉德生平

时间	事件
1857 年	12 月 3 日约瑟夫·康拉德出生于沙皇俄国统治下的乌克兰省波狄切夫（Berdichev）
1861 年	10 月 21 日父亲阿波罗·科泽尼奥夫斯基被捕入狱
1862 年	5 月 8 日阿波罗、爱娃、康拉德被流放到沃洛格达
1865 年	4 月 18 日母亲爱娃·科泽尼奥夫斯基病故
1869 年	5 月 23 日父亲阿波罗·科泽尼奥夫斯基病故
1874 年	10 月 3 日离家前往马赛
1876 年	7 月 8 日—9 月 16 日在"圣安托恩号"上工作，到过哥伦比亚、委内瑞拉
1877 年	下半年走私枪支到西班牙，后来据此写了《大海如镜》
1878 年	康拉德在马赛因债务缠身，试图自杀。这段经历被写入《金箭》中；4 月 24 日康拉德前往马耳他的英国帆船"玛维斯号"上工作，第一次听到有人说英语；6 月 10 日康拉德到达英格兰的洛斯托夫特（Lowestoft），第一次踏上英国的土地
1879 年	1 月 31 日康拉德到达悉尼，并在悉尼住了 5 个月

(续表)

时间	事件
1881 年	9 月 19 日康拉德在"巴勒斯坦号"上工作,运煤前往曼谷,这段经历后来被写入短篇小说《青春》
1884 年	6 月 3 日—10 月 16 日从孟买到敦刻尔克的航行过程中,非常能干的美国黑人水手约瑟夫·巴朗(Joseph Barron)于 9 月 24 日死亡,这次行程最终被写入《"水仙号"的黑水手》
1886 年	8 月 18 日康拉德取得英国国籍,成为英国公民
1888 年	1 月 4 日康拉德从新加坡前往曼谷,担任"奥塔哥号"的船长,这次的经历被写入《秘密的分享者》和《阴影线》
1889 年	3 月 31 日俄国内政部取消了康拉德的俄国国籍;9 月的一个早晨康拉德开始《奥迈耶的愚蠢》的写作
1890 年	5 月—10 月康拉德完成非洲之行
1894 年	4 月 24 日完成《奥迈耶的愚蠢》,前后历时 5 年;7 月 4 日完成《奥迈耶的愚蠢》的修改工作,提交给费肖·盎温出版公司,得到了审稿人爱德华·加奈特的推荐,得到 20 英镑的稿费
1895 年	4 月 29 日《奥迈耶的愚蠢》以约瑟夫·康拉德为笔名发行,虽然得到好评,但是销量不佳;9 月 16 日完成《海隅逐客》
1896 年	3 月 4 日《海隅逐客》出版;3 月 24 日康拉德和杰西·乔治在伦敦婚姻登记处结婚;3 月 25 日前往法国,在布列塔尼(Brittany,法国西北部一地区)住了近 6 个月,在此期间,完成《白痴》《潟湖》《进步哨所》,并开始《"水仙号"的黑水手》的创作;9 月下旬回到英国
1897 年	1 月在《科恩希尔》(Cornhill)杂志发表短篇小说《潟湖》;1 月中旬《"水仙号"的黑水手》完成,8 月—12 月在《新批评报》上连载;6 月—7 月在《大都市报》(Cosmopolis)上发表短篇小说《进步哨所》;10 月 30 日《"水仙号"的黑水手》改名为《海之子》在美国出版;11 月在《黑木》杂志上发表短篇小说《克莱恩》

(续表)

时间	事件
1898 年	1 月 17 日儿子(Boris)出生;2 月康拉德和斯蒂芬·克莱恩在苏瑞(Surrey)度过两周;4 月 4 日《动荡的故事》出版;9 月在《黑木》杂志上发表短篇小说《青春》
1899 年	2 月 6 日《黑暗的心》完成,2 月—4 月在《黑木》杂志连载;10 月在《黑木》杂志连载《吉姆爷》
1900 年	3 月中旬完成《继承人》;5 月去丹佛(Dover)见斯蒂芬·克莱恩最后一面,克莱恩于 6 月 5 日逝世;7 月 14 日完成《吉姆爷》;10 月 9 日《吉姆爷》单行本发行
1901 年	6 月 18 日完成《艾米·福斯特》;6 月 26 日《继承人》单行本发行
1902 年	2 月 16 日完成《明天》;3 月完成《罗曼史》;11 月 13 日出版短篇小说集《青春:一个叙事及二个其他故事》
1903 年	4 月 22 日出版《台风》;10 月 16 日出版《罗曼史》
1904 年	10 月 14 日出版《诺斯托罗莫》
1905 年	6 月 25 日—27 日康拉德的独幕剧《又一天》在伦敦皇家剧院上演 5 场。《告密者》《无政府主义者》正在创作过程中
1906 年	8 月 2 日儿子(John)出生。10 月 4 日出版《大海如镜》;10 月 6 日《间谍》开始连载
1907 年	9 月 10 日《间谍》单行本发行;12 月开始写《拉祖莫夫》,后来将书名改为《在西方目光下》
1908 年	4 月《黑人大副》发表于《伦敦杂志》;8 月 6 日短篇小说集《六个故事》出版
1910 年	1 月 22 日完成《在西方目光下》;12 月《在西方目光下》在《英国评论》和《北美评论》同时连载
1911 年	2 月康拉德完成《菲丽亚》;10 月 5 日《在西方目光下》单行本发行

(续表)

时间	事件
1912年	1月21日《个人记录》出版；3月25日《机会》开始在《纽约先锋报》连载；10月14日《海陆之间》出版；因为《机会》的成功，1912年和1913年，康拉德的作品成为畅销书
1913年	9月18日《机会》单行本发行
1914年	1月15日《机会》单行本再次发行
1915年	年初开始创作《阴影线》，年底完成；2月24日《潮汐之间》出版；8月24日《胜利》开始在伦敦《星报》连载，直至11月9日以单行本的形式发行
1916年	9月开始，《阴影线》在《英国评论》连载
1917年	3月19日《阴影线》单行本发行；7月下旬开始创作《金箭》
1918年	6月4日康拉德完成《金箭》的创作；7月继续创作《拯救》；12月《金箭》开始在《诺伊德杂志》(Lloyd's Magazine)连载
1919年	1月30日《拯救》开始在《水陆杂志》(Land and Water)连载直至7月31日结束；3月25日《胜利》被改编成剧本在"全球剧院"首演；5月25日康拉德继续创作《拯救》，这部作品已经创作了23年；6月康拉德以3080英镑出售他作品的电影版权；8月6日《金箭》单行本发行；秋季开始，康拉德着手将《间谍》改编为剧本
1920年	从1月中旬开始直到2月下旬康拉德在修改《拯救》；3月康拉德完成把小说《间谍》改写为剧本的工作；同时写了剧本《快乐的安妮》(Laughing Anne)；6月24日《拯救》单行本发行；6月开始着手为创作《怀疑》做准备
1921年	3月25日《生活笔记》出版
1922年	6月22日完成《流浪者》；11月2日《间谍》开始在伦敦"公使剧院"(Ambassador's Theatre)上演，总共演出了10场
1923年	12月3日出版《流浪者》
1924年	8月3日，康拉德因心脏病逝世；8月7日被安葬于坎特伯雷公墓

（续表）

时间	事件
1925 年	6月27日至8月12日在《哈切逊杂志》(Hutchinson's Magazine)连载《怀疑》;9月16日《怀疑》单行本发行;10月康拉德的《刚果日记》出版
1926 年	康拉德的散文集《最后的散文》出版
1928 年	康拉德未完成小说《姐妹》出版